五谷地

张秉毅 著

作家出版社

序　言

　　内蒙古居于祖国北疆，广袤无垠的草原、葳蕤茂密的森林、浩瀚辽远的大漠、纵横千里的阴山组成了内蒙古多姿多彩的地理风貌。千百年来，各族人民在此繁衍生息，丰富着"绵力之久，镕凝之广"的中华文化。文学传承，生生不息。源远流长的内蒙古文学，在牧野上传唱，在群山中回响，点亮了祖国北疆一盏盏温暖的生命明灯。

　　进入新时代，在习近平新时代中国特色社会主义思想指引下，内蒙古文学工作者坚持深入生活，扎根人民，把澎湃的现实生活、昂扬的时代精神、丰盛的经验和情感提炼造型。人、生活、岁月在他们笔下是砥砺奋进的历史，是绵厚的家国之爱，是浓烈的人间烟火，一批批贴近时代、贴近人民、贴近大地的现实题材作品带着生活之感、时代之悟和人民之思传向全国。

　　为进一步加强文学的组织化程度，推出更多高品位的优秀作品，培养更多高素质的文学人才，内蒙古自治区党委宣传部牵头，内蒙古文联、内蒙古作协组织推进"内蒙古文学重点作品创作扶持工程"，汇集内蒙古众多优秀作家作品，努力推动内蒙古文学事业繁荣发展。该工程坚持以精品奉献人民，在宽广的世界视野中描绘中华民族精神图谱，部分作品荣获鲁迅文学奖、全国少数民族文学创作"骏马奖"、全国精神文明建设"五个一工程"奖、内蒙古自治区文学创作"索龙嘎"奖、内蒙古自治区精神文明建设"五个一工程"奖等，为满足人民文化需求、增强人民精神力量做出了积极贡献。

伴随习近平总书记代表党和人民的庄严宣告，中国人民踏上了实现第二个百年奋斗目标的新征程。内蒙古大地焕发出前所未有的活力，人民创造历史的伟大实践为文学提供了丰沛的源泉和广阔的天地。讲好内蒙古故事，发出富有影响力和感染力的声音，创作出不负时代、不负人民的优秀作品，是每位作家的光荣与梦想，也是全面推进北疆文化建设、推动内蒙古文艺蓬勃发展的强大动力。

"内蒙古文学重点作品创作扶持工程"入选作品，以无数真切鲜活的声音，书写着属于这个时代的有温度、有厚度的内蒙古故事。这些作品从内蒙古山乡巨变的现实课题中来，从当代内蒙古的发展进步和人们的精彩生活中来，以体现精神高度、文化内涵和艺术价值相统一的书写，为无数创造历史的人们立传。

破浪前行风正劲，奋楫扬帆正当时。衷心希望内蒙古文学工作者以深邃的历史眼光和宏阔的现实视野，倾听内蒙古从历史走向现在、走向未来的脚步声，创作一批见历史之大势、发时代之先声的优秀作品，展现新时代中国共产党和中国人民再创中华文化新辉煌、书写中华民族新史诗的文化自信和历史雄心；衷心希望内蒙古文学工作者真诚观照内蒙古人民的精神品格与伦常智慧，记录生活中细微的热爱、温暖的追寻，用奋斗和成长中的高贵品质点亮新的灵魂、新的梦想，为铿锵内蒙古书写新时代的史诗。

薪火传承，旗帜高扬。在习近平新时代中国特色社会主义思想指引下，期待内蒙古文学工作者担当使命，以浩瀚的文学为打造好北疆文化品牌提供滋养和支撑，展示内蒙古文学弦歌不辍、日新又新的文化活力；期待更多的读者在文学世界中感受辽阔大地上的人文情怀，感受内蒙古文学的独特魅力；期待内蒙古文学在中华文学版图上绽放出绚烂的光辉。

内蒙古文联党组书记、主席　冀晓青

目录

引　子 / 001

春之卷 / 004

夏之卷 / 068

秋之卷 / 132

冬之卷 / 187

尾　声 / 254

引　子

太阳被云接走，明天有雨。

"啊呀，真不知道是你多，还是我多，走着，就又碰见啦。"

"哈哈，你不多，我也不多，是咱这五谷地太小了，人也太少啦！"

这天，还不到晌午，周至在村里已是第三次与赵常相遇。

"你说咱五谷地小，那是因为你逛过了大世界；人少，那是你在大城市住惯了。"赵常龇着一嘴黄马牙笑着。

"哦。"周至想想，也咧嘴笑了，点头，再点头。

周至是二十一岁那年离开五谷地的，如今，他已是个退休的花甲老人，连他自己也有点不敢相信。四十年来，作为一个文化人，他差不多走遍全国，游遍半个地球。去年腊月，生日那天，他向亲人好友庄严宣布：告老还乡。

乡关何处？

就在黄河大几字湾内，鄂尔多斯高原东部准格尔山地，这个叫五谷地的小村庄。

准格尔本是蒙旗，一百多年前，还是蒙古人的游牧地，是清末民初的大放垦，口里晋陕沿边几县汉民，走西口，开荒种田，才有了村庄，五谷地这个村名，就是先人们看上了这块美好而肥沃的土地，脱口命名。直到现在，周至才觉得，故乡不仅风光好，连这个村名，也实在是好得不能再好了。

生于五谷地，又吃了大半辈子五谷，而今老了，为什么就不能终老五谷地呢？

房子，是拆了老宅，在原址上重盖的，前几年，政府搞社会主义新农村建设，给农民补贴了一笔不小的钱，那时，双亲还在，周至又添了一些，一处青砖碧瓦的农家院，就立在了那儿。

毕竟是文人，在大门楼子下的门楣上，嵌了木牌堂号：三径农舍。

房子共三套，周至住进了东头那一套。进门，客厅的墙上有书画，其中，就有一帧《二十四节气歌》。

　　　　春雨惊春清谷天，夏满芒夏暑相连。
　　　　秋处露秋寒霜降，冬雪雪冬小大寒。

一过完大年，周至就回来了。他将一本日历，钉在门框边的白泥墙上，随手撕去几页，说：从今，我又要按农历过了。

赵常是村里的老户，大周至差不多十岁，一直在五谷地种地，一生最远去过趟北京，还是为儿子去看病，回来，就记住北京有个天安门。一度，村里只有他家一户的烟囱冒烟。有人说：赵常是五谷地上的钉子户。其实，他还有一个更贴切生动的外号：楦世宝。赵常自个儿也说：这五谷地，天在，地在，怎么也不能一个人也没了哇，你们都走了，那就让我老赵在这天地之间楦着吧！

老赵终于不孤独了，近两年，国家在全面脱贫攻坚，实现小康后，又提出乡村振兴战略，村里那些外出的人家，又三三两两，前前后后，往回搬了，这不，连大文化人周至，也回来了。

每逢有人回来，老赵都拍手欢迎，说：走了毬回来，一定要发财！

村东供销社门前，永远聚集着一群人。

今天，人们议论、传扬的是一件刚刚发生在村里的奇事：李铜厚把他的宝贝儿子，发落回五谷地了！

李铜厚就是五谷地人，靠煤炭成了闻名晋陕蒙交界一带的一个大煤老板，身家百亿，只有一个儿子李星，上完大学读研，国内读到国外，恰李铜厚去年中了一次风，人们认为，李星此番海外归来，定是要接他父亲的班的。孰料，李铜厚却在他那豪华的办公室，与儿子签订了一份奇特的《父子合同》，主要内容是：儿子李星在接班前，必须回老家五谷地村，生活满一年，可以做什么，也可以什么都不做，但必须每天写一篇日记。

"真是世界大了，甚的人有，甚的事也有！"

李星已于昨天黄昏归来，和他同来的，是集团公司一个精干的年轻人，显然是与李星做伴儿，负责伺候李公子的。

李家旧宅是一处破旧的黄泥土院子，本已蓬蒿满院，兔走鼠窜，大年前突然来了一班人，大肆修葺一番，主人一直舍不得拆掉，大概是为了保留故居，缅怀旧日，激励后辈。

周至和赵常结伴而来，在院门外见到了这位身材高大、面色苍白的富二代。

"你大这又是唱的哪出？"老赵发问。

李星无声一笑，沉默了半天才回答："我爸折腾了大半辈子，现在，不折腾我一下，他大概活不下去吧！"

接下来，五谷地不断有人家搬回，村里那些曾经十室九空的院子，屋顶上的烟囱，冷不丁就又冒出一缕一缕的青烟……

春之卷

一、凭栏

七九八九，洪水出沟。

每年，一到这个时节，准格尔山地最大的川道黄甫川，汇聚了两岸上百条大大小小沟汊的冰雪融水，流水就有了点浩浩荡荡的景象。

五谷地在黄甫川右岸的一块台地上，西倚双山梁，东向川谷敞开，呈一簸箕状，民歌里就有："五谷地本是个簸箕湾，来个时容易走个时难。"

其实，那是过去，川道上没有架桥以前。现在，人们离村，一过黄甫川大桥，平展展的柏油路，北通呼包，南接晋陕，还是高速公路。

村西壁立的砒砂岩崖上，有"中国移动""中国电信"的两座巨型基站，巍然矗立，这表明，如今的五谷地，不仅与外界路通，网也通了。

此刻，周至正立在黄甫川大桥上，望着桥下的流水，心里想起古人那句千年的浩叹：子在川上曰，逝者如斯夫！

倚着栏杆，点上支烟，再向桥下望，他就看到流水那边的沙岸上，立着两个少年，一男一女，中学生打扮，都背着书包。

两人临水，踌躇良久，就都弯腰，脱鞋去袜，往起挽裤腿。

昨天回来时还能走的踏石桥，叫水淹了，现在只剩一法：蹚水过河。

还没真的走进水中，两人的口里，就咝咝吸气。这早春的消冰水，可不是玩的，用乡里话说：能拔断儿根。

男生先行一步，一只脚入水，顿觉有一千根钢针，往腿里的骨头里刺，一下子又跳回岸上。

女生："冰得狠吗？"

男生："拔断儿根！"

女生口里吸着气，退后两步，先仰头往对岸望，后转身往村里看，希望有谁来帮助。

男生抬手摸了把自个的脸，一龇牙，看着女生的脸说："过吧，我背你。"

女生叫了声"不"，头摇得拨浪鼓一般，又说："不是……是河水实在太冰了，怕你也不行。"

男生毕竟是男生，吐了口唾沫，大声说："没办法，不行也得过。"说着，就真的直直走过去，咬紧牙关，毅然蹚入水中。站定，把背留给了女生。

女生一急，走到水边，又迟疑不决。说："这咋行？"

男生回头大声命令："快点呀！"

女生上来两手伸伸，又缩回，说："不行，你快出来，咱还是再想办法哇。"

男生这回头也不回了，就那么梗着脖子，伫立在水中。

女生终于屈服，赶快过来，将双手搭到男生的肩上，一跃，趴上来。男生就势弯了下腰，双手探后，把住了女生的两条大腿，还往上耸了耸，女生两条小腿翘起，双手紧紧地围住男生的脖子。

在岸上看，只是一条窄水，一入水，河面蓦然变得又宽又阔。男生一阵发晕，差点摔倒，但他还是马上在水中调整好步态，稳住身子，一步一步，向水深处蹚，他的眼睛，紧紧盯着对岸。

不到十多米宽的水流，感觉那样漫长。

问题是背上的女生，男生最先感觉到的，是那紧紧顶在他背上的两团软软的肉，还有脖梗上那热乎乎的呼吸以及长长的头发丝在他脸上脖子上的撩拨……男生再次眩晕，恰水下有个小坑，一脚下去，差点翻倒，女生翘着的一只脚，着水，一声尖叫。

水，开始从男生大腿往下退，对面的沙岸在望。他深吸一口气，咬紧牙关，加速向前。

终于跨上了对面的干沙岸。

女生像在父母背上睡醒了的孩子，赶忙松手，从男生背上滑下，男生长吐一口气，一软，就地坐倒。

"真的……不知该咋说……"女生两颊涨得红红，弯腰看着男生两条湿淋淋的腿，伸手从衣袋里掏出一块叠得方方正正、洗得芳芳香香的花手帕，不顾一切地给男生擦腿，连脚也擦……

这回，男生不好意思起来："咋能用这个？"

女生："一条破手帕嘛，别乱动。"说着又接着擦，腿上、脚上是擦干了，可那本来挽起的裤管，也差不多全湿了，"这……这可咋办呀？"

男生跳起，将两条裤管抖开，又象征性地拧了拧说："走吧，一会儿自己会干的。"

男生扯着步子在前走，女生迈着碎步在后边赶。

女生嘴里叨叨着:"真的,今天真的……太感谢你啦!"

男生突然站住,拧头笑了:"真的?"

女生:"这你还怀疑?"

男生:"那……我想向你要一件东西,就看你舍得不舍得。"

女生:"你尽管开口,只是……是什么呀?"

男生:"手帕,就是刚才那块。"

女生真的吃了一惊:"手帕?"说着从口袋里掏出那块又脏又皱巴的手帕。

男生一把将手帕抢到,高高扬起,嬉笑着向女生说了句"多谢",就套上鞋,独自跑走了。

"嘿……你等等……等等我呀!"女生追了上去。

这个女生,是五谷地村柳家的大女儿柳毛,男生嘛,当然就是周至。

睁大眼,再看看河两岸,阒静无人,唯有桥下流水,悠悠南去,不舍昼夜。

周至知道,自己刚才是做了一个白日梦。四十多年了,本以为,早已忘记,谁知却宛然如昨。是高考,分开了他们,他考上大学,鱼跃龙门。她落榜回乡,凤凰落架。

那时,曾颇时兴一种"点歌",就是在一些广播电台的文艺节目中,由听众点播某一首他(她)指定的歌曲,献给他(她)指定的某位亲人或朋友。周至刚踏入大学校门不久,一个周末的傍晚,意外地听到了有人为他点播的加拿大民歌《红河谷》。点播者是一位"准格尔家乡的同学",没有透露姓名。他根本不用猜,就知道是谁。

人们说你就要离开村庄

不要离别得这样匆忙

要记住红河谷你的故乡

还有那热爱你的姑娘

……

记得，在大学校园的草坪上，听完这首歌时，他真的流了泪，惆怅了好长一段时间，这，也是她与他的最后一次联系。

突然，一阵撕裂空气般的马达轰鸣，由远及近，是一辆高级进口摩托车，载着两个戴头盔着时装的青年人，从北边的公路上驰下，拐上黄甫川大桥，打周至身边急驰而过，到了五谷地那边绕了一大圈儿，在桥头停下。两人跳下车摘下头盔，是一对俊男靓女，男的面目轮廓分明，目光炯炯，女的身段苗条，长发飘飘。

两人立在桥头，指点眺望，又紧紧拥抱一回，忘情地亲吻，旁若无人。

男女重新戴上头盔，上车，随着排气管几声轰响，摩托车如一支响箭，射了出去，展眼无踪。

四十年前的蹚河少年，四十年后的摩托少年，虽然，他们已是两个时代的人，但他们有一个共同的名字：青春。

青春啊青春……正当周至喃喃自语时，身后有人大声向他打招呼："这不是周至大哥吗？"

周至转身回头，看见一辆小巧的老年代步汽车，在他身后停下，一个头发雪白的老人从车上下来，盯着他笑，他眨巴几下眼，终于认出："啊，刘二。"

小车门一开，同样一个头发花白的妇人也下来，周至忙笑着招呼:"是你两口啊,还会自驾嘞。"

"儿子给买的,说四个轮子咋也比两个轮子的稳当,也不用考驾照,只是不挂牌照不准上公路,只能走便道,最远只能跑跑沙镇。"刘二说。

刘二老伴儿说:"听说周大哥回来了,咋一个人转,嫂子呢?"

周至噢了声,答:"退休了,回来养老,老伴儿三年前就心脏病走了。"

刘二赶忙转了话题,说:"都老了,连在城里打工,也没人要了,这两年给看孙子,今年孙子也上学啦,我们就打算回五谷地呀,挣不下钱,刨闹口吃喝总还行哇。"

周至给刘二递了支烟,说:"回来好啊,咱兄弟们又能在一起搁搅啦。"

刘二猛吸几口烟,笑着说:"好,咱老哥俩哪天好好喝几盅。老哥,你还转转?"

周至挥挥手,说:"你两口先回。我还走走。"

看着小车开远,周至才下了大桥,沿着沙岸,逆着流水,向上游走去……

二、清明

鸡叫三遍,赵常一骨碌掀开被子,从炕上爬起,窗户还不太亮,他先蹬上裤子,转身,探腿下地,趿鞋,过去拉开门一看,果然,是个麻阴天。

炕上,老伴儿还在酣睡。

赵常立在地脚,边往胳膊上套衣裳边说:"起哇。"

今天是清明，家里家外，该做的营生多着呢。再说，庄户人家，哪有一觉睡到太阳照在屁股上的。

房子是新盖的，有卫生间，赵常却咋也不习惯，又在院外东南角树下，盖了个茅房，能跑能逛，咋能往家里屙尿呢？

上茅房回来，他才上卫生间洗漱，这时，老伴儿已起来，在厨房里，点火做饭。

赵常钻进了院子里的小南房，出来时，怀里抱了一沓老毛纸，另一只手里，拿着一个铁制的钱戳，还有一把铁锤。

院子里的小海红树下，立着一个大木墩，将东西放置好后，又回屋拿出个小马扎，坐下，他就开始每年清明节这天，照例要做的第一件营生：打纸钱。

纸钱，是用一种整张老毛纸，以十张为一沓，十沓为一刀，烧化给逝者的冥钱。打纸钱，是将一沓老毛纸，放置在木板或大木墩上，用钱戳，在上边横竖凿印出状似古铜钱似的半镂空孔印。

赵常精于此道。此刻，你看他，坐在海红树下的小马扎上，将老毛纸分为一沓一沓，再将一刀纸平铺在面前的大木墩之上，左手操钱戳，在纸上找准位置，右手的小铁锤在钱戳上一敲，一个钱印，就打好，再打下一个……叮叮当当，一会儿，一沓打满孔印的纸钱就打好，移到下边，再打下一沓……

其实，清明上坟，现在已有很多人不再烧化纸钱了，只给逝者献鲜花，花圈儿花篮的，这当然是移风易俗的功效，但在广大乡村，人们还是要烧纸钱，只是，这纸钱也改革了，变成以人民币美元为样子的纸钞，由冥国银行发行，面额动辄成千上万，乃至上亿，再加以锡纸制的银锭金元宝……想烧多少烧多少，对此，赵常嗤之以鼻。他只一句话：哄鬼呢！他老赵的观点鲜明：清明上坟，一年一回,本来是表达生人对死者的恭敬,最要紧的是诚心、孝心,你当是给贪官行贿呢,越多越好?

那年清明,儿子赵成从城里回来,小车后备厢里塞了满满两纸箱的那种冥国银行发行的冥币和金元宝银锭,赵常一见就来气,命令儿子:你给我拿得远远的!儿子分辩,现在人家都这么烧,又不是我想起来的,再说,这些也都是我用钱买的,总不能再拉回去哇!赵常说拉不拉回去我不管,反正,就是不让你往咱祖坟上拿!没法子,儿子只好将它们在野河滩烧了,算给那些孤魂野鬼献了爱心。

老伴儿叫吃饭时,赵常刚好打完了十刀纸,正好一撬,他就此收手,穿衣吃饭看家当,每年清明,只打一撬纸钱,他觉得就行了,不多不少,也够那几个先人在下边,过个小康生活了。

又用清水洗了回手,才坐下吃早饭,刚咽下第一口,就想起一件事儿,他抬眼望着老伴儿:"咋,给儿子的电话打过了吗?"

老伴儿:"昨天就打了呀,你又不是聋了,没听见。"

赵常:"吃完饭,再给安顿一下,就说我说的,那丈人家的坟,千万不能上,女婿不上坟,上坟辱先人。"

儿子今天不回来了,岳父年前过世,他要与媳妇回娘家那边过清明。

赵常:"女婿不拜丈人坟,这是古之至理,让他小子千万别犯浑。"

"啊呀,大叔才算个精巴人!"院里有人来。

听声,就知道,是东边的紧舍邻居刘兵,他手提着一个纸袋,里边有烟有酒,满面笑容,从门上进来。

"兵子,哪能每次来,都这样儿呢。"赵常指着刘兵手里的袋子,有些嗔恼。

刘兵:"一点儿心意嘛。"就手将东西放在柜顶上,说,"一会儿,还要麻烦大叔呢。"

赵常放下碗,起身,拿了钱戳和锤子,就跟刘兵到了东边的院子。

刘兵一家,住在沙镇,有事没事,常爱回五谷地,起先,他上坟,也是烧那些花花绿绿的东西,几年前,他看到了赵常打制的纸钱,才说:"我看,只有大叔诚心诚意打的这纸钱,才是铜钱、银圆、人民币,才算硬通货!"

就凭这句话,刘兵上坟烧的纸钱,就包由他老赵打了,不止,刘兵每次回来,都有吃有喝,有一年,刘兵过年没有顾上回来,再回来时,看见他家的大门上,贴着鲜红的大春联。跑到老赵家一问,果然,是老赵给贴的。老赵说:"过年嘛,咋也得贴上副对子,才好看,才吉利啊!"

为刘兵打了一撬纸,刘兵又过来,帮赵常掏了半天羊粪,晌午饭,当然是在老赵家吃的,两个男人,还喝了几盅酒。

赵常家的祖坟,在村西北高崖下的一道漫坡上,里边有赵常的父母、祖父祖母,曾祖父母是最早一辈,那一带,原来也是有些山坡旱田的,退耕还林政策后,都成了林草地,十几二十年下来,已是一派松柏森森、荒烟蔓草的景象。

半下午,赵常上坟,老赵提了个小箩筐,装了纸钱、香、黄表纸,还有一瓶酒,几只二踢脚麻炮。老伴儿抆着的箩筐里,则是几样现做的供品和水果。

老汉在前走,老伴儿在后跟。

一年四季,唯有今天,五谷地村人最多,连过年都不能比,几乎家家户户,都有人回来,给祖宗上坟。用乡亲们的话说:连祖宗也不敬,难道你是从石头缝里蹦出来的?

村庄大致分三部分,东边那一簇是村委会、供销社、小广场;西边高崖下一线,是些散户;南边一片,是些杂姓,他们的祖先,一般比北头那些人家,晚一两辈。每户人家,房前屋后,都会有些树,高的是杨柳,矮的是桃杏,还有各种花果。大的村道有两条,呈十字形,植了杨柳,白杨夹道,绿柳拂人。此外,还有那些纵的、横的、斜的小道,沟通着南北东西,联系着亲戚邻居,远远的,还有两条泛白的弯曲山道,从五谷地盘曲上了西边的大高原,双山梁。

赵常老两口上坟途中,遇见了好几个乡亲,其中还有一个多年不见、专程赶回上坟的老人。大家欢声笑语,举手相邀。

到了坟地,赵常先转了一圈,几个坟头没有杂草,也无任何塌陷或兔子老鼠窟,不需培土。

走进坟地,先在上坟头点了香,然后才按辈分,从上到下,依个摆供、上香、酹酒、焚化纸钱、磕头……

最后,是老赵到坟下头外边燃放二踢脚。

"咚——叭——"山鸣谷应。

再向坟地四面八方泼散了一些祭食,上坟,就算完毕。

老两口每人扤着个空篮子,离开坟地,下了坟前的一道小土坡,有一股旋风,卷叶扬尘,从他们身边经过,老赵连连吐了几口涎沫,夫唱妇随,老伴儿也忙"呸呸呸"。再往前走,就听到身后有人叫,拧头,就看到刘兵急火流星,从他家祖坟那边坡上跑下来,又是挥手又是叫:"着火啦——着火啦——"

赵常怔了半晌,猛回头,啊地叫了声,扔开手里的空篮子,就往坡上跑。真的,他家祖坟那边,冒出了烟火。

火从坟地一角燃起，逆着风势，朝北边的荒地松林窜去，还未返青的枯草，又高又密，见火就着，火头如毒蛇吐芯，在草梢上，凌空舞动。

赵常赤手空拳，一急，将身上的外套脱下，扑上去，双手挥舞，拼命扑打。火头比人还高，哪里能扑灭，打灭这边，那边烧起，扑熄前边，后边复燃，几个来回下来，他的眉毛胡子，甚至头发，都叫火燎着了……

从后边赶上来的老伴儿，一看这阵势，吓得一屁股坐在地上。

就在这时，刘兵赶来了，他二话没说，操起自己带来的铁锹，冲到荒地与松林之前，开始挖掘。

火终于在松林前，止步了，却又拐了个弯，燃着了一个土塄下的两棵小油松。

赵常又向小油松扑去，油松，情实叫对了，枝叶像涂了油脂，烧得更响更旺，人根本不可能靠近，再看，老赵手里的褂子，也着火了，身上，有地方冒烟，老伴儿揪住老汉："快丢手啊，不就是一条破褂子！"

烧过的荒草地，如一条黑色的羊毛毡，从坟地一直铺展到西北的松柏林子之间。

刘兵用铁锹打灭最后一处残火后，过来再看赵常，好像一个刚从烟囱里钻出来的二鬼。

草烧了也就烧了，烧了这些积年的枯梗败叶，今年会长得更好、更旺。只可惜那两棵小油松，被烧得肢体不全，面目全非。

"好好儿上的坟，点的纸，没看见燃着草吗？"赵常委屈地叫着。

老伴儿："今天，就是狗巴下，也算你巴下的。"

一次次，抬头看，仍不放心，三人又把周遭巡看一遍，仍不敢回家。

刘兵摸出烟,给赵常递过一支。

赵常伸手,抖抖地接了,抖抖地插到只看到白牙的嘴上,烟卷在他嘴上,也抖抖的。

啪……刘兵用打火机给赵常点烟,老赵一下子跳起,烟也掉在了地上。

刘兵笑了,说:"看来,老叔今天真受惊吓啦。"

赵常:"兵子,今天要不是你,叔可算是把瞎事给做下啦!"

"这野外失火,最好的办法……"刘兵说了一半突然一怔,拧头往东望。

赵常:"咋啦?"

刘兵摆摆手,说:"我咋听见……好像是……"

再瞭,果然,有一辆白色的小车,顶上闪着红蓝光,哇呜哇呜地从东边川道上的黄甫川大桥上驶了过来。

刘兵:"果不其然,是森林警察。"

赵常也翘首东望,眼睛眯得快看不见:"森林警察?"

警车过了大桥,驶上东西村道,直向这边开来。

刘兵拼命眨巴着眼睛,又嘶嘶地吸了几口气,一把揪住赵常的一条胳膊,往自己跟前拉:"叔,那……两棵油松,是谁家的?"

赵常想也不用想:"是张二家的。"

刘兵:"一会儿,人家要是问起来,你可一定要咬死,说树是你自个儿家的!"

赵常:"为甚?"

刘兵:"叔你千万听我的。"

再不由分说,警车就到,两个警察,已从车上下来了。

两个警察一高一矮，一胖一瘦。他们先察看了过火的草地，又看了烧焦的两棵油松，啪啪地拍照。

赵常趋上去，说："警察同志，刚才，是我家坟地失的火，荒地，是我们自己家的，那两棵油松，是村里张二的，我明天就给原地重栽两棵更大更好的。"

刘兵一跺脚，瞪了赵常一眼，背过脸去。

大个儿警察问过赵常姓名，记下。

小个儿警察说："赵常，你上坟烧纸，引发火灾，触犯了《森林草原法》，只好请你跟我们走一趟。"说着，就掏出一副明晃晃的手铐，咔嚓一声，把老赵的双手给锁上。

老伴儿急了："妈呀，不能哇。"

刘兵张开双手，要阻拦的样子，说："这就把人逮捕啦？！"

大个儿警察说："还不能叫逮捕，是拘留，到所里把情况说明，接受处罚。"

眼巴巴，赵常被推进警车，车掉了个头，警灯一闪，警笛一叫，走了……

老伴儿早吓哭，鼻涕一把泪一把："就上了个坟嘛，梦也不梦，能就出下这么大的事儿，真是，得病，身无主，犯法，人无主。"

刘兵："我这个叔呀，我叫他一口咬定那两棵油松是你们自己家的，他却……真是，教的个曲儿，也唱不响。"

事情立马传遍全村。

赵常老伴儿见人，只会说一句话："看今年这个坟上的！"

这天，五谷地上空的喜鹊、乌鸦，各种飞禽，地上的野鸡、兔子，各类走兽，比平素哪一天都多，纷纷赶往各家坟地，分享这一年中不可多得的墓园盛宴……

三、夜饮

三天大风。

不只风,还有沙。黄甫川发源地的坝梁北边,就是中国第八大沙漠——库布齐沙漠。

Son of bitch……李星从床上跳起,咒骂着。

正坐在沙发上打盹的玉柱赶忙站起,有些紧张:"李总,你说什么?"

李星:"老兄,我说过多少遍了,我姓李,木子李,名星,日生星。"

玉柱讪笑着说:"这……您本来就是李……怎么,马上就是了嘛。再说,我一个伺候您的,咋好直呼您的名字呢,那也,太……太没大没小了嘛。"

李星正颜厉色:"你们的李总,可还在胜州城里那座摩天大楼里坐着呢。"顿了顿,又说,"什么没大没小的,你不是比我还大一岁吗,倒是我,该叫你声老兄呢!"

玉柱红了脸:"不敢不敢。"

李星在床沿上坐下,看了眼开着灯的室内,问:"现在是……"

玉柱忙回说:"才下午三点多一点,这鬼天!"

李星又骂了句:Damn it.

玉柱笑了:"您说的可是洋文,英语吗?"

李星没有作答,趿着拖鞋,开门,跨出一步,又退了回来。

外边,天地一片混沌,风扬着沙尘,沙尘扑打着万物,日月无光,鬼哭狼嚎,仿佛世界末日。

李星抱着臂,在地上转了几圈儿,立住,转回身来,对玉柱说:"我突然想喝点儿,今天晚上,和你,就咱俩。"

玉柱:"喝酒?好啊,心慌得要命。我现在就开车去一趟沙镇,买点新鲜菜去。"

李星:"用得着去沙镇吗,这村子南边,不是有种大棚蔬菜的人家吗,那天,咱看见过的。"

玉柱一拍脑袋:"噢,我这就去。"

出了门,又弯回来,说:"您可记得写日记啊,都几天没写啦。"

李星抬手挥了挥,嫌啰唆的样子。

玉柱在汇源集团本来是个车队司机,这次被老总看中,陪李公子回故乡,确实也是因为他的聪明、机灵、能干。车开得好,就不用说了,难得的是,他还是个持证的二级厨师,川鲁湘淮,南北大菜,样样拿手,道道可口。至于本地的炖羊肉、细杂烩菜、酸粥捞饭等等,更不在话下。玉柱本人也很高兴,能陪未来的老总在乡村生活一年,就像电影电视剧里那些太子公主的陪护人,绝对算是被委以重任。他引以为荣,而且会百倍千倍地加小心。

一桌子酒菜上桌后,天早已黑下来,风终于停了。

玉柱望着墙角堆放着的整箱整件的酒,问:"喝白酒还是洋酒?"

李星略一沉吟:"入乡随俗,就喝茅台吧。"

茅台有随带的标准酒杯,玉柱小心地给李星斟满,轮到给自己时,却拿起杯子又放下了,说:"车上有咱本地的大河套纯粮酒,我还是喝那个吧。"

李星一抬头:"为什么?"

玉柱龇牙笑了,说:"茅台酒当然好,我是怕,这一下子跟着你,给喝习惯了,那可麻烦啦!"

李星不解:"麻烦?"

玉柱一本正经地说:"这茅台是国酒,谁不想喝,可一瓶多少钱?我可是个司机,挣的那点钱,以后还娶老婆不啦、养家不啦?"

李星鼻子哼了声,拿过酒瓶,给玉柱把酒倒满,端起酒杯,说:"今朝有酒今朝醉,明日愁来明日愁。来,干!"

喝了第一杯,玉柱就又站起来,麻利地斟好酒,双手端起,说:"说成个甚,咱俩,你是主,我是仆,不能平起平坐,我得借花献佛,先给您敬一杯!"

李星翻了翻白眼:"我才不是什么主,你也不是什么仆,要敬,你看给谁去敬吧,我是绝对不会喝的。"

这下,轮到玉柱尴尬了,立在那儿,眼睛一转,就又有话了:"那,我给老师敬,总可以吧!"

李星:"哪来的老师?"

玉柱:"你是大学生,硕士,博士,海归,可我王玉柱呢,连个大学门朝哪儿开都没见过,技校混了两年,这论知识,论文化,您肯定是我的老师,没错吧。"

李星自嘲:"我算什么老师,连个好学生,恐怕都不是,硕士,博士,还不是靠老子的钱换来的,你不想要,还都不行。不说这个,今晚,在这荒村之夜,咱兄弟俩坐下,只为喝酒,来,干一杯!"

三杯酒下肚,这俩人也不再客气,吃菜,喝酒,就吃,就谈。

"佩服啊……不,是崇拜,绝对的崇拜!"玉柱咂着嘴,连满张脸,都变成了崇拜的象形。

李星又翻白眼:"我说,这个世界,根本就没有什么鸟,值得你这样儿。"

"我是说李总,你爸,本来是这五谷地村一个土农民,连个高中都没念，几十年打拼下这么大一片江山，成为咱准格尔，不，全鄂尔多斯的首富，还上了胡润富豪榜，真是……真是伟人啊！"

"李铜厚？不就是一个没文化的土包子，煤老板，暴发户，能不能算个好人，恐怕还不好说呢！"

一句话，把个玉柱惊得，两只眼珠子都要掉到桌子上了。

"咋……李……兄弟，你咋能这么说你爸？"

李星先伸手，将玉柱碰翻的酒杯扶起，又慢慢地斟满了，才哈地一笑，说："我怎么说，怎么看李铜厚，一点儿也不重要，因为，我是他的儿子嘛，重要的是，别人怎么说他，怎么看他。"

玉柱有点急了，说："咱这地区的富豪，就说煤老板，扳着指头，怕也数不过来，可我敢说，乡评、口碑最好的，肯定是李总，你爸，这绝不是因为我是汇源集团的员工，吃汇源的饭的缘故。我也是一个农家子弟，说话，可得凭良心！"

李星双手支起，笑眯眯地看住对方，说："老兄，咱换个话题，可好？"

玉柱哈哈一笑："对，换个话题，喝酒嘛，对了，我有个问题，早就想向兄弟请教，今天正好。"

李星："喝酒就喝酒，闲谝就闲谝，你要再请教，我可不答。"

"闲谝，就是闲谝嘛。"

吃了几口菜，玉柱睁着一双好看的大眼睛，睫毛扑闪一下，又一下，问："兄弟你在国外留学，又是日本又是美国，还有英国，那你日本话、美国话、英国话，都懂吧？"

"怎敢说都懂呢，也就比你强些，会几句日常用语，告诉你，美国话和英国话基本上是一样的，都是英语。"

咚的一声，门开了，随着一股风，一个四十岁左右的男子，闯了进来。

屋内正在喝酒的两个年轻人，被惊了一下。

李星拿眼看玉柱，玉柱摇头。

汉子哈哈大笑，抱起双拳，打了个躬说："打扰打扰，其实，我早就知道，小李总回来了，无奈，这些天一直在旗里镇上开会，今天刚回来，望见你们这儿，灯亮着，就不管不顾，半夜来访，还望见谅。"

李星只得扶着桌子，站起来："请问……"

汉子又是一笑，说："看看，都是这五谷地人，乡里乡亲，还不认识，这也难怪，论起来咱还是同辈、弟兄，听说你一直在国外留学，难得回来，好，我先自报一下家门，姓周，五谷地老周家，周家驹，现在是这五谷地村的党支部书记兼村民委员会主任。"

李星还愣怔着，玉柱却都听明白了，说："啊呀，是村领导，周支书，周主任。"

汉子大手一挥，朗声说："以后就叫村长吧，本来，这支书、主任是两个角色，可是，年前换届，又变化了，叫两个职务一肩挑，为了加强党的领导嘛，也好，更好。再不会像以前两把手互相扯皮了嘛。"

玉柱："哦……村长，周村长，失礼失礼，请坐，快，请上坐！"

周村长一点儿也不客气，拉开夹克外套的拉链，将夹克脱下，往椅子背上一搭，大方落座。

还没等玉柱给周村长布好碗碟筷子，周村长就惊叫起来："啊呀，茅台，这飞天茅台，现在市场上是每瓶2800元，这还不说年份，出厂后每过一年，加1000，农民的脱贫标准是年收入3000以上，也就是说，每个农民，每年若有这么一瓶茅台，就算脱贫了啊！"

李星无话可说，低下头。

玉柱却笑了："正因为是茅台，今晚请周村长好好喝一回。"

周村长伸出一只手，抓住酒瓶，转动着看，又说："不过，恕我直言，想喝上真的茅台，也不容易。"

李星："这酒，我也不知道是真的还是假的。"

玉柱跳起来了："嗨，若是别的场合，我也不敢说，可今天咱喝的这个，我王玉柱敢拿脑袋担保，百分之百真的，为什么这么说？因为，这酒是我们集团从茅台酒厂直接订的，李总与茅台酒厂的几任老总，都是哥们儿朋友。还有，这酒是我和公司一个副总亲自到茅台酒厂提的货，说起来，你们都不知道，这运输茅台，可有讲究呢，咋个讲究，就是从库房到库房。"

李星："这我还真不知道。"

周村长："说说啊，也让我长个见识。"

玉柱嘿嘿一笑："从人家酒厂的库房，提货装车，集装箱车从贵州到咱内蒙古，不住店过夜，几个司机轮流着开，直到进了咱们汇源集团李总专管的库房。"

不用说周村长，连李星也是第一次听说。

玉柱就有些得意，说："没办法啊，这运茅台，跟银行运现款一样儿，纯粹武装押运啊！"

李星不言语了。

周村长感慨："告诉两位兄弟，我已戒酒啦，身体有些毛病。这人，咋说也是命当紧哇！"

李星："那……实在太遗憾了。"

玉柱："不是哇，周村长您真的不能喝？"

周村长深深地吸了口气，笑了，说："那是指一般情况下，今天见了这茅台酒，我可是连命也可以不要啦，喝！"

三人大笑。

为了欢迎周村长，李星提议，大家共同先喝一杯。

接下来，玉柱示意李星敬酒，李星会意，将一杯酒敬上，说："敬周村长一杯。"

玉柱也敬："这回我陪李星回五谷地，且要住一年，有什么事儿，少不了麻烦您，还请周村长多多关照！"

周村长接过酒说："李总就是咱五谷地人，前几年，修这黄甫川大桥时，李总捐了很大一笔款呢，乡亲们本来给他老人家立了碑的，就在大桥头上，可人家李总坚决不让，亲自抡锤将碑砸了，碑是砸了，可他老人家对家乡的功德，都在每个乡亲的心里记着呢，现在你们回来，有甚事，只要给我吱一声就行，我会义不容辞，义无反顾。"

接下来，再喝酒吃菜，其间，玉柱又钻进厨房，专门为周村长加炒了两道热菜。

周村长要提酒了，站起，先很响地咳了两咳，声音洪亮地说："我讲三层意思。这第一层意思，首先对小李总，还有小王，能够回到李总的故乡来，表示最热烈的欢迎！"

大家喝了一杯。

"这第二层意思，就是我向两位表个态，在全国脱贫攻坚取得全面胜利，党和政府又提出乡村振兴的伟大战略之时，由我担任五谷地村的新一届领导人，我首先感谢党和人民对我周家驹的信任，我深知我肩上的这副担子不轻，我一定会不忘初心，牢记使命，带领乡亲们，把五谷地建设成全准格尔乃至全鄂尔多斯、全自治区，最美最好的美丽乡村。为了这个目标,我已发下了誓言,把自个儿这百十来斤,豁出去啦!"说到此处,还没看到两个年轻人的反应,反正,他自己,已是激动得热泪盈眶。

玉柱拍手,说:"对不起,我插一句,虽然我们回五谷地村才几天,可我敢说,这五谷地村,不论山川形势、自然风光还是农牧业生产条件,至少在准格尔,可算是一流的。"

周村长点头,再点头。接着说:"这第三层嘛,"他故意停顿了一下,看看李星,又看看玉柱,看看玉柱,再看看李星,才说,"刚才我说的是咱五谷地的愿景,这愿景再美再好,还绝不是风景。"

玉柱不由叫了一声:"好,周村长说话,就是有水平。"说着又要拍手,叫周村长伸手止住,"我这么说的意思,想必你们都已明白了,请允许我再啰唆一遍,就是,五谷地的过去,靠大家,五谷地的将来,同样离不开每一个五谷地人,特别是像李总这样儿的大人物的大力支持,希望小李总,能继承老一辈的优良传统,为家乡做出更多更大的贡献!"

玉柱热烈鼓掌,李星却亲自去拿第二瓶茅台。

周村长笑着说:"还喝?"

李星:"当然。"

玉柱:"周村长既然连命都舍得,我俩当然也得舍命陪君子啦!"

三人两瓶,李星早醉得头也抬不起,眼也睁不开。

周村长指着两个空酒瓶,对玉柱说:"小王,你再倒倒。"

玉柱以为是周村长还没喝好,就说:"要么再开一瓶。"

周村长笑着阻止,说:"不能啦,我只是觉得瓶里一定还有酒,这么贵的酒,不喝光可惜啊。"

玉柱拿起一个空瓶,摇了几下,倒转酒瓶,一滴也没,再拿另一个,也没倒出一滴。

玉柱:"真的全喝光了,一滴不剩。"

周村长笑着说:"你说一滴不剩,我说,可不一定。"

周村长伸手拿起一个,举了举,弯腰将瓶子躺平放在地下,左脚踩稳瓶身,右脚猛地抬起,向着瓶嘴一脚踩下,瓶嘴与瓶身分离,另一个,如是。然后,将两个没有嘴的瓶子放到桌上,坐下,再拿起摇两下,向着杯子倒,果然,还有酒,正好注满一茅台杯。拿起另一瓶,给玉柱的空杯子倒,也正好是一满杯。

玉柱不解了:"周村长,这,又是什么道理?"

周村长满脸得意地笑着,说:"也不多说了,就这一点,证明你今天说的话没错,这两瓶茅台,货真价实!"

和周村长把今夜最后的一杯酒喝了,俩人把早已趴在桌子上的李大公子扶上床,周村长就说:"再好的宴席,也有个散,小王你也休息吧。"

玉柱说:"我没事儿,去送您回家吧。"

周村长嘎嘎地笑了,说:"不用,在这五谷地,我闭上眼睛,也能走回自个儿的家。"说着,穿上他的夹克,拉好拉链,开门,消失在黑暗中。

玉柱在大门外的老榆树下,小便了一道,回屋,上床前,他把两瓶矿泉水,放在李星床头边的小几案上,走开,又返回,将其中一瓶的盖子,拧开。

四、游春

五谷地,春光大放。

最早报春的，是桃花，一朵朵，一枝枝，一树树，一丛丛，一簇簇，在房前屋后，在道路两边，在田头地畔，在河畔山坡，俏丽妩媚，云蒸霞蔚。柳树的枝条，也柔软了，舒展了，泛出绿意，桃红柳绿。待到粉白的杏花开时，桃花已是乱落如红雨。

桃花花开罢杏树花花开
果子花花开开眊妹妹来

这时，大地上，田野间，那些野菜、野草、灌木、杂树……也纷纷呈现各自固有的色彩。

天蓝蓝，云淡淡。云雀在天空高飞，布谷在林间鸣唱，燕子在檐下呢喃，连几头小牛犊子，也在村道场院上撒欢……

连日来一直在窗下读书的周至，终于抛开书本，站起身来，在长长地舒展一下腰身后，决计要去游一回故乡之春。

换了身衣裳，穿了双旅游鞋，又在院子里寻了一根柳棍，本来，他还未到出行必须扶杖的年纪，他拿杖，纯粹是为了防狗。大城市的娃娃小村村的狗，恶着呢，不得不防。虽在故乡，他还是个生客。

出门，他在大门口停下，从小长大的村子，熟悉得像自己的手掌，可到底咋走？总得有个路线，踌躇半晌，还是决定先向东，转北，转西，最后从南边归来，逆时针方向，仿佛暗合了他心中的访故怀旧心理。

顺着一条长长的引水渠，向东，就到了村里最大的一个水库，叫月牙湾，是五谷地所在这块二层台地与黄甫川主流之间的一个月牙形的洄水湾，有的年份干旱，河水断流，而月牙湾却从未干涸。

这里也是五谷地主要水源地,一个小型扬水站将水抽上来,通过这条引水渠,浇灌着村里近半数的农田。

月牙湾到了,一大湾绿水,徘徊着天光云影,倒映着绿柳红花。几只水鸟在波平如镜的水面上掠飞,水底的鱼儿在水面上吐出一些大大小小的涟漪。一股浓重的土腥气,直扑人的口鼻。

到此,周至首先想到的,竟是一个人——皮球吴明子,吴明子是他儿时的玩伴儿,少年的好友,皮球是他的外号,因为他调皮,总是蹦蹦跳跳,更因为他水性最好,跳进水里,如把皮球丢到水里,总是沉不下。可就是这样儿一个人,在初中毕业那年夏天,淹死在月牙湾……

周至永远忘不了的是,皮球吴明子死前头一天黄昏,趴在他家墙头,硬把他从屋里叫出,将自己刚刚得到的一支英雄牌钢笔赠送给了他。他当时死活不要,君子不夺人所爱嘛。明子说:骏马配将军,宝刀配英雄。所有同学伙伴中,只有你周至,才配拿这支笔。第二天,是个大热天,午饭后他就午睡了,一觉醒来,已是半后晌,就听到了吴明子淹死在月牙湾的噩耗。

当时周至怎么也不相信,谁淹死,也不会是吴明子淹死,因为他太知道这个好朋友好伙伴好同学的水性了,他能从扬水站的水泥平台上跳起,一头扎进水里,连水花都不溅起几朵,在水底准确摸到事先丢进去的一枚铜钱。还能躺在水面上吹响哨子。可千真万确的是,他还是被淹死了,周至亲眼看见人们用长杆抓捞上来的好友的尸体。当时,有人出主意,把吴明子横放在一头牛背上,他父亲牵着牛跑,是颠出几口水来,可吴明子最终也没能再睁开眼睛,当时,他就在牛背的一边,扶着好友的身子。

吴明子的死是一个谜。村里没有几个人相信他是淹死的,一直流传着几个充满迷信色彩的说法。但吴明子真的就这样死了,世上再无吴明子。打那以后,大人们再也不让孩子们去游水,月牙湾的夏天,一下子沉寂了,只有抽水机的嗡嗡声……

周至则多年连月牙湾都不愿再接近一步。后来,背对故乡,越走越远,月牙湾,他甘愿永远忘却。吴明子送他的那支钢笔,则一直被他珍藏至今。

在月牙湾的泥岸上,他在一棵老树墩上坐下,连着抽了两支烟,首先想到的,是老母亲的一句话:淹死的,都是会水的。确实,这句话里有哲理,岂止游泳,再想人这一生,可以经历很多很多,也可以像吴明子那样,将生命结束在还未抽枝散叶之时,福兮,祸兮,幸,还是不幸?

掐灭烟头后,周至向月牙湾望了望,毅然转身向北走去。

村北,是西边的山梁拖下来的一条尾巴,故称尾峁。尾峁把北来的河水硬生生地挡了一下,河水也把它的背面冲击得只剩砒砂岩形销骨立的骨头,阳面则还是黄土,这里顶上是油松、香柏,阳坡下,是全村最大的一片杏林。

又看见了,那片杏林,花开如雪。待走近,香味扑鼻,让他响亮地打了喷嚏,接二连三。这可是些几十年的老杏树,看看它们的树干,墨黑刚硬的枝干,却开出一树娇嫩芬芳的白花,仿佛铁树开花。

一阵欢声笑语,从杏林里传出,蓦然,回响在周至耳畔……

那年,五谷地村的六个孩子,四男二女,都从乡里初中毕业,他们知道,他们中有的人,将在下学期开始时,迈入在沙镇的第一中学,有的人,则再也与学校无缘。为了这人生第一次分别,由周至与另一个男生提议,大家聚一次餐,而聚餐的地点,就选在这片杏林，这是周至的主意。

时候是比现在要晚些，是杏子长成青杏还远未成熟之际，一如杏树下的他们。

吃食，是由六个人每人从家里各拿一份，一瓶白酒和六瓶啤酒，则是两个发起人带来的，铺在草地上的那张大布单，是女生柳毛家的被单。

当时中考刚过，结果还不知道。不管自我感觉好的，还是不好的，好像都不在意，反正是初中毕业了，大家难得最后一次相聚，个个兴奋。

吃什么，谁也不在意，酒，对他们，大多却是第一次。开头定的，是男生喝白酒，女生喝啤酒，可真喝开后，一个女生把喝在嘴里的啤酒哗地吐在地上，拧眉蹙脸地说：一股马尿味儿！改喝白酒，可才喝三杯，就面红耳赤，语无伦次。男生也有一个酒精过敏，自己提出，他们喝一小杯酒，他就吃十个树上的青杏，他不怕酸。

周至当然喝酒，还是白酒，再下去，两个男生改喝那几瓶啤酒了，剩下那半瓶白酒，就柳毛与他喝。

周至兴奋起来，一边劝柳毛："你是女的，可别喝醉了。"而他，却比柳毛先醉了。

周至只记得当时他大声呼喊着，要大家唱歌。开始要求，每人唱一个，你推我搡一番后，每个人都唱了，后来，是有的人抢着唱："我来给大家唱一个""我再给大家唱一个。"再后来，那天大家合唱的是《年轻的朋友来相会》：

　　花儿香鸟儿鸣
　　春光惹人醉

欢歌笑语绕着彩云飞
啊，亲爱的朋友们
美好的春光属于谁
属于我属于你
属于我们八十年代的新一辈
再过二十年我们重相会
伟大的祖国
该有多么美
天也新地也新
春光更明媚
城市乡村处处增光辉
啊亲爱的朋友们
创造这奇迹要靠谁
要靠我要靠你
要靠我们八十年代新一辈
但愿到那时我们再相会
举杯赞英雄
光荣属于谁
为祖国为四化
流过多少汗
回首往事心中可有愧
啊亲爱的朋友们
愿我们自豪地举起杯
挺胸膛笑扬眉
光荣属于八十年代新一辈……

再过二十年，我们来相会，现在，两个二十年都过去了，他们，这五谷地当年的六个初中同学，再也不曾有过一次相聚。当年，三个上了高中，三个回村当了农民。两年后的高考，只有周至一个幸运地闯过独木桥，走进了大学的校园。后来，那个说啤酒是马尿味儿的女生，由于婚姻不遂心，上吊死了，再后来，是那个喝酒过敏吃毛杏儿不怕酸的男同学，在某城市的建筑工地上，从高高的脚手架上掉下，当场摔死，还谈什么聚会！

杏林依旧，人事全非。眼前的杏花正繁，可却杳无人迹，虽然，乡村又渐有人气，却多是中老年人，绝少青少年。杏林的欢声笑语是四十年前的，如今，这里能发声的，只有那些肥胖的蜜蜂之类。

周至在杏林前徘徊一番，就离开，沿着尾峁上一条如绳的小道，奋力向西边的大高原上走去。

五谷地西边的山崖，村里人叫西崖畔，赭红色的砒砂岩，刀削斧砍般，只有顶上，才有一层薄薄的黄土覆盖，从村里上西崖畔的几条路中，数从尾峁上去这一条最缓，最好走，可今天，周至爬起来，却感觉吃力，尤其是腿沉，人老先老腿，看来，自己确实是老了。好在手中有杖，没用来打狗，却助他登山了。

终于置身高高的西崖畔上，第一感觉是风大了，视野开阔了。西边，是从高原上矗起的驼峰似的双山梁，周至离开家乡的四十年，他究竟登临过这天下多少名山大川，可这座家乡的山，却从来只在他眼里，好像连去登的念头也从未起过。正如郁达夫所言："因为近在咫尺，以为什么时候要去就可以去，我们对于本乡本土的名区胜景，反而往往没有机会去玩，或不容易下一个决心去玩的。"今天同样儿,他扶杖眺望的时候,是起了意的,可连一步都不曾迈出,理由嘛,没准备好,就这么简单。其实,是不是已经望山却步,他都不愿再想。那么,就转过身来,择一个土塄,就地坐下。五谷地就在眼皮下面,川谷堪称绿川,身后的大高原上,也有树、有草,可整个准格尔高原山区,绿色主要还在沟谷、川道。这些年大搞生态建设,鄂尔多斯的其他旗区,总是比准格尔有名气、有成就,他曾为此安慰一个对此颇为不平的准格尔的领导:"人家是沙漠,栽活几棵草,也是绿色,在那儿明摆着。咱准格尔呢,你就是在那些沟川里栽满了树,人家领导坐在小车里,在高速上走,哪里能入眼呢。"

西崖畔上,直到双山梁,没有人家,也没有农田,过去多是荒地,有些柠条酸枣等灌木,是天然的牧场,少小时候,周至的爷爷是村里的羊倌,他可没少在这里给爷爷打绊子,当个拦羊小子。更多的时候,是每天中午放学后,回家吃完饭后,去给西崖畔上放羊的爷爷送饭。有一次,他在半路摔了一跤,打烂了饭罐,坐在地上蹬着双腿哭号,连家也不敢回。那次,爷爷等不上饭,饿得低血糖病又犯了,坐在一个土包上,头上冒虚汗,四肢无力,眼巴巴地看着羊群四下乱跑,甚至吃生产队的庄稼,他却无力阻止。

周至与爷爷感情最深,可谓"隔代亲"。爷爷最常说的一句话是:"人生一世,草木一秋"。他老人家说起村里的人,不用辈或代这些字眼,用"茬",我们这茬子人,你们这茬子……如今,不要说爷爷那茬子,连父母他们一茬子,也大都走了,各自进了家族墓地。现在,自己这茬子,也被那些更年轻更小的一茬,顶成了老人。

爷爷,不,是五谷地上所有的乡亲,从不会嗟贫叹老,因为在他们眼中，草木之人如草木，春荣秋枯，再自然不过。再想想自己，感叹年华逝去，害怕生病早死，真是知识分子的软弱，该羞。

丢下几个烟头后，周至又扶杖起身，已经是半前晌，探身崖畔，看着一条崖下似有似无的羊肠道，犹豫半晌，最后还是老老实实，循着尾崩那条来时路，原路返回。

"咪咪……噢噢……"

再看，那边田野上：二牛并抬犁架，拉辕犁一张，老赵在后扶犁。这让周至脑子里立即闪现出他收藏的一枚邮票，1999年发行的汉画像石《牛耕图》，他还收藏了拓片。

"啊呀，老兄，你倒开始耕地啦？"周至大声问。

老赵身子微侧，一手扶犁，一手扬鞭，在新犁开的犁沟里一步一步走着，回答："九九又一九，耕牛遍地走，到了节令了嘛。"

周至："歇一下吧。"

赵常在那边地头把犁提起，踢了一下犁片，喝令牛回头后，又将犁头压到土里，一个响鞭，向这边犁过来。

周至叹着："这年头，养牛的人家可不多啦。"

老赵到了地头，回了头，就把牛喝住，犁头插稳，犁把用鞭子支住，两只手在衣襟大腿上拍打几下，上了田埂，伸手接了周至递过来的烟。

周至："那树的事儿，解决了吧？"

赵常："烧了他两棵小的，我给他栽了两棵大的，还有甚说的？"

周至笑了："就是让老哥你委屈啦，坐了三天禁闭。"

赵常："不委屈，一点儿也不委屈，西梁上有个老汉，也是上坟，烧了人家一片林子，都判刑啦。"

周至看看天，看看地，说："老哥，依你看，今年年景如何？"

赵常头一勾："牛马年，好种田。老古人的话，没空的。"

周至："我院子前边那片地，我也不想让它荒着，起码种上几畦子菜，再种点山药玉米。"

赵常："你都多少年不捏锄把儿啦，过两天，我来帮你，对了，到时再给你拉去两车羊粪。"

抽完烟，周至忽然提出，让他来犁一会儿地。

赵常笑了："这活儿，恐怕你不行吧。"

周至："当年，我和我大学过，试试看吧。"

周至也一手扶犁，一手扬鞭，谁知，牛一走开，他顿时就乱了手脚。

赵常："兄弟，你生来就不是这唾牛屁股的命，你那双手，生来就是捉笔杆子的。快放下哇。"

越是这样儿，周至越不肯放弃，说："我就不信，我就不信。"

犁头忽左忽右，有时索性从土里跳了出来，可周至就是不肯放手，说："有老哥你这个老庄稼把式在，我今天就要学会耕地。"

赵常只好跟在一边，手把手教。

耕了两三个来回，犁沟，果然直了。

这天的午饭，就在赵常家吃的，烧猪肉烩酸菜，酸捞饭。周至觉得，这是他这些年，吃的最香最饱的一顿饭。

饭后，周至回家，倒在炕头，美美地睡了个午觉。

他还做了梦，梦见月牙湾，他在那清清的河水中游泳，想怎么游，就怎么游。

醒来，听到村里谁家的母鸡，"咯咯蛋，咯咯蛋"地叫个不休，是母鸡刚下了蛋，在自己"夸蛋"。

热水，泡茶。

在树影摇曳的窗下，抽着烟，喝着茶，周至心中突然涌起了强烈的写诗的冲动。

酝酿，再酝酿，终于，他站起，在窗下的桌面上，铺开一张宣纸，抓起毛笔，清水润笔，砚池蘸墨，运气调锋，手腕一抖，就有一首诗，落在纸上："村南村北鹁鸪声，水刺新秧漫漫平。行遍天涯千万里，却从邻父学春耕。"

写罢，自己摇头晃脑地吟诵一遍，才想起，这不是宋代大诗人陆游的诗吗？

掷笔，周至兀自哈哈大笑几声，才叹："前人已有这么绝妙的诗篇，后人，还再写什么狗屁诗呢！"

五、安牛

有人问：老赵，今年做甚？

赵常答：庄户人嘛，还能做甚，安牛。

这地方，把种田称作安牛，祖祖辈辈，都这么说，这大概是与百年前的走西口有关。当年，南边晋陕几县农民，到了口外蒙地，开荒种地，地亩不按亩算，按牛犋算，两牛一犁一人算一个牛犋，开多少荒，种多少田，按安放了多少牛犋来计算。

赵常在五谷地安了一辈子牛，村里有一句话："庄户人种地不用问，赵常做甚咱做甚。"意思再明白不过，看赵常的动作就是了。

赵常真不平常，本来已是六十大几奔七十的人啦，可把家里的两头黄牛养得健健壮壮、油油光光，站在那儿稳如铜雕，走动起来虎虎生风。再看老赵干起农活儿那劲头，那架套，就是与青壮年比起来，非但不落下风，恐怕还更胜一筹。对此，老赵有一句自嘲的话：没钱的老汉力气大嘛！

今年，情况却不同了，"老把式"遇到了新情况。

听听正在会上的村长周家驹的说法："……你问我什么是现代农业？那我们得先弄清楚什么是传统农业，这传统农业，就是我们过去，祖祖辈辈种地的做法，说得近一点，就是我们过去种地的做法，说得具体一点，就是……就是咱村赵常老叔种地的做法。"

大家哗地笑了。

正在角落垂头打瞌睡的赵常，被身边的人捅醒："正说你呢。"

赵常打了个激灵："说我，说我个甚呢？"

大学生村官赵芳芳笑着说："赵大爷，周村长说您是传统农业的典型，活标本呢。"

赵常："我……我一辈子，就是个农民，老农民，不是什么点心，活倒暂眼明还是活着呢。"

又惹出一片笑声。

周村长转过来，大声说："赵大叔，我可不是讲你什么不是，我是打个比方，说你是传统农业的活典型，种地靠牛，点灯靠油，老天叫吃，就吃，老天不叫吃，那就……明年再说。"

老赵怔了怔："没错儿，农民嘛。"

周村长又说："种什么？糜子、谷子、要吃糕，那就还要种它两亩黍子，玉米、高粱、山药、绿豆、黑豆、花生、油籽、麻子……对，旱烟，这些年不种了吧？！"

老赵："旱烟，早没人抽了嘛。"

赵芳芳说："这是标准的自给自足的小农经济。"

赵常一下子站起来，睁大眼看着会场，看着大家，说："今天，你们……你们这不是开批斗会吧？"

周村长大笑："都甚年头啦，谁敢批斗你，我们是为了乡村振兴，建设美丽乡村五谷地，开村民大会，商量成立新的农业生产合作社，推进现代农业。"

"噢，那好啊，你们就现代嘛，老提我老汉做甚？"赵常坐下。

周村长："那我接着说，这现代农业，正好跟传统农业相反，传统农业一家一户经营，现代农业按专业合作化经营，传统农业按小片轮茬种植，现代农业实行规模化种植，传统农业由人畜合力劳动，现代农业实行机械化劳动，传统农业满足农民自家的需求，现代农业满足市场的需求，传统农业按季节，现代农业反季节。"

赵芳芳插话："传统农业和现代农业也有共同点，比如讲究绿色无污染。"

有人提问："咱五谷地今年就要搞这现代农业了吗？"

周村长："毛主席说过：一万年太久，只争朝夕。既然大家回来，又要搞农业，当然就要搞现代农业啦！"

又有人说："周村长你刚才说的那一大篇，我还有点儿没闹明白。"

就有人骂："你真是个猪脑子，人家周村长已经说得再明白不过。"

这人就不服："你好脑子，那你就给我说说看。"

那人哈哈一笑："一句话，凡和赵常做法相反的，就……就是现代农业嘛！"

会场又一次爆发大笑。

搞现代农业的第一步，就是成立五谷地现代农业合作社，成立合作社的第一步，就是土地的流转与整合，只有把全村的土地重新整合在一起，才能实行机械化、规模化的种植，这可不是小事，为期三天的村民大会，旗农业局和镇上的领导都来参加。

五谷地现代农业合作社终于成立了，村民们以自家的土地入股，成为社员和股东。尤其是那些多年将自家土地撂荒，全家进了城的村民，人虽还暂时不能回来，可自己名下的土地，变成了股份，秋后分红，何乐而不为呢！那些已归来的户子，本来，是在城里住累了，住烦了，或住不下去了，此番回来，只图个清静，图个养老，种地只图刨闹个自己够吃，现在一看，种地又好像成了这天底下最好的事，当然也愿意入社。何况上边说得很清楚，农民入社退社自由，就是弄不好，那地也跑不了。

　　赵常听得一脸狐疑，举手说："搁着，老汉有个问题，入了社，大家又要像从前，一起下地一起干活吗？"

　　赵芳芳说："是啊，集体劳动。"

　　赵常："……那，劳动，每天计工分？"

　　周村长："不计工分啦，按岗位定工资，大家也不再是传统的农民，准确地讲，叫农业工人。"

　　所有人都又议论起来。

　　有人说："这才是猫吃白菜，日下怪啦，明明是种地的农民，偏要叫成个工人。"

　　也有人问："工资也是按月发？这庄稼还在地里，收还没收，哪来钱发工资？"

　　"都是种地，工资也应该一样才是哇。"

　　……

　　轮到签土地入股合同时，赵常站起来就走。

　　赵芳芳张手拦住："赵大爷，您咋要走？"

　　赵常："这里没我的什么事了嘛！"

　　赵芳芳："您还没签入股合同呢。"

赵常:"不是说,我老赵是……传统农业,跟你们要搞的那个,尿不在一个壶里吗。"

周村长过来:"赵大叔,说你那是传统农业,就是为了让你转变观念,和大家共同搞现代农业啊。"

赵常:"我老汉……传统了一辈子,如今,都快七十岁的人啦,怕是想跟你们那个现代,也现代不了啦。"

紧说慢说,赵常背着手,悠悠地走了。

周村长说:"看看,什么是钉子户,檀世宝!"

镇领导说:"看来,你们还得好好做工作,把现代农业的优越性讲透,宣传给每一个人。"

农业局的领导:"农民最讲究实际,传统农业效益实在太低,你们做老赵这样的农民的工作,就要给他们多算算账,道理,他们不一定都懂,可三多两少他们比谁都知道。"

这天夜里,老赵家老两口在熄灯后,也有一番枕边夜话。

老婆:"……人家都入,就咱家不入,怕不行哇。"

老汉:"不是说自觉自愿吗?"

老婆:"说是那么说,做起来可就不一定。"

老汉:"我就不入。"

老婆:"人随大流草随风,怕咱单家独户顶不住。"

老汉:"我就不信,他们还把我的锄头钩子扳直呀!"

赵常说到做到,第二天,就不再去开会,扛着农具下地了。还说:"这安牛,可得按节气,农时不可违啊!"

该种甚种甚,该做甚做甚。

日落雀吵,风吹树响。

赵芳芳骑着辆漂亮的电动车,驰过白杨夹峙的村道,停在赵常家大门外，受命来说服动员老赵。

赵常正在牛棚给他的两只宝牛梳毛。

赵芳芳停下车，过来，倚着牛栏，笑嘻嘻地说："赵大爷，咱们合作社的农业机械都回来啦，耕地的、种地的、浇灌的、收割的……摆开来有半里长，请你去看看。"

老赵："你先给大爷说说，五谷，五谷，这五谷，到底是哪几样儿？"

赵芳芳虽是大学生村官，可她自小在城里长大，能知道粮食蔬菜是农民从土地上种出来的，不是超市里本来就有的已经不错，你问她五谷是哪些，这不是难为她吗。

老赵见赵芳芳顿时面红耳赤，回答不上来，就哈哈笑了两声："那，娃娃，你还是哪儿来哪儿去吧，大爷这儿，还忙着呢。"

赵芳芳一下子气出两眼泪花。

赵常铁了心不入合作社，让周村长感到很没面子，觉得赵常这是为老不尊，不识抬举。很想给他来点硬的，牛不喝水强按头。可上边的政策是农民自觉自愿，不能强迫，村两委其他成员都认为：不妨让他单干上一年两年，等咱现代农业合作社搞成了、搞好了，让事实来教育他吧。

事情传到回乡养老的大文化人周至耳里，他说："传统农业的历史，至少已有几千年，现在，全国农村都在搞现代农业，留下几个像老赵这样儿，还在按传统方式生产生活的，也算是对华夏古老农耕文化的传承吧，现在，好多行当，不是都有传承人嘛。"

从此，赵常在"钉子户""楦世宝"之后，又多了一个外号："传承人"。

几天后，村委会前的宣传栏里，人们看到一篇文章：

让青春之花在乡村振兴一线绽放

赵芳芳

民族要复兴,乡村必振兴。乡村振兴一线是展现担当作为的战场,更是抒写精彩人生的舞台。广大青年干部要在乡村振兴一线肩负重任的过程中,坚定信仰、信念、信心,绽放绚丽之花,精彩中华大地。

坚定信仰,"身入"更要"心至",确保在乡村振兴一线"融得进"。把青春华章写在乡村振兴第一线,是时代的呼唤,是青年应有的追求。唯有点亮理想之灯,照亮人生之路,激扬青春梦想,释放奋斗力量,才能主动投入到乡村振兴浪潮中。广大年轻干部要不怕基层太远、太苦、太累,要把自己当作浪花,把基层当成充满希望的"蓝海",听从海的召唤,积极投身大海怀抱。只有初心不忘,身入心至,才能带着感情,踏进泥土,走进老百姓的"心头",真正把群众当亲人、和群众"坐在一条板凳""吃一锅饭",与群众融为一体、打成一片,把群众安危冷暖放在心上,问政问需问计于民,才能真正融入基层、扎根基层,在乡村振兴第一线绽放青春之花。

坚定信念,"既来之,则安之",确保在乡村振兴一线"留得住"。乡村振兴不是一朝一夕、一蹴而就的事情,而是一项长期工程,需要我们广大年轻干部在不同领域和岗位上担当作为、无私奉献,在祖国和人民最需要的地方绽放绚丽光彩。年轻干部缺乏"基层课"和社会实践课,而基层则是为我们提供有效学习锻炼、蓄积青春能量的最好课堂。在基层工作的经历，对我们每一位年轻干部，都是一种历练、磨炼，更是一笔宝贵的人生财富。我们不能抱着到基层去"镀金"的想法，要把基层当成人生"起点"，只有坚定成为一颗乡村振兴中甘于奉献的"种子"，才能让小小的种子扎根土壤，破土成长，绽放出最绚烂的青春之花。

坚定信心，"召之即来，来之能战"，确保在乡村振兴一线"干得好"。实践是最好的老师，遇到困难，我们更要鼓足劲头，与工作叫板，不会的主动学，不懂的谦虚问，不熟的反复练。只有抵得住压力、扛得起责任，在这条道路上才能越走越长；只有奋斗，才能不负使命，完成时代赋予的责任。只有时刻激情满格、状态满弓，不断提高解决实际问题的能力，把全心全意为人民服务作为行动自觉、把行业的最高标准作为奋斗标尺。关键时刻冲得上去、危险关头豁得出来，扛得了重活、打得了硬仗、经得住磨难，让自己在惊涛骇浪中栉风沐雨，在履职尽责中磨砺青春，才能书写好党和人民交给我们的时代答卷。

六、日记

今日何日？

查了一下日历，竟然是我三十岁的生日。按多年惯例，先给生我养我的父母大人打了电话，虽然一直不明白，这是感激还是撒娇？

来到这个叫五谷地的村庄，已经有些时日，既无激动也无失落，更不会有什么委屈和不平……只是好像比以前更加嗜睡，每天除了三餐，上网，就是睡觉，睡得天昏地暗黑白颠倒，竟然连梦都不大会做。同伴玉柱说我：再睡，头也要睡扁了。我却实在不知道，不睡，又能做什么呢？

村里人都说我是回老家来了，对此，我不辩驳也不太能认同，我生于城市长于城市，上小学前才跟着父母来过一次，那是给爷爷送葬，一下车就穿上白色的孝衣，被推到一具棺材前跪下，命令：哭……放声哭……记得那时我是哭了，可我真正哭的是我的膝盖和腿，在硬地上硌得疼得跪不住。回城后我就上学了，小学、初中、高中、大学、研究生……国内到国外，一直到年前从英国归来为止。此次再回老家（按中国人的传统就这么叫吧），我到底是干什么来啦？

好像有这么一句话：知子莫若父。那么，反之，是否也可以说：知父莫如子呢？父母就我这么一个儿子，如今，由父亲创下的这份家业、产业，当然需要后继有人，这也正是这么多年父母不惜代价，让我去接受这个世界上最好的教育的缘故吧。只可惜，他们还是犯了天下父母都容易犯下的错误：太看不清这个由他们一手制造出来的宝贝，究竟有几分成色，到底值不值得他们如此厚望！

父亲早年一说到他自己，是一个大字不识几箩筐的五谷地的农民，就气愤不平，人家骑马我骑猪，认为他是输在了起跑线上，也正因为这份愤慨与不平，他才在三十多岁后，抓住了西部大开发这个千载难逢的历史机遇，以命相搏，终于创下了此前连做梦都不敢梦的商业神话、财富奇迹。没读过几本书的父亲，竟然常向别人讲起朱元璋，说朱元璋本来是个庙里的穷和尚，每天起来，托着个钵子四处化缘，可一看到天下大乱，豪杰四起，也就跟着起哄，结交了几个狐朋狗友，明火执仗，打家劫舍……哪承想，后来竟成了大明的开国皇帝，坐在皇帝的宝座上，还对刘伯温感叹说：本来是趁火打劫，没想到弄假成真！

说到这儿，就又想起了一件发生在遥远的童年时的往事。那天，我与父亲正坐在桌前吃午饭，有一只讨厌的苍蝇嗡嗡叫着，一而再，再而三地在饭桌上飞，还往母亲刚做好的菜上站，赶也赶不走，父亲向我示意看他的，只见他放下饭碗和筷子，一双眼紧紧瞅着那只苍蝇，待那只苍蝇又飞起来了，父亲的一只手迅如闪电，一把就将苍蝇抓住，当时我急着要看，父亲看着我，紧握成拳的手突然伸向他的嘴，只见他的嘴一张，苍蝇就如一粒豆子丢进了他的嘴，嗓子咕噜一声，喉结滑动一下，吞下去了……父亲向我摊开手心，空空如也，然后又抓起筷子继续吃饭，只有五六岁的我，先是瞪着眼发愣，后就奔向在厨房的母亲，大叫："我爸……真厉害！"当时，激动得连话都说不清。这就是我对父亲最最佩服最最崇拜的一次，那时父亲还未发达。当然，不久，我就明白，父亲那天空手逮苍蝇并生吞的事，只不过是他哄孩子的把戏。但这却是父亲受到儿子由衷崇拜的唯一一次。后来，父亲由承包一座死过人的小煤窑，而迅速发达，继而成了万众景仰的亿万富翁，我却对此一直视而不见，无动于衷。

我自认为自己资质平平，虽然现在名字前边，除了"李铜厚的儿子"之外，又有了某某某某名校，硕士博士海归之类的定语，可我清楚地知道自己究竟有几斤几两，是个什么东西。这是个资本通行的时代，凭着"李铜厚的儿子"，我还可以得到更多，可我早就对此了无兴趣。

透露一下，告诉你们我在欧洲的最后一年干了什么。我随一个考古教授考察特洛伊遗址，以期证明希腊人丢弃在海滩上的那个导致特洛伊城陷落的木马的真实存在。

读书二十多年，真的有用吗？一个著名的作家说过，读书的人，靠思想生活，不读书的人，靠本能生活，而思想常常使人软弱，本能却使人强大。不用讲非洲丛林，父亲就是一个生动的例子。

再强大的人，也总有衰落的时候。

显然，年前父亲那场中风，是他命我回国的直接原因，我也知道，这一回，我恐怕真的要扮演"李铜厚的儿子"的角色和承担义务了，说实话，对此我非但没有任何心理准备，而且有一种莫名的恐惧。那天，父亲叫我到他集团公司大厦的总部办公室的时候，一迈出电梯，我的小腿抽筋了，面对父亲，我已准备向他摊牌，没想到，那份《父子合同》仿佛雷霆救兵，用家乡的话说，"瞌睡要枕头"，枕头来了。

父亲这么做的良苦用心，愚钝如我，也能猜测一二。他这是在效仿一个伟人，要培养接班人，让我回到生养他的偏远乡村，一来记住自己的根，二来体会父辈创业之不易，三来也多少知道一点基层的社会。也算是他老人家独创出的一种上岗前的培训。

我就这么来到五谷地，每天记一篇日记，即使真的没有什么可记的，也一定要记的，因为，我从懂事以后，一直就是一个听话的儿子。迄今为止的一切，自己几乎连想一下都不用，父母早就替我安排好了，而且，这些安排，一定是最好的。

准确地说，五谷地是父亲的家乡、故乡，这个小村庄，至少在北方，还是不错的，有山有水，空气清新，交通便捷，土地据说也很肥沃。父亲只要求我在这里住满一年，虽然我才住了几天，却敢说，一点儿也不是问题，我其实早就在心里有过找一个安静的地方，让我停下来，首先把这些年没睡足的觉，都补上，然后再论其他。

以前，我读过一本叫《瓦尔登湖》的书，向往得很，梭罗只带一把斧头，在瓦尔登湖的森林里生活了两年零几个月，五谷地，怎么说也是一个鸡鸣狗吠的人间村庄啊，我想我也行，可父母不放心，派机灵勤快的小伙子玉柱同来，专门负责伺候我，这也很好。就这几天的情况看来，我们相处得还算不错。

村里的人据说是越来越多了，而在我眼里，还是太少太少，他们与这里的山水田园一样，只是乡间风景的一部分。大概父亲在他的故乡，少小无甚劣迹，自己发迹后，至少在故乡也没有为富不仁，所以，乡亲们待我，都还友好，远远看见，就笑上了。不久前，一个刮大风的夜晚，这个村的最高领导竟然亲自来访，他酒量大，胆子大，热情也很高，放言要把这个村庄建设成全准格尔最美最好的村庄，我当然祝愿他好梦成真。

我如今待在这个安静的小村庄，千万不要以为我已遗世独立，做了隐士。一来，我是遵父命，二来，我虽人在小村，可这里早已通网，只要有一台电脑，你待在这里与待在巴黎也没什么太大差别。这个时代，人人通过互联网看世界。

至于一年后，我将面临什么？父亲会不会满意？我才不愿现在去想，到那时再说。

这些年东西南北地乱跑，使我早就失去了季节的次序与感觉，今年，我却在这里真正过了个北方之春。虽然有过几天沙尘暴，春天，毕竟还是美好的，令人身心愉悦。至少，我浑身是长肉啦。

三十而立，我已三十岁，想想，那就三十岁吧，至于立不立，我才不关心呢，反正我的一切，都有人替我安排，一定还是最好的安排。

昨天上网七八个小时，有点腰酸背疼，那就此打住，又想睡了。

七、碰见

像城市里都有十字大街，五谷地也有一个十字大路，把村庄分为村东村西，村南村北。

路两边，是高高的白杨，树冠相连，为行人搭出两条绿色的长廊。

周至喜欢这村道，每天都要去走走。

走在这熟悉的路上，他会莫名地激动，虽然常常还夹着丝丝缕缕淡淡的忧伤。有一首外国歌曲《故乡之路》，最合他此时此地的心境。

这天，正从南向北，快接近十字路口的周至，一下子刹住脚步。他眯起双眼，向前，看了又看，还抬起手，擦擦眼再擦擦眼。

刚才，明明看见有一个人，从对面姗姗而来，这咋，一转眼就没了？

莫非是自己老眼昏花？才刚过六十，还不算太老，眼早花了，可不是还戴了镜子嘛。踌躇半晌，周至确信，刚才，对面就是有一个人，而且，是个女人。

周至抬起步子，来到十字路中央，转着身，南北东西搜寻，没有一个人影。

明明……再说，现在不是半前晌嘛，难道，自己是大白天看到鬼啦？

一下子没了兴致，周至倚靠着一棵粗大的白杨，闷闷地抽了一支烟，在地上踩灭烟头，原路回家。

一进大门，周至就听到一声声鸟儿的啾啾啁啁，是一双燕子，正在他家的院子里翩翩翻飞，再看，就在他住的那边窗户上的檐头下，沾着几点泥草。

啊，燕子在筑巢。

周至刚才还有点郁闷的心情，立即充满欢喜，不，简直是惊喜。乡下农家，没有不喜欢燕子的，若有燕子肯来自家筑巢，视为吉祥，当作芳邻。又想起父母训导孩子们的两条禁忌：其一，说燕子的蛋是臭的，男孩子碰了它，头上长癞子，女娃碰了它，将来腌菜腌臭菜；其二，小燕子即使掉落地上，也千万不能用手去抓，只要人手碰过它，它就再也飞不过大海了，明年，再也回不来了。后来才明白，这只是人们为保护燕子编的善良的谎言而已。

"翅湿沾微雨，泥香带落花。巢成雏长大，相伴过年华。"几句古诗，又让周至伤感起来，妻子的离世，儿女的远离，孑然一孤翁，纵然今日归，亲友飘零。

痴痴地立在院中，看了半日的燕子筑巢，就到了做午饭的时候，电饭锅、煤气灶，都很方便，弄了一个菜，热了两个馒头，便是一个人的午餐。

饭后，碗筷往池中一丢，懒得去洗，就上了里间卧室的小炕上，高枕而卧。

恍惚中，有人在窗下唠叨："猪又不肯吃，都两顿不吃了，得去请兽医呀。"是母亲的声音。"再不肯吃，不如一刀子杀了。"答话的是父亲，父母的身影匆匆从窗外闪过，再就无声无息了。自己背着个背包归来,大门开着,家门也开着,却咋也找不着父亲和母亲,在炕沿上卸下背包,就到墙角的水瓮前,摘下铜瓢,舀水咕咚咕咚喝了个够。就听背后母亲说:"你咋一个人回来,你媳妇呢?"还没顾上回答,手机又响了,儿子打来的,说:爸,清明回不去了,请老爸代我给我妈的墓上献个花。另外,把我的驾照快递过来。挂了儿子的电话,就马上给在成都的女儿打电话,手机嘟嘟地响,就是没人接,工作再忙也应该接个电话呀……如今这些孩子!一抬头,就看见父亲在门槛上倒坐着抽烟,很不高兴的样子,说:再要这么一个人,就不要回来了!他说:我媳妇她不是……不能回来了吗,你们又不是不知道。父亲骂开了:不要以为老子就不敢打你啦!他也气愤了:您老人家想打就打嘛,打死我,我也没办法。您以为我活得就好吗?巨大的委屈,让他哭了起来……

周至一下子折身坐起,怔怔了半天,才叹道:连做梦,都破破碎碎!

下地,泡了杯茶,抓起烟盒,只剩下最后一支烟,把烟叼在嘴上,打火机咔嚓咔嚓响,却打不出火来,一把扔了,在地上转了几圈儿,最后进了厨房,打着煤气灶,才把烟点着。

刚踱出门,突然,周至以与他年龄不相称的迅捷动作,从地上捡起个石子,冲到西边,原来,墙上蹲着一只不知从哪来的黑猫,黑猫咪呜地叫了声,一闪身,消失。

周至再看,那两只燕子安然无恙,正来来回回地衔泥筑巢。

又到西墙外看了一回,远远看见那只黑猫穿过一片刚破土抽芽的玉米地远遁,才罢。

去年体检,检出冠心病,医生建议他限酒戒烟,酒,是明显喝少了,可烟,却实在戒不了,有朋友向他感叹戒烟难时,他却说:

"戒个烟嘛，有什么难？我半年就戒了差不多一百回。"

现在，又没烟了，他关上大门，决定去买烟。近来，为了控制自己无节制地抽烟，他想了一个办法：不再像以前整条买烟，化整为零，每天最多抽一盒，抽没了再去买。这样做，真的有些效果，但有时来人了，恰也是个烟民，递来让去，就肯定不够，好在村里有供销社，也有小超市，他随时可以去买，他如今有的是时间。

一出门，遇见了一个骑摩托车的人，看见他，赶快把车停下，熄火支起，边往下摘头盔，边向他伸过一只手来，大声说："大叔好，听说大叔回来了，没想到，您真还能在这五谷地住住呢！"

周至一边与这人握手，一边眯起眼："你是……让我想想……"

"哈哈，大叔真是贵人多忘事，我小时候还拜过您为师呢。"

"哈，陈……陈文义。"周至一下子想起来了，大约二十多年前，这个五谷地的高考落榜生，曾背着一箱子鸡蛋，还有两只刚宰的鸡，寻到他家里，一进门就行跪拜大礼，发誓此生不做作家，就当记者。这让他当时颇感为难，婉转地规劝他最好还是再考大学，他愿意为他联系市里的好中学复读。谁知这个年轻人一句也听不进，竟然说："大叔您要是不肯收我这个学生，我就会给您来个程门立雪。"记得那天，正好天下大雪，他只好吩咐妻子做饭，自己把年轻人领到书房，任由他从书架上挑了一大包书，末了，又推荐了一些。陈文义在书房住了一夜，第二天走时，他曾责备："送我鸡蛋，为什么还非要连下蛋的母鸡也杀了？"谁知，对方的回答竟然是："我这是破釜沉舟，霸王别姬啊！"陈文义抱拳辞别后，妻曾问："这样的学生，你真敢收？"他哭笑不得："谁让他是我老乡呢。"后来，就根本没有什么后来，陈文义一去，杳如黄鹤。再回乡时打问，连他家父母，都不知这个小子跑到了哪里。再后来，听说陈文义去了南方，竟然引回了一个云南媳妇。

"文义，你现在……在哪里？"

"亦城亦乡。"

"啊？"

"嘿嘿，老婆孩子在沙镇，我也常回村里住。"

周至一时不知该再谈些什么，陈文义却恭敬地给老师敬烟点火，说："叔啊，听说婶子过世，你现在是一个人，这咋行，老伴儿老伴儿，这人到老了，才真正需要一个伴儿呢，咋也得赶快再踅摸一个呀。"

周至："都这个年纪啦，就这么一个人过哇。"

陈文义："依叔的条件，这事儿一点儿不难，包在我身上。只看叔你是要年轻点的，还是年纪相仿的？"

周至笑了："还是省点儿事吧，人家谁愿意找一个老头子伺候呢。"

陈文义头一扭："要我说嘛，就凭叔的级别，光退休金每月也在一万元以上吧，还有稿费，咱要找就找个年轻些的，真要年龄大的，还不知道将来谁伺候谁呢。"

周至摆手："这事儿，不谈……"

陈文义："就这么定了，找个比叔小至少十岁以上的，一点儿不难，这世上，两条腿的蛤蟆不好找，两条腿的人可遍地都是。"

陈文义说着，又跨上摩托车，说："今天就这样儿，我这一阵子就在村里，回头再细谈。"

周至："对了，忘了问你，你现在做什么工作呢？"

陈文义："我可是游牧民族，逐水草而居，这两年，重点收古钱币呢。"说着，扣上头盔，鸣了声喇叭，飞驰而去。

周至望着他的背影，惊愕：人民币印得那么多，看来你也没收下多少，还收什么古钱币呀！

到了供销社，进门时，与一个正从里面出来的人撞了个满怀，对方手里提的袋子都掉在地上。

"对不起……啊……对不起！"周至道歉。

对方是个中年女人，慌忙弯腰从地上拾起东西，嘴里只是"啊……啊……"了几声，就要走。

"柳毛！"周至一只脚在门里，一只脚在门外，嘴半张着。

"噢，"对方被人一下子扯住了似的，僵直在那儿，半天，才慢慢转过头来，笑了，说，"这敢是周至……老同学哇。"

周至赶忙从门上退出，也笑了："见不上，是见不上，今天，是真真地碰见，都碰了头啦！"

四目相对，周至笑，柳毛目光避开，一时不知往哪里看。

柳毛："听说你回来啦，长住呀？"

周至："退休啦，回来养老嘛。"

柳毛："住一段日子行，就怕长住不习惯了哇，城里各方面条件，咋也比村里好。"

周至："我喜欢乡村。对了，你如今在哪儿呢？"

柳毛："就在沙镇，看孙子呢。"

再下来，俩人就寻不到什么话题，一辆开来的小面包车，将他们从窘境中救出。

"我得走了，回沙镇。"柳毛冲周至笑了下，说了声："你还不老"，就上车了。

在车门就要关上那一瞬，周至才扬起手，大声说："我看，你才不老！"

真的，他不见柳毛，已经二十年……三十年了。反正，其间好像只见过一次，她刚出嫁不久，就在五谷地，具体什么场合，想不起来，人很多，俩人只是远远地望了望，连话也没说。

周至沿着村道的树下往回走，走出一大截，才又车转身，回供销社买烟，这回，是买了整整一条。

回到家，坐在檐下，抽烟，脑子里全是柳毛，是的，他没瞎说，柳毛真的不老，她比他只小一岁多，身架还是那么匀拔，面目还是那么清丽，皮肤还是那么白净，尤其是那双眼睛，还亮，还有水。她嫁的是化肥厂工人，这些年一直生活在沙镇，自然衣着气质不像农民。想到这儿，他突然攥起手，在自己头上打了一下。现在，想这些做什么？人家自有人家的生活。

回屋，泡茶，周至突然又想起，上午在村道上远远看见的那个人，一准就是她——柳毛。可是，她为什么要躲呢？！

八、喜雨

夜半。

赵常一个骨碌从被窝里坐起，侧着脑袋，侧耳听了会儿，喊了起来："下了，总算下啦！"

炕的那头，黑暗中荞面皮枕头窸窣有声，女人睡意蒙眬："老头子，你又咋啦？"

"不是我……是老天，下雨啦。"

"啊呀，老天下雨，下嘛，用得着……这么一惊一乍嘛，人家正做个梦，好梦。"

"甚好梦，说说看。"

"人家正梦见，咱闺女回来，小外孙田田，一下车就往我怀里扑呢。"

"嘿嘿……"

赵常盘腿坐着，耳朵一直支棱着，窗外，是春蚕撕咬桑叶般的沙沙雨声。

"哈呀，就等这一场雨。"

"老天要下，你不等，它也下呀，老天要不下，你等得死了，它也不下。"

"废话，你以为，这老天是无情无义的吗？才不是呢，老天最有情义，只要这人，不要造孽，不做亏心事，天就不会亏人！"

这回，老伴儿没再说甚。

村里成立了合作社，大多数人家都入了社，统一种植薰衣草、蔬菜等，赵常却说："五谷地，五谷地，不种五谷还成什么五谷地？"他仍按祖上传下来的做法，种去年自个儿留下来的种子。

种子入了地，天却一直红红的。一有点儿云彩，就刮风。

赵常天天起来望天，望得眼珠子都蓝了。

有人就龇牙笑："老赵，你不是说牛马年，好种田，今年不是牛年吗？"

老赵才顾不上与他们磨牙斗嘴，他联系村里没入社的人家，张罗着给龙王庙烧香，领牲。

烧香，都懂，什么是领牲？

就是从羊群里抓一只山羊羯子，拉到庙前，再挑几担水来，将整桶的清水，一下子浇到羊身上，直浇到羊一个激灵，一打抖擞，几声咩叫，水花四溅。

人们激动地："领了。领啦！"

再上一道香，再磕几个头。

剩下的事，就是将那领牲羊就地按倒，白刀子进，红刀子出。

庙的一边，早就垒好灶，架好锅，将现杀羊肉一锅炖了，所有来的人，当场分享。

午后，从双山梁后边，涌起了云头，很快就奔马群似的，占满西半个天空，把火球似的太阳，吞没。遍地起风，猩红的闪电像鞭影，咯啦嚓——打雷了，却终没雨滴下来。

"闹腾这么大动静，还是一场空。"黄昏，人们失望了。

合作社的人的话，更不入耳："管它龙王爷灵不灵，老天爷下不下，反正，馋是解了哇！"

"这就不是人话，放屁都不如。"赵常忍不住，骂开。

真疼汉子的，还是老伴儿。赶快踮着脚，到村医务室拿回两盒龙胆泄肝丸。

老赵拿着药盒，在灯下看了又看，笑了："龙胆泄肝丸？你还真会买，我这火，就是这龙王爷给上的。要泄，得它老龙王来点实际的。"说着，捏碎丸药外壳，往嘴里一丢，咽巴了咽巴，吞不下，老伴儿忙将一碗开水递上。

现在，老天睁眼，雨终于还是下啦。

连老伴儿也一下子睡意全无，侧身歪头，在枕上听雨。

"好雨知时节，当春乃发生。"从老伴儿嘴里，突然冒出一句诗来，就像狗嘴里突然长出了象牙，把老赵吓得，眼珠子都差点掉出来："咦！你……你也……会吟诗啦？！"

老伴儿瞅了老头一眼，一张嘴，又是一句："随风潜入夜，润物细无声。"

老赵瓷在那儿："妖婆子，你……你今天，通上甚神啦？！"

老伴儿哈哈一笑:"是咱那小外孙田田教的,没想到,今天还真用上啦!"

"我说嘛。"老汉哈哈大笑。

"嘘——"老汉又突然叫了声。

"又咋啦?"老伴儿嗔怪。

老汉抬起一只手,向上捅捅。原来,外边的雨,大啦。

雨滴砸在屋顶的瓦上,一片大响。

再听,檐前的瓦口,水也下来。

老赵一掀被子,拉着了灯,三把两下,把裤子穿上,赤脚跳下地,回身拉了件褂子,袖子只套上一只,就拉开门,跑出去了。

"死老汉,你不要命啦?"老伴儿一撑炕皮,也坐起。

老赵立在檐下,伸出那条光溜溜的胳膊,任风吹,任雨打。

在从窗户上透出的亮光中,无数雨线,从漆黑的天空中倾泻而下,院子里,遍地雨花。

"好雨!好雨啊!"

老赵扯起嗓子吼着,叫老伴儿听见,叫全五谷地的人听见。

满腔闷气,一扫而光。转眼竟嫉妒起老伴儿:"还会吟诗,这老妖婆!"

屋内传来老伴儿的叫声:"把衣裳穿好!"

老赵这才把那只裸着的胳膊,套在衣袖里。

风向调了,雨又像千万只箭镞,射向门墙,玻璃,檐水如瀑。

老伴儿命令:"死老汉,快回来哇!"

老伴儿这句话,真还不如不说。老赵非但不听,索性弯腰别起裤管,几步穿过院坝,哗啦打开大门,一头钻进雨幕。

扑鼻的不是雨味儿,是干渴的大地散发出的土味儿,甜甜的,夹着些腥，让老赵鼻孔痒痒难忍，终于打开喷嚏，炸雷般，一个，又一个。

先绕着自家院子外，跑了一圈儿，在小菜园边，啪嚓跌了一跤，爬起："我就不信，平地还能把人跌坏？"

不服气，又冲到了村道上。什么也看不见，天地间，只有雨，满耳雨声，满五谷地雨声，满世界雨声。

既不扯闪，也不打雷，才好，这种雨，才能持久，才能饱墒。

雨水，从老赵的头顶上，顺着头发，往下浇流，浑身衣裳，从外到里，早已湿透，贴在身上。他不在意，好像他也是棵旱渴已久的禾苗。

他仰起脸，张开口，伸出舌头……

好像有人在叫，抹着脸上的雨水，细听，确实，就在自己家那边，一声长，一声短。

老赵返回，在这漆黑的雨夜，全五谷地，亮灯的就他一家。

老伴儿在大门洞内，手电筒的光，像根棍子，上下左右乱晃。

终于看着老头，老伴儿破口大骂："死老汉，你真个儿寻死呀！"

灯下，老伴儿看着一身泥水的老汉："咋，跌跤啦？"

老汉："这雨，若能下到天明，我情愿再跌十跤。"

老伴儿用一块干毛巾给老头擦头擦脸，又给往下扒湿衣裳，骂着："多大年纪啦，还以为你是三六十七八，我看你是不想跟我过啦，想往下丢我呀！"

老赵像一条赤条条的萝卜，被按在炕上，埋在被子里。

一会儿，老伴儿就把一碗冒热气的姜汤，送到老头儿的枕头前。

外边的雨，小是小了些，没停。

拉熄灯，再睡下时，村里谁家的鸡，叫了第一声。

老汉突然钻进了老伴儿的被窝。

"睡了吗，折腾了半夜。"

"还想折腾一下。"

"不是哇？"

"不信，你揣下。"

啊呀，老伴儿叫了声："这灰老汉，今天这是吃上甚啦！"

"龙胆，不是你给买的吗？"

"不是……早就不行了吗？"

"行不行，得做做再说嘛。"

就做。成了，很好！

"灰老汉，你真的还不老。"

"你哇不是？"

"你返青啦？"

"你哇不是？"

……

这场夜雨，真的一直下到天明才停，人们出门一看，整个五谷地，像刚从清水里捞出，水淋淋，亮晶晶……

九、村宴

五谷地要摆村宴啦！

消息自然是周村长首先发布，经由人人都有的手机，传给五谷地每户村民的。使用智能手机的人，都还收到一个设计精美的电子请束。

人们首先议论的是：做东请客的人，怎么是李星？这个富二代为什么要突然请客，而且是全五谷地的村民？

村长周家驹对此的解释是："村委会和我本人，就是有这个心，也没这个胆，上边有纪律，八项规定，至于人家李星，一不是干部，二不是党员，想请家乡的乡亲们聚聚，就这么个意思，希望各位届时光临，家里的大人娃娃都来。"

有一个笑话：一次，两个年轻人驾车在川那边的公路上发生了剐蹭，两人从各自的车上下来理论，差点儿动手打起来。经交警处理后，两人离开，结果发现彼此都还互相紧跟，一直到了五谷地，停下，才知，两人原来是同村的邻居。

看来，五谷地村的父老乡亲们，早该相聚相聚，本次村宴，最早的主意，却出自玉柱。他本是个五谷地的外人，他出这样的主意，仍是因了他的聪明和机灵。他认为不管怎么说，这里是李总的家乡，李星既然回来，就应该对这些乡亲有所表示，先请顿饭是必须的，至少，大家今后在路上遇见，不会谁也不认识谁。

李星对此的态度是：无可无不可。

一村之长周家驹说："好事儿，我就做一回代东。"

日子，就选在了这个月的十五，地点，就在五谷地村委会大院。

让周村长没想到的是，有人不接受，明敲亮响地表示："李铜厚不就靠挖国家的煤，有了几个臭钱，他显摆得还不够？显摆回五谷地来啦，不要说是他儿子，就是他李铜厚亲自八抬大轿来请我，我也不去，我自家的锅又没塌了，才不稀罕他一顿饭，就是讨吃，放心，也保证不会到他李大头门上踩下一个脚踪！"

说这话的，偏偏是去年脱贫攻坚战中最后一个脱贫的村南的刘老命。

周村长气不过,骂:"刘老命,识点人抬举!"

刘老命:"我知道村长的意思,不过,共产党的恩,我姓刘的感谢一辈子,至于他姓李的,我就一句:二小子压骡子——颤也不颤。"说着,就把电话挂了。

态度截然相反者也有之。如村西崖畔下的冯宽:"哈呀,我和李铜厚可是从小耍大的,不要说人家是下帖子请咱,就是不请,人家办事儿,要咱帮个忙,咱也没二话。"

周村长对着电话感叹:"老冯,你是个厚道人,连我这个当村长的,不也是给人家服务的吗,好,不多咬喃啦,到时,全家都来。"

当然,更积极的大有人在,有两个人就表示:既然村长都在尽力,他们愿意马上报到,听任村长差遣。

赵常最有意思,接到电话,第一问:"是办甚喜事儿?"第二问:"不是订婚也不是结婚,是过生日?"第三问:"那这不年不节的,请得个甚人?"最后还有一问:"噢,去是肯定去呀哇,只是不知道搭礼不搭礼?"

事实上玉柱早有安排,十四那天,集团公司就有一辆厢式货车和一辆面包车来到五谷地,带来了新鲜的海鲜之类,连米都是泰国香米,只有宴会所用的牛羊猪肉、蔬菜等食材为了绿色新鲜,就地取材。随车来的,还有五人组成的厨子班。

周村长带着一班人,全力配合。

周村长建议把范围扩大一些,把镇上的书记、镇长、人大主任等领导都请来,影响更大。李星却说:"我只要五谷地人来就行,明天若有一个比周村长大的官,我就不来。"

十五这天,黄昏,宴会如期举行。村委会会议室里,预备的十二桌，不够，又加两桌。

周至本来回市里例行体检，开席以前，匆匆赶回。

周村长真的做了代东。人坐满，开席前，他发表了一通演说：今天的宴席，是咱五谷地村的小老乡李星摆的，他为什么请人？一句话，他虽然是五谷地人，却出生在城里，长在城里，甚至国外，现在回来，他想与父老乡亲们认个脸熟，免得以后，路上路下，打上一架，还不知是自家人！

大家哄地笑了。

周村长继续："咱们的李星，可是从国外著名大学毕业的博士，无论知识、见识都不用说，就是不会打架。"

大家又笑。

李星主动上前大声说："各位父老长辈，兄弟姐妹们好！"并深鞠一躬。

大家起劲拍手。

周村长接着说："为了表达诚意、心意，咱们的李星，今天给大家除了准备了丰盛的饭菜外，还请大家喝茅台酒。"

周村长说着举起一瓶茅台，对大家说："有了茅台，我也就不再多咬喃啦，开宴——"

周村长的讲话，虽简洁平常，却是玉柱与他反复酌商的，比如，始终不提李铜厚，就是李星最不愿意人家一说到他，就得提他父亲，父亲成了他的帽子似的。

本来，周村长打算再从沙镇街上请一个乐队，几个唱手，玉柱摇头："千万不要，就咱五谷地人，坐下好好喝点酒，吃个饭，拉拉话，多好！"

宴会现场，气氛果然很好，人们呼亲唤友，各自择了桌子，择了人，坐下，家长里短，城里乡下，东西南北，天上人间。

李星、玉柱、周村长、周至、赵芳芳等一桌同坐。

首先，是周村长带着李星，挨桌敬酒，与这些生疏的乡亲一一相认相称相呼。

让李星惊诧的是，自己在村里，辈分竟然不低，有一些壮年汉子，称他叔，有一些少年，称他爷。

李星有些羞惭，不自然。

周村长说："该是甚就是甚，地圪塄也有个高低嘛。"

第二个起来敬酒的是周至，周村长也赶忙站起："叔……"周至一把把这个本家侄儿按在座上，说："坐下喝你的酒，在五谷地，我可不是生人。"他一手捏着个酒杯，一手提个酒瓶，笑着说，"今天，我是借花献佛。"

中间，好多人都提到了亭子，原来周至还乡，深感自己对故乡无以为报，最近，就拿出一笔钱，为村里捐建了一座八角凉亭。凉亭就建在村委会外的一个小土丘上，只是还未竣工。

一个老人说："有一句话，叫前人栽树，后人乘凉，积德之事啊！"

另一个年轻人修正说："周叔这是：一人建亭，众人乘凉！"

第三轮，是周村长和赵芳芳代表村两委，给每位村民敬酒。周村长特意吩咐芳芳："今天咱也变个调调，与乡亲们，只谈感情，不谈工作。"

敬酒时，有个大嫂开芳芳的玩笑："闺女，你这么喜欢五谷地，干脆就嫁到村里来哇。"

芳芳展颜一笑："不排除这种可能。"

接下来，敬酒的归座。大家把酒话旧，朝花夕拾。都在感叹：

五谷地人,离散二三十年,早该有这么一次聚会啦!

就有人,端酒离座,走到周至他们这一桌来,依次敬酒。

起了点争论,在敬李星时,李星坚拒,说:"要敬,先该周叔,这桌他年纪大辈分最大。"敬酒者说:"吃谁喝谁先敬谁,先敬东道主肯定没错。"双方僵持不下,周村长仲裁:"今天咱一不论官大官小,二不论钱多钱少,一切按咱乡里老规矩,喝酒先敬长辈。"

"哈呀,真是赶得早,不如赶得巧!"突然,有人粗喉咙大嗓子喊了声。

大家一惊,举头朝门口那边一看,只见个一身白色西装,身材瘦高,头发花白的老年人,满脸红润,笑成一朵花。

"这,这是个谁?"

"像个电视上的老华侨。"

"我看……咋么有点像……咱村那个……谁……一下子,就口边的个名字……"

人们还在猜测,议论,来人摘下茶色眼镜,自报家门:"提起那家来呀家有名,家住黄甫川五谷地村,本人姓陈名大林,西崖畔下有门庭。"

周村长惊叫:"陈大林?!"

陈大林仰面大笑,随即双手抱拳,向众人打一躬:"问众乡亲们好!我陈大林,一别家乡三十载,青头走了白头归,今天还能在五谷地与诸位相见,多谢苍天啊!"

周村长赶忙上去,牵住老人的手,大声说:"咱五谷地今天是喜事盈门,大家拍手,热烈欢迎陈老先生从海外归来!"

大家就使劲儿拍手。

陈大林挥着双手说:"改正一下,改正一下,我现在住在香港,香港早就回归祖国,千万不能再说什么海外……"说着,用地道的家乡口音说,"我就是陈大林,从前你们那个灰邻居嘛。"

大家又笑,又拍手。

周至主动与陈大林握手,问:"大林兄,还认得兄弟吗?"

陈大林往后仰了仰,眼睛眯眯,哈地笑了:"这不是周至……周大兄弟吗,记得你属牛,比我小一岁。"

周至笑了:"你属鼠。"

大家又笑,周至拉陈大林挨自个儿坐下。

陈大林高中毕业,就去了香港,他的一个叔叔,是国民党老兵,1949年去了台湾,后来经商致富,定居香港。

酒宴继续进行,第一个喝醉的,竟然是最后到来的陈大林。

陈老先生双手放在桌上,围着个酒杯,眼里的泪水,一道一道往下流。

周村长安慰:"老叔,您老这不是回来了吗,有甚事儿,全包在侄儿身上,好歹我现在是咱五谷地的村长呢。"

陈大林一边用纸巾抹泪,一边喃喃道:"我怕是要把这把老骨头卖在外乡啦,儿子女儿、孙子外孙,全在那边,我就是想回来,怕也回不来了,人老,连这个身子,也不做主啦!"

有几个老人,也听得抹开了眼睛、鼻子。

陈大林啪地一拍桌子,站起,摇晃着身子,指天发誓说:"不,我陈大林今天……当着众乡亲的面,把话说下、说死,就算再活着回不来,死了……死了……我也一定要回来……回咱这五谷地来,叫他们把我的骨灰送回来。"

又是掌声,经久不息。

不知是周村长授意,还是本人主动,赵芳芳站起,双颊飞红,用普通话说:"为了咱五谷地这场盛宴,给各位助个兴,也为表达一下我们年轻一辈对五谷地和各位父老乡亲的感情,下面,我就不怕丢丑,给大家唱一支歌!"

大家又使劲儿拍手,有几个年轻人还高呼:"好!"

赵芳芳抻了抻自己的衣襟,双手在胸前紧扣,咬咬嘴唇,又展颜一笑:"就唱那首《在希望的田野上》哇。"

> 我们的家乡在希望的田野上
> 炊烟在新建的住房上飘荡
> 小河在美丽的村庄旁流淌
> 一片冬麦(那个)一片高粱
> 十里(哟)荷塘十里果香
> 哎咳哟嗬呀儿伊儿哟咳
> ……

年轻人唱的,当然没说的。人们兴奋起来,结果把赵常老汉也给拉起来了。

"来,来一段咱的漫瀚调调,那才是咱们自个儿的山曲曲儿。"

老赵退缩着:"不行啦,老啦。"

"我们今天,就要听,就要听听你那个原生态。"

"老赵真还是有点儿老了,不然,去星光大道抖上一嗓子,肯定就没别人什么事儿啦!"有人起哄。

看看实在躲不过,赵常就抓起面前的酒杯,倒满,给众人笑,自嘲:"我老汉这叫甚来……对,酒壮尿人胆。"

一仰头,把酒喝干,山曲儿就抖出口:

二茬子韭菜（呀）缯把把

　　好容易今天才遇到一搭搭

　　一窝狐子不嫌那个臊

　　一村村住下几辈辈交

　　……

场面真个成了：歌声不断酒不断。

李星是平生第一次遇见这么个阵势，那一直苍白阴郁的脸上，漾起了欢笑。

玉柱在一边看着，笑着……

这场村宴在结束以前，还引来两位不速之客。一对城里来的夫妇，在五谷地，寻到了走失已久的狗，不，是从他家因爱情而出走私奔到五谷地的"兰花花"，眼下，"兰花花"眼泪汪汪，被主人用铁链子锁上，准备带回城去。

这对夫妇饿了，寻找饭馆撞到这儿的。善良纯朴的五谷地人死拉硬拽，请他们坐下，参加这乡村盛会。

男人说："我家兰花花，不知到底是怎么和你们村的那条公狗勾搭上的。"

"这是甚话，我们的二愣又不是缺母狗，哪用去勾搭街上的。"

见话不投机，周村长出口打断，说："说不定，这兰花花与二愣是一段好姻缘呢。"

李星醉得往桌子下溜，被玉柱搀上车，送回去了。

周至只记得，是侄儿与芳芳，一人一边把他架回来的。

那对城里夫妇因喝了酒,只好在村委会的客房住下。

第二天午后,城里夫妇开车离去,村里的二愣一直哀叫着,追在后边。

小车在黄甫川大桥桥头停下,夫妇俩下车,把兰花花身上的铁链子解开。

兰花花跳下车,冲主人汪汪叫了几声,一掉头,向二愣跑去……

夏之卷

一、仰陶

一幅《采菊东篱图》

左联：户庭无杂尘　　右联：虚室有余闲

走进周至住室，一进门是客厅，东墙下一张八仙桌，居中两把圈儿椅，各据左右，条幅悬挂于壁上。

若是有谁问主人：您读了一辈子书，最喜欢的是哪一个，谁的书？

周至就会仰望壁上，这个世界，没有谁，比他更喜这位千年前的老头儿。这好像也没什么好说的，就像有人神往李白，有人共鸣杜甫，还有人崇拜苏东坡。往近了说，就像现在年轻人的追星。

夏天的午后，周至在西边卧室午觉醒来，照例，先热水，泡一杯绿茶。

坐在圈椅里，窗外，那棵石榴树的树影，透过玻璃，把叶影投在地板上、墙上，摇摇曳曳，呷一口茶，再将茶杯置于八仙桌上，看碧绿的毛尖，在玻璃杯内任意沉浮，这时，外边的村庄，好像人都走空，只有不知谁家刚下蛋的母鸡又在"夸蛋"，不厌其烦。狗的吠叫，则是有一声没一声的……

桌上的那本《陶渊明集》，收诗125首，文12篇，皇皇七卷，字字入心，句句通神。真真是：不可一日无此君。

古今众多的陶渊明画像中，周至独喜徐悲鸿这幅《采菊东篱图》：画中的陶渊明瘦骨清相，博衣广袖，手持一束菊花，回首眺望南山，烟树孤云，近处，田野平畴，露出篱笆一角……

周至赞同把《五柳先生传》看作作者自画像。南朝人沈约、萧统都说陶渊明写《五柳先生传》是用以自况，视为"实录"。先生的传记，既已由自己写出，何劳别人，而况，普天之下，哪还有配为先生作传之人？

对于陶诗、陶文，周至纵有千般感怀，万种领悟，却不敢置喙一词，妄言一语，多年以来，始终尊奉"述而不作"。

且看历代评语：

南北朝至唐代

萧统："渊明少有高趣，博学，善属文；颖脱不群，任真自得。"

钟嵘："文体省净，殆无长语。笃意真古，辞兴婉惬。每观其文，想其人德。世叹其质直。至如'欢颜醉春酒''日暮天无云'，风华清靡，岂直为田家语邪！古今隐逸诗人之宗也。"

孟浩然："尝读高士传，最嘉陶征君，日耽田园趣，自谓羲皇人。"

李白："陶令日日醉，不知五柳春。素琴本无弦，漉酒用葛巾。清风北窗下，自谓羲皇人。何时到栗里，一见平生亲。"

白居易："不慕樽有酒，不慕琴无弦。慕君遗荣利，老死此丘园。"

宋代

欧阳修："晋无文章，唯陶渊明《归去来兮辞》。"

苏东坡："吾与诗人，无所甚好，独好渊明之诗。渊明作诗不多，然其诗质而实绮，癯而实腴，自曹、刘、鲍、谢、李、杜诸人，皆莫过也。"

黄庭坚："空余时语工，落笔九天上。向来非无人，此友独可尚。属予刚制酒，无用酌杯盏。欲招千载魂，斯文或宜当。"

王安石："然则渊明趋向不群，词彩精拔，晋宋之间，一人而已。"

蔡绦："渊明意趣真古，清淡之宗，诗家视渊明，犹孔门之视伯夷也。"

杨万里："渊明之诗，春之兰，秋之菊，松上之风，涧下之水也。"

辛弃疾："千载后，百篇存，更无一字不清真。若教王谢诸郎在，未抵柴桑陌上尘。"

姜夔："陶渊明天资既高，趣诣又远，故其诗散而庄，澹而腴，断不容作邯郸步也。"

严羽："汉魏古诗，气象混沌，难以句摘。晋以还方有佳句，如渊明'采菊东篱下，悠然见南山'，谢灵运'池塘生春草'之类，谢所以不及陶者，康乐之诗精工，渊明之诗质而自然耳。"

刘克庄："田园闲静，市朝翻覆，回头堪笑。节序催人，东篱把菊，西风吹帽。做先生处士，一生一世，不论资考。"

文天祥："王济非痴汉，陶潜岂醉人。得官须报国，可隐即逃秦。"

金元

元好问:"一语天然万古新,豪华落尽见真淳。南窗白日羲皇上,未害渊明是晋人。"

赵孟頫:"生世各有时,出处非偶然。渊明赋归来,佳处未易言。后人多慕之,效颦惑蚩妍。终然不能去,俯仰尘埃间。斯人真有道,名与日月悬。青松卓然操,黄华霜中鲜。弃官亦易耳,忍穷北窗眠。抚卷三叹息,世久无此贤。"

明代

李东阳:"陶诗质厚近古,愈读而愈见其妙。"

归有光:"靖节之诗,类非晋、宋雕绘者之所为,而悠然之意,每见于言外,不独一时之所适,而中无留滞,见天壤间物,何往而不自得。余尝以为悠然者,实与道俱,谓靖节不知道,不可也。"

何孟春:"陶公自三代而下为第一风流人物,其诗文自两汉以还为第一等作家。惟其胸次高,故其言语妙,而后世慕彼风流"。

王文禄:"魏、晋以来,诗多矣,独称陶诗。陶辞过淡,不及曹、刘之雄,谢、江之丽,然多寓怀之作,故诵者慨然有尘外之思。"

唐顺之:"陶彭泽未尝较声律,雕句文,但信手写出,便是宇宙间第一等好诗。何则?其本色高也。"

何湛之:"晋处士植节于板荡之秋,游心于名利之外,其诗冲夷清旷,不染尘俗,无为而为,故语皆实际,信《三百篇》之后一人也。"

清代

顾炎武："栗里之徵士，淡然若忘于世，而感愤之怀，有时不能自止，而微见其情者，真也，其汲汲于自表暴而为言者，伪也。"

叶燮："陶潜胸次浩然，吐弃人间一切，故其诗俱不从人间得，诗家之方外，别有三昧也。"

张谦宜："陶诗句句近人，却字字高妙，不是工夫，亦不是悟性。只缘胸襟浩荡，所以矢口超绝。"

龚自珍："陶潜诗喜说荆轲，想见停云发浩歌。吟到恩仇心事涌，江湖侠骨恐无多。""陶潜酷似卧龙豪，万古浔阳松菊高。莫信诗人竟平淡，二分梁甫一分骚。"

现代

梁启超："自然界是他爱恋的伴侣，常常对着他笑。"

鲁迅："陶潜正因为并非浑身静穆，所以他伟大。"

朱光潜："渊明在情感生活上经过极端的苦闷，达到极端的和谐肃穆。"

陶渊明的文也是极致。《归去来兮辞》《桃花源记》《自祭文》，都可奇文共欣赏。

当然，对以陶为宗的王维、孟浩然、韦庄、柳宗元、储光曦等古代诗人的诗，周至也是热爱的。

作为一读书人，这些年，周至于儒、释、道曾悉心钻研，及至最后，他发现自己最认同的，还是陶渊明的人生观或生死观。

陶渊明死于南朝宋元嘉四年丁卯（四二七）九月，死前写了一篇《自祭文》，其中说："天寒夜长，风气萧索，鸿雁于征，草木黄落。陶子将辞逆旅之馆，永归于本宅。"在秋天萧索落叶的季节，渊明走完了人生旅途的最后一站，将要永远回归于自然的大化本宅。他不禁感慨，茫茫的自然运转，使他生而为人，在人生百年之间虽然活得贫困，但也体会了不少欢欣，"冬曝其日，夏濯其泉。勤靡余劳，心有常闲。乐天委分，以至百年"。他这一生活得与众不同，虽然穷苦，但是无恨无怨，"从老得终，奚所复恋"，人死了，也不必着意经营坟茔，随其自然就行了。"人生实难，死如之何"，人活一世不容易，死也没有可怕之处，到死的时候，自然就去了。

渊明死得很平静，很达观，完全没有焦虑与痛苦。死灭，就是没有了，不像莎士比亚笔下的哈姆雷特那样焦灼不安，担心死了会怎么样、怎么办。除了《自祭文》之外，渊明还有《拟挽歌辞三首》，第一首开头是："有生必有死，早终非命促。昨暮同为人，今旦在鬼录。"

看得极为透彻，生死是自然的规律，不必恐慌。此诗的结尾说："千秋万岁后，谁知荣与辱。但恨在世时，饮酒不得足。"不但豁达，还带着几分乐天的诙谐，像是跟身旁啼哭的亲朋儿女话家常。

挽歌第二首拟想死时魂魄出窍，酒不能喝了，话不能说了，看也看不见了。"昔在高堂寝，今宿荒草乡。"眼前一片苍茫，"一朝出门去，归来夜未央"。长夜绵绵，再也没有天亮之时了。

写到第三首，渊明冥想出殡的情景，"严霜九月中，送我出远郊"。到了下葬，黄土掩盖了棺木，"幽室一已闭，千年不复朝。千年不复朝，贤达无奈何"。从此人天永隔，任你是圣贤也一样是无可奈何，永远不会见到明天的太阳了。"死去何所道，托体同山阿。"死了就是死了，还有什么好说的呢？身体自然也就朽烂了，与土地山陵化成一体，回归自然。

有多少人在临终时，能写出如此豁达的心境？

周至对这位一千五百年前的先贤，高山仰止，景行行止。

一壶水已喝干，起身再去添水烧水时，听到外边大门响了声，有人来了：是村长和建亭子的工头老于。

落座后，老于就汇报说："周老师，凉亭的工程今天已彻底完工，请您和村领导们前去验收。"

周至："好啊，你们是专业的施工队，我们没有什么不放心的，何况还有厂家的保质维修期呢。"

周村长说："叔掏钱为村里建凉亭，也算是回报乡梓，为五谷地平添一景，今日大功告成，理该庆贺一下，就把这个机会给侄儿，今晚，我再请几个人，和施工的师傅们好好喝一顿。至于亭子，应该起个名，刻副楹联，择个日子，揭个幕吧？"

于师傅说："这个自然，都还是我们的工作，我们都准备好了，就等周老师的墨宝啦！"

周村长："这亭子的名称，还有楹联，想来叔早想好了吧？"

周至："是想好了，我马上就写。"

十天后，五谷地村委会前的小土丘上，一座既质朴又大方的木石八角凉亭，出现在人们的视野中。

人们沿着花木间的小道，登到亭下，首先看到了亭名：仰陶亭。

再拾级而上，就看到周至手书的对联："小径松菊，一杯清酒名可越；流云丘壑，数点倦鸟亦舒心。"

仰陶亭内，几个孩子围着周至，听他讲那个叫陶渊明的古代诗人的故事……

二、锄禾

锄禾日当午,汗滴禾下土。
谁知盘中餐,粒粒皆辛苦。

——《悯农》

手持一柄铁锄,头顶一轮大太阳,弓着腰背,踩着一行八字方步,从田野的这一头,到那一头,再从那一头,到这一头,来来回回,直到每一条田垄,留下劳作者如轮胎上的人字形齿痕的足迹。

这就是锄禾,农民夏天最重要的工作。锄禾的功用有三:一曰除草,二曰间苗,三曰松土。一般情况下,农民在整个夏季,要对所种庄禾锄上三遍。

头遍锄禾,最为重要,除草而外,主要是间苗,种子种下去,禾苗出来,有的稠,就得往匀间,有的稀了,还得补种。此时,恰又是初夏,北方最最干旱的时节,农谚有云:锄头自带三分水。农民往往鸡鸣即起,在田地里锄禾。

今年,赵常照例种了糜子,也种了谷子,现在,糜谷都起来了,那些永不绝种的野草,也起来了。锄禾,刻不容缓。

今天锄糜子,赵常先下地,扛两把锄头,待太阳出来,老伴儿也来了,提了早饭和水壶。

老汉坐在田头吃饭时,老伴儿就拿起锄头,下地了。天越来越热,一个白天,天地像个大蒸笼,把人身上的汗水,都一滴一道蒸出来。

赵常坐在田埂上,端着碗,吃着糜米酸粥,突然嗤地笑了,想到这人，一日三餐，吃饭，是为了干活，干活，又是为了这三餐。直到哪一天，吃也吃不动了，活儿就不用干了，人活着，不就这么回事吗？

每年春天，那些飞翔在村庄上空的布谷鸟，就会"布——谷——布——谷——"，其实，农民安牛，还用你个鸟儿来提醒、催促吗，农民不种谷，还叫农民吗？

赵常家共有三十多亩地，老两口外还有儿女的地，虽然他们一个念大学成了城里人，一个出嫁成了人家的人，可土地是三十多年前分的，一直不变，老两口实际种的是四口人的田。

早些年，儿子初成家时，每次回来，带点点心水果，走时，带走的却是大包小包的小米、土豆、牛羊肉。后来，女儿出嫁，也一个样儿。他们都会夸，家里的东西好，纯天然无污染绿色，除了胃口大开，吃妈妈做的农家饭、家乡菜，走时，再带不少。可近几年，他们几乎是异口同声，每次回来，吃，还是猛吃，走时，拿，还是猛拿，嘴上说的却是："这地，明年千万不能再种啦！""可不能再受啦。"之类，对此，赵常是充耳不闻，当作没听见。

儿女如此，无非是因为觉得父母亲年纪大了，还这么辛劳，做儿女的心疼，有些看不下去了，可身为农民，真的不种田，干甚呀？

去年过年，儿子带着一家子回来，父子却为此结结实实生了气，事情是这样儿的：早饭时，儿子又劝父母来年千万别再种田，理由一是他们过了年年纪又老一岁，都快七十啦，人生七十古来稀，早该坐下来享享福啦，理由之二是时下种田根本不挣钱，甚至纯粹是赔钱。

赵常瞅了眼儿子，说："吃就吃，不吃就放碗。"

儿子:"真的,这话可不是我瞎说,是咱全中国一个著名的三农问题专家说的。这位专家最有良心……"

"良心,能当饭?"

"既然种田不挣钱还得赔钱,那谁还受这苦?"

"若要这天下农民都不受苦,你狗日的们,吃风屙屁?"

一看父子话音不对,老伴儿赶忙出嘴:"这大过年的,咱吃好喝好还不行。再说,儿子这么说,不是心疼咱们两个老鬼吗,你咋越老越糊涂,真的是年过多啦!"

孙子却说出另一番话来:"顺其自然。超市是什么东西都有,下次,我给爷爷奶奶买。"

天黑,挂灯笼,堆旺火,一家人又围坐在饭桌前时,却不见年夜饭,原来,赵常把准备好的年夜饭一把锁锁了,气得老伴儿要伸手抓他的脑袋。

赵常往桌上丢了几把钱,说:"不是说只要有钱就行,这不是钱嘛。"

这一闹,闹成了全村这年过年最大的笑话,儿子初一连年都没拜,躺在卧室大睡一天,初二起来,就带着老婆孩子都走了。

老伴儿门里门外跑着,要给带东西,老汉黑着脸:"今天,这家里的东西,少上哪怕一个山药蛋,我就跟你们没完!"

儿子一家走了,赵常挨了老伴儿一正月的骂。他也觉得自个儿有点过分,有些后悔,可嘴上却说:"自从盘古开天辟地,女娲娘娘造人立世以来,农民种田,天经地义,哪有做甚都算账,不挣钱就不干的道理呢!"

种田辛苦,人才叫受苦人嘛,那五谷不是草,能从地里自个儿就生就长?!

真的，赵常安牛种田大半辈子，从来都是，只流汗，不算账。不是不算，是不能算，农民若是连种庄禾都算开账，那谁还肯再种，算账的，是商人，农民算账，就不是农民，也成商人啦，这世界没有农民，都是商人，恐怕账算得再好，到头也都得饿死。没有农民，哪来粮食？

有一回，赵常与村长周家驹喝两杯，又说起这个话题。

周村长说："确确实实，别看咱中国是个有几千年历史的农业大国，咱们的人均耕地，全世界却是最少，才一亩多，咱现在吃的大米白面、甚至油肉，很多是从国外，主要是美国进口的，人家的粮，大洋大海运过来，还比咱自产的价格便宜。"

赵常眼珠瓷着，半天说不上话来。

一边的电视里，又在说美国军舰今年第几次穿过台湾海峡的事，军事专家正在分析两岸关系。

"这要是万一打起来，美国那大米白面还卖给咱们吗？"赵常忽然问。

周村长摇头，笑着说："一旦开战，哪还能做买卖，粮食和石油是最大的战略物资，人家首先管控的恐怕就是粮食和石油。"

赵常一拍大腿："这不就对啦，最稳妥的还不得靠咱农民自己种地。"

周村长："地，肯定得种，甚时候也得种，保障国家粮食安全嘛，只不过，是不能像从前那样种，说句不好听的话，也不像老叔你现在这样种！"

"那……到底要咋种？"赵常又迷惑了。

周村长夹了一筷子菜，呷了一杯酒，笑着对面前这位地道的老农说："一句话：农业现代化。具体说，就是：种植要市场化、规模化、特色化，就好比说，咱这五谷地，土地不孬，也不少，可产出却不值一提，为甚？就是没有市场化，根据市场需求，确定我们种什么最赚钱。规模化，很好理解，就是首先把全村的土地整合起来，一家一户东一条西一块，像老和尚的百衲衣，那不行。只有土地整合在一起，才能搞统一计划、规划，实现机械化耕作，出产也规模化了，才能进入市场，一家一户，就算你甚也种，甚也有，都挑到街上去卖，能赚钱吗？至于特色化，更好理解，五谷五谷，就咱这点地，要种糜子就糜子，要种谷子就谷子，不能样样有，样样没多少，人家真要看上了，来上两个火车皮，你都给人家装不满，能行吗？"

周村长说的，赵常好像句句都听懂了，又好像什么都没听懂。

与周村长喝完这顿酒后，村里召开乡村振兴大会，听的，人人高兴，户户笑语。让人又想起土改，想起八十年代的生产责任制。党和国家重视农民农村农业，好日子马上又要到来。

五谷地，一下子拥回好多人，好多离开多年不见的亲戚邻居，甚至还有从没见过不认识的年轻人。

人人开口闭口五谷地，生怕别人把他们当成局外人，生怕五谷地未来的好日子，没有他们的份儿。

赵常是最高兴的，不是叫他"楦世宝"吗？看来，自己一度为五谷地"楦世"，值得。农村，又要人欢马叫，农民，又要扬眉吐气，农业，又大有搞头。

谁知，才高兴几天，村里就开始整合、流转土地。又成立新的现代农业专业合作社，赵常先是随大流，同意家里的土地以股份入股，加入合作社，可后来，一听要统一规划，统一种植薰衣草什么的，他就不能赞同，坚决退出。他的理由是："你们左一个现代，右一个统一，照你们的说法，我老汉连个薰衣草长什么样子都没见过，还怎么种？"

为此，老赵提着酒和猪肉朵，专门跑到周至家，向这个他所佩服的大文化人请教。

周至的回答是："没错，现代农业必须具备相应的现代市场经济意识，和能熟练掌握现代化农业机械信息技术的新一代农民。"

周至的话，赵常信服。就长叹一声："现代那一套，我甚也不会嘛，连用个手机，我也不会嘛，多亏老伴儿还会用个老人手机，看来，我是当不了这个新农民啦！"

周至也笑："我倒读书学习了一辈子，现在连这个手机上的好多功能，都不会应用。"

既不能像儿子说的那样，不再种田，也不会如周村长说的那样，科学种田，赵常只能以他自己几十年的经验，继续在他家的那三十亩地上，种他的五谷杂粮。

那句：农村人种地不用问，赵常做甚咱做甚。从今，也再不适用了。

天上的一片云，遮住了太阳，好像是老天可怜这些大太阳暴晒的人，让他们歇一口气，干一干那擦也擦不完的汗水。

太阳又出来了，白花花的光焰灼烤着干旱的大地。

老两口每人头上扣一顶破草帽，猫着腰在大田里，慢慢蠕动，锄禾这营生，是绣花功夫，急不得，潦草不得，你敢哄地皮，地皮就哄肚皮。

其实，种地不挣钱，没有人比他老赵更清楚的，每一个和他一样坚持种田的，也揭底精明。一亩地，打多少糜子、多少谷子，是一定的，一斤粮，值多少钱，也是有价的，投入呢？种子、化肥、农药、水电，一项一项加起来，一算，很可能就是个负数，这还不说人工！农民种田，几千年，谁算过自己的人工呀？好在，早几年，国家就废除了农业税，现在，又有了种粮补贴。

赵常现在的话是："种田不算账，算账不种田。"

那，这种田到底算个什么呀？

赵常的回答是："只是一种活法。"

连大文化人周至也夸："老赵的话精辟。"

大太阳把人的背上蒸出汗来，再烤干，晒成碱，白花花地印在衣裳的背上。

赵常自己的，不能看见，只能看到老伴儿背上的。

有时，他也心疼老伴儿，跟上自己，受这等罪。

今天，当他的锄头与她的锄头，在垄上相碰时，他又骂开了："看你那苗间的，种了一辈子庄禾，哪有你这么间苗的？"

老伴儿停下锄，一手扶在腰上，说："腰要断了，这两只眼也不做主了，一个劲儿冒那金花花。"

赵常停下锄，拉老伴儿到那边树下的阴凉地，喝了两碗绿豆汤。他自己还美美地抽了两支烟。

再下地时，他对老伴儿说："要么你先回哇，又得做饭呀。"

老伴儿抬头，把手罩在眉前，往天上看看，说："再锄上一个来回，做饭还有点早。"

赵常又弯下腰，干了起来，超过老伴儿一截，突然叫了声："糜锄点点谷锄针，忘啦？"

这也是一句农谚，意思是说锄糜子和锄谷子间苗时的区别：糜子丛生，按一点一点间，谷子单生，按一针一针间。

三、接臂

你在乡下干什么？

这几乎是李星每天都要收到的发问，也难怪，一个海归的富二代，蛰居于一个荒凉、偏僻的山村，据说，还要待满一年，他真的能待住吗，待得下去吗？

来到五谷地，他真的没有一点儿归属感，这是父亲的故乡，与他人地两生，皮骨两离。可他一点儿也没有觉得这有什么不好，更不会抱怨自己的父亲，何以生出那样一个荒唐的想法。他只觉得，这些年，自己国内国外，东方西方，仿佛一直在旅途中，现在，却如在一棵路边的老树的浓荫下，终于停下脚步，坐在树根上，连鞋子也脱去……

随着黄昏时的一场雷阵雨，连日来的燥热干旱一扫而空，村庄之夜，成了一个清凉世界。

搬把小椅子，坐在檐下的小石桌前，打开电脑，《米洛斯的维纳斯》就又来到了他的面前。

"李，我很后悔，悔不该领你去卢浮宫。"玛格丽特赤裸着，站在那家位居塞纳河右岸的古老宾馆的落地窗前，她年轻的胴体上，流动着外边的斑斓光影。

那时，他离开日本到欧洲，在飞机上认识了美丽的巴黎少女玛格丽特。飞机一落地，他们就入住了那家大名鼎鼎的老牌酒店。差不多有半个月，他和她，除了品尝美食和洗浴，就在那张大床上做爱。

按照父亲的安排，李星在日本拿到早稻田大学的管理学硕士，到美国的沃顿商学院又待了两年,学位文凭无望,到英国学习一年,到巴黎来,索性转行学习艺术。那时,他对学业已不放在心上,觉得凭自己所学,回去接父亲的班,领航那个以煤炭为主业的集团公司,早已是杀鸡用了牛刀,作为中国家族企业的第二代,他也别无选择。巴黎这所大学的博士文凭是一定可以拿到的,他不会辜负父亲和他的钱。

那时,李星还确实是一个翩翩的东方少年,来到浪漫的巴黎,没有一点罗曼史,是对不起自己的。他不断地猎艳,玛格丽特之外,他至少与四五个女人上过床。

一天,玛格丽特对他说:"你至少应该去一趟卢浮宫,不然,你就不算来过巴黎。"

于是,在玛格丽特的引领下,在一个冷雨天,两人打一把伞,走向卢浮宫。

走进由华人贝聿铭设计的玻璃金字塔入口,玛格丽特问他:"是先看希腊罗马艺术馆,还是先看东方艺术馆?"

"当然先看希腊罗马艺术馆。"他答。

这样一来,他就来到了《米洛斯的维纳斯》的面前。

《米洛斯的维纳斯》又称《断臂维纳斯》,以前只看到过图片和小的复制工艺品,这次看到的,却是原作。它是古希腊雕刻家阿历山德罗斯于公元前150年左右创作的大理石雕塑。

雕像表现出的爱神维纳斯身材端庄秀丽,肌肤丰腴,美丽的椭圆形面庞,希腊式挺直的鼻梁,平坦的前额和丰满的下巴,平静的面容,流露出希腊雕塑艺术鼎盛时期沿袭下来的理想化传统,她那微微扭转的姿势,使半裸的身体构成一个十分和谐而优美的螺旋形上升体态,富有音乐的旋律感,充满了巨大的艺术魅力。

雕塑头部与身躯均完整，但左臂从肩下已失，右膀只剩下半截上臂。

上半身为裸体，下半身围着宽松的裹裙，左腿微微提起，重心落在右腿上，头部和上身略向右侧，而面部则转向左前方，全身形成自然的"S"形曲线。

整尊雕像无论从哪个角度欣赏，都能发现某种统一而独特的美，这种美不是"感官的美"，而是古典主义的理想美，充满无限的诗意。

李星被震撼了。

《米洛斯的维纳斯》显示了高贵典雅同丰满诱人的惊人的调和。可以说，她是一个美的典型。

无论是她的秀颜，还是从她那丰腴的前胸伸延向腹部的曲线，或是她的脊背，无处不洋溢着匀称的魅力。

玛格丽特向李星介绍："这尊维纳斯，是1820年2月，一个农夫在爱琴海的米洛斯岛上整地时挖掘出来的。为了争夺这尊雕像，法国人和希腊人展开了一场激烈的冲突，在混战中，维纳斯雕像的双臂被摔断了。"

李星简直是出离愤怒了，骂道："可恶的、自私的人类。"

李星掉头离去，第一次卢浮宫之行就此结束。

玛格丽特笑了，不理解这个东方人何以会这样儿。

在大街上，玛格丽特气喘着告诉李星："雕像几经周折，才转到法国人手里，他们给岛上赠送了大笔金钱，从而取得米洛斯岛放弃雕像的誓约书，1821年3月2日，国王路易十八才正式接受献礼。从此，它便成为法国国家财产，被陈列在卢浮宫，它与《蒙娜丽莎》《胜利女神像》并称卢浮宫三大镇馆之宝。"

在酒店的餐厅，喝着普罗旺斯的红葡萄酒，玛格丽特仍喋喋不休："米洛斯的维纳斯虽然失去了双臂，却正散发着一种难以言说的神秘，有了种种可能性，这是一种比完美更完美的残缺之美。从古至今，维纳斯已经在人们的心目中代表了女性身材完美的标准，世界各国的选美标准大部分都以《米洛斯的维纳斯》的身材各部位的尺寸为依据和标准。"

李星盯着玛格丽特："你够不够这个标准？"

这叫这位法兰西姑娘一下子窘住，丢下酒杯，离席而去。

虽然他主动与她和好了，但是，他却在和她上床时，彻底阳痿了。

接下来的三年，他再不近女色。

在离开巴黎之前，也是个阴雨天，李星一个人打把伞，又去了一趟卢浮宫。

上次是初逢，这次是告别。

让李星耿耿于怀的，还是维纳斯那永远失去的双臂。

三天前，李星打开电脑，《米洛斯的维纳斯》突然又出现在他的面前，他当时感觉到自己的心脏一阵狂跳，血压也肯定升高了……

从那一刻起，他的心里做出一个决定：他要为她把那失去的双臂接上，在法国时，他学习过设计，现在，在五谷地，不是正好无事可做吗！

李星的行为引起了玉柱的惊奇与不解，对此，他不想做任何解释，只淡淡地说了一句："你不懂。"

李星坐在电脑屏幕前，全身心地投入他的神圣工作……

四、远客

老远,就看见自家门前,停下一辆小车,正在一片玉米地田埂上与人闲话的周至,赶忙起身,大步往回赶。

及至进了院子,才看到有一个人,坐在石榴树下的小凳子上,抽烟。

"啊呀,子义,怎么是你?"周至又惊又喜。

客人笑着,站起来说:"老兄归隐田园,都快半年了,我再不来看你,你不又要发'结庐在人境,而无车马喧'的感慨了吗?!"

周至哈哈大笑:"山中何所有,岭上多白云。只可自怡悦,不堪持赠君。"

好朋友不握手,俩人回屋,在八仙桌旁,分宾主落座。

周至问:"你以前没来过这里吧,自己开车,怎么寻到的?也不先给我打个电话。"

子义笑了:"是第一次来,可五谷地村,我可是不陌生啊,除了往昔听你一次次说起,还有你的那些作品呀,大多不是写五谷地的吗!"

周至嘿嘿笑了,先递烟,又热水沏茶,说:"子义,我已习惯、喜欢上了这种安静的乡村生活,不过,偶有朋友来,还是很高兴的,像你,我今天已不是不亦乐乎,而是漫卷诗书喜欲狂啦!

子义:"真羡慕你们这些有故乡的人啊,在城市里住烦了,不快乐了,还有个乡下的村庄,可以想念,可以回去,像我这样儿出生在城里一辈子又工作在城里的人,情无可寄,更不要说,退休后像老兄您,归园田居啦!"

周至:"老弟真觉得我这样好吗?"

子义:"当然好,人退了休,所谓发挥余热,那是套话,连坐着的地方也不给你了嘛,再说,一个人,当他到了六十岁,上天能给他的,和他自己努力争取到的,都差不多啦也该换一种活法啦!"

周至颔首:"是啊,有一句古话:六十不借钱,七十不留宿,八十不请饭。"

子义:"今天虽初到五谷地,发现你们这地方真还不错,望得见山,看得见水,就一下子起了个念想,等退休后,就来这里,买或者租一个小院,与老兄您毗邻而居,乐于共朝夕。"

周至怔住:"哦,若老弟真有此志,才不是什么难事,村里的空院子有的是,租一个就是,恐怕还是租房送地呢。不过,老弟你离退休还早吧。"说着拍拍自己的头,说,"让我想想……如果我没记错的话,你小我五六岁,今年才五十四五。"

话就被子义接去,说:"这辈子再无五十四五,虚五十六,实五十五周岁啦。"

周至:"那也不算老,如果能进领导班子,还能干一届呢。"

子义仰面大笑了:"还真让您老兄给说准啦,我在市里,二十六岁提副科,三十岁正科,三十八上提副处,五十二上,成了正处级调研员,本以为也就这么样儿啦,谁知,上月,原市扶贫办撤销,挂牌新成立了个乡村振兴局,组织上不知怎么考虑的,竟让我这个农业局的老调研员出任第一任局长。"

"啊!"周至张开的口,半天才合上,立即起身,双手抱拳向老朋友祝贺道喜:"老弟可还记得,往日在一起喝酒时,我对你就说过,以兄弟你的才干、魄力,总有一天会天降大任于斯人,看看,如何!"

子义伸手将周至拉坐下，从自己口袋里掏出一包软中华烟，给老兄递上，又亲自点火："我看这倒有点是王三小姐上绣楼，绣球偏打薛平贵的头。现在的书记、市长都是80后啦，我一个60后，竟还有这样儿的好事，组织部找我谈话时，我给他们亮了身份证。"

"好事，绝对是好事！"周至双手把着圈儿椅的扶手，说，"也许，正因为这个位子重要，年轻人怕不能胜任，组织才选中了你。毕竟，你在市委、市政府几个口子上历练多年，在你们一代人中，第一文凭又高。"

"达则兼济天下，穷则独善其身。既如此，没说的，站好最后一班岗。然后，问心无愧地来五谷地，与老兄诗酒唱和，纵情山水。"

两个好朋友，仰天大笑。

子义："人家大人物出行民间，叫微服私访，今天，我来五谷地，只能叫下车伊始，一来，来看看最想见的老兄，二来，第一次调研，就从你们五谷地开始。希望老兄不要暴露我的身份，就说我是你的朋友，我也好真真实实地了解一下当下乡村的真实情况。"

周至略一思索，说："这样也好，现在领导们下基层，由各级下属陪着的那些调研，你猜老百姓是咋说的？"说着，自己就忍不住咯咯地笑了起来。

子义在一边瞅着周至，终于等不及，说："老兄，我还等着听呢。"

周至强止住笑，咽了两口口水，才说出："是阎王爷坐轿子，抬的坐的都是鬼。"

子义正好喝到嘴的一口茶，笑喷了，呛得一声又一声地咳嗽。

周至感慨："是啊，别以为老百姓没文化，他们有时候看问题，比我们的领导干部、文人公知，不知要强上多少倍呢！"

"还是伟人说得对，卑贱者最聪明，高贵者最愚蠢。"

看看院子内的阴影越来越大，周至说："今天，愚兄无论如何也要为兄弟你祝贺一下，你想吃什么，只要咱村里有的，一定让兄弟吃好，对了，我这儿还有几瓶汾酒，咱今晚就来它个把酒共论文。如何？"

子义笑着："来到乡村，最好吃的是农家饭，酒嘛，那是一定要喝，我车上给你带来一箱习酒呢。"顿了顿，又说，"不过，咱今天可不是把酒共论文，是把酒共论乡村，乡村振兴。我是特别想听到你的高论的。"

周至连说："好，好，在官言官，乡村问题，也是我多年一直最关注的，高论没有，一些认识还是有的。"

接下来，就是，在哪儿吃，和谁吃的问题。

子义的意思是，就在家里随便吃点，谁也不请，就他们老哥儿俩，喝酒，好说话。

周至说："喝酒，总得有几个下酒菜，我自己虽然也能拨拉三两个，可今天是给兄弟祝贺，太简了，就不像话，村里正好开了一家小饭馆，小两口人干净，手艺也好，就去那儿吧。反正，只说你是从城里来看我的好朋友，保证不暴露你的身份。"

争执一会儿，还是客从主便。

黄昏，俩人步行，来到村委会东墙外的小饭馆。子义一看牌匾：五谷香。就笑了，说："我敢断定，是老兄给起的名，亲手题写的。"

周至笑笑，说："回到自己这一亩三分地，就什么也不怕了。"

开饭馆的小两口男的叫赵祥，女的叫韩美，两人有一个女儿，在城里跟爷爷奶奶上学，韩美有严重的鼻炎，在城里，不能出门，在家也不能开窗户，奇怪的是，一回到村里，就好。现在国家放开了二胎，连三胎也允许了，他们准备再要个小子，就回来了，去年建了大棚种菜，顺便开了这个小饭馆。

下酒的凉菜，准备的主菜，都是"摘我园中蔬"，一只鸡，也是刚刚宰的。

韩美热情招呼二位在原木做成的饭桌前坐下，随即递上热茶。

周至笑着说："我看了《光明日报》上的一篇文章，说美国人一退休，办的第一件事，就是撤出大城市，重新安家到一些小城镇，大城市老龄化问题解决了，这些老人们养老成本降低，生活质量却极大地提高了。现在，咱们国家也进入老龄化社会了，养老成了大的社会问题，我一直在琢磨这个问题，是不是我们也可以借鉴人家的经验。"

子义喝了口茶，笑着说："你这不就是个好例子？"

"你看我这生活，与城里那些退休老人比如何？"周至问。

赵祥插嘴："我周叔过的简直是神仙日子。"

大家笑了一回，周至说："西方城市化进程，用了差不多三四百年，我们中国只用了四十年，利弊咱且不说，有一个问题是，我们现在麇集在城里的人，绝大多数与农村有着千丝万缕的联系，很多人在乡村有房有地，只说养老，如果这些人中有一半能回到乡村养老，那乡村又是什么情况？"

子义双目炯炯，盯着周至说："是啊，乡村振兴，涉及方方面面，时下提得最多的是发展乡村产业，最时髦的是乡村旅游，乡村养老，我还是第一次听说。"

凉菜上来了，周至拧开了他带来的青花瓷汾酒。他先斟酒，对老友远道来访，表示了欢迎和感谢。

子义接酒喝干，说："说远，那是过去，在今天这个高速时代，这百十来公里，也就一两个小时车程。我每天早晨锻炼也要花这个时间呢。"

周至第二杯酒，起身走向厨房，对忙碌的小两口表示感谢，并叮嘱，一会儿，做好了饭，一起吃。

子义端酒，祝愿老朋友老兄长在家乡养老幸福如意，并说："老兄，本来准备下一大堆问题，要向老兄请教，可刚才提出的乡村养老，引起我的巨大兴趣，请老兄今天把它说透。"

接下来，真成了把酒共论养老。

周至说："这近半年来，我最愉快，身体的老毛病少了，连这两条老腿，也真比以前有劲儿啦，闲着，就想，现在城里的养老压力那么大，国家一下子不好解决啊。其实，农村，也有养老的问题，也不是小问题，一方面，大小城市交通拥堵，人满为患；一方面，乡村空心化，人烟稀疏。我就进一步想，这不正是机遇吗，如果说年轻人往城市聚集，是为了寻找更好的发展，那老年人呢，为什么一定要待在城里。现在，咱们国家高速发展，飞机、高铁、高速公路、私家车……乡村距城市，都在一两小时圈内，还有互联网、物流……城市有的，乡村也有，乡村有的，城市却不一定有，乡村早已不再是城乡二元结构下的封闭乡村，可百思不得其解的是，现在好多人，包括一些领导干部，还是用多少年的老眼光，看乡村。"

子义坦承："老兄说得极是，连我这个乡村振兴局的……"差点就自暴身份。

两人看了看，小两口还在里面忙乎，根本没注意他们说什么，两人碰了一杯。

周至接着说："这几年，我也南方北方、东部西部没少跑，看到了很多很多的乡村典型，到处都在搞乡村旅游、农家乐、民宿等等。首先，并不是所有的乡村都有条件搞这些，有条件的，依我说，也有点搞得太多、太滥。"

子义附和："没错，对此我也有同感。"

周至："其实，我说的乡村养老，也绝不简单，首先，养老是一个巨大的产业，随着老龄化时代的真正到来，老年人群体一方面是个消费群体，自身要消费，为老年人提供养老服务，就会有大量青壮年的就业岗位，我们现在在城里建的那些养老院之类，真能全部解决养老问题吗？据我了解，因传统观念的影响，很多老人不愿意进养老院，子女也是，因为那种把老年人集中起来的养老，由于空间小，给人的感觉就不舒服。我认为，养老既然是产业，为什么不能向乡村延伸呢？如果在乡村搞养老，就不要搞养老院，把大量的空置农村住房利用起来就行，老年人日常仍是一家一户过日子，天高地阔。"

子义听得嘴都张开了："你往下说。"

周至："就像我现在，刚才小赵不是说我过的是神仙日子吗！"

周至开怀大笑："当然，我还得说一句，还有遗憾。"

子义："什么遗憾，快说出来呀。"

周至吸了口气："服务，我身后没有任何养老机构为我提供服务保障，我现在才六十，再过几年，七十、八十后呢？"

子义将面前的酒杯端起，慢慢抿着。

韩美又过来给上了一道菜，换了一回茶，笑嘻嘻地说："周叔什么也不用愁，今年，我们这些做晚辈的，就给您牵线找个伺候您的老伴儿。"

子义大笑。

韩美一下子慌了："我说得不对吗？"

子义收住笑，说："真是美不美，家乡水，亲不亲，故乡人。周至老兄真还要再找个老伴儿，共度晚年。"

周至说："乡村养老还可细分，对那些纯粹的城里人，是择乡养老，对像我这样儿，有故乡的人，是回乡养老。"

子义："这，有区别吗？"

周至头一扭："当然有，区别还大着呢。"

子义主动喝下一杯："愿闻其详。"

周至："没有故乡的城里人，愿意到乡村养老，肯完会选择一个有山有水、风光秀丽的乡村，还要考虑距城市距儿女们家的距离。"

子义点头："没错，假如是我，肯定会考虑这些。"

周至："像我这样，有故乡的人，就会回乡，故乡，也许没山没水，但在每一个游子心中，天下最美的地方，一定是他的故乡。"

子义笑了："今天，刚听到老兄说乡村养老，我想到的还是那些自然风光好的乡村，现在，才明白所有的乡村都可以养老。"

周至也笑了："看看，乡村养老真推广开来，还不是广阔天地，大有作为嘛！"

又碰杯，这回，不仅是周至和子义，连那小两口也加入进来啦。

赵祥说："我周叔不愧是我们五谷地上出来的大文化人，听你们今天这一说，我就佩服得五体投地啦，我真后悔自己当初没有好好读书。"

韩美笑着说："咱五谷地真要搞乡村养老，我们就再也不瞎跑啦，我们就给老人们服务。"

子义突然又问："我今天来，光在车上看，你们五谷地全村有百十多户人家吧？"

周至知道他要问啥，就说："那是房子，真正有人住的，也就三分之一。"

子义："房屋的空置率这么高？"

赵祥插话："五谷地在这条川道里，还算最有人烟的呢。"

一瓶酒喝光，赵祥拿上了他们家的，媳妇赶忙阻拦说："你不让两位老前辈吃饭啦，小鸡炖蘑菇早好啦，等吃好，我跟你们喝。"

韩美的话不差，真的，大家在吃了主食后，意犹未尽，接着喝酒。

让谁也想不到的是，韩美提出了另一个概念："返乡养老"。她激动地说："两位叔叔的话我听见了，乡村养老太好了，我们也是农村人，在城里也生活了多年，周叔这个想法，我完全赞成。除了那些没有故乡的城市人，可以择乡养老，像周叔这样的有故乡的人，可以回乡养老，不过，还不全呀，像我们这些户口在村里，有田有房的，是不是可以叫返乡养老？"

周至率先拍手，说："太对了，这个群体本来就不太被城市接纳，老了更应该回来。"

子义也猛拍手。

赵祥张开双手，说："那……我也有话，我问一下两位叔叔，像我们村赵常我大爹那样儿的老农民，老了，也不用儿女接到城里，就在村里养老不行？"

韩美说："谁说不行，他们更应该……就地养老。"

这回，是周至和子义，还有赵祥一起鼓掌。

周至从椅子上率先站起，高举酒杯，激动得有些说话的气都不匀了，说："乡村养老，我到今天才想透彻了，应该包括择乡养老、回乡养老、返乡养老、原乡养老四个方面，赵祥、韩美，来，叔今天无论如何要敬你们小两口一杯。"

小两口急忙站起，诚惶诚恐："我俩是听了叔的话，又喝多了酒，随口瞎说的，哪敢……"

子义也站起，说："年轻人，不仅你们周叔，韩叔今天也要敬你们小两口一杯。"

结果，这酒第二瓶也不够，又打开了第三瓶，直到周至从椅子上差点摔倒，才终止再喝下去。

两位长辈被两位年轻人送回，本来赵祥有车，已经发动，可两位长辈说，村里虽没有交警，可酒驾，无论如何不行，再说，本没有几步路，正好走走，散散酒。两位年轻人不放心，步行送他们回家。

走在乡路上，大家才发现，今夜，天上是一轮将圆的月亮，钢蓝色的天幕上，闪着大大小小的星子，地上，盛夏繁茂的庄稼地里拔节声、虫儿和什么动物发出的鸣叫，还有东边的黄甫川的流水声，再加轻轻的风声，如一支小夜曲；月色，在天地之间，扯起透明的蓝色帐幕……

回到家，周至开了院子里中间的屋子门，把灯打开，说："乡下简单一些，有卫生间，被褥都是新的，你对付着住吧。"说着，用一个电热水壶烧水，突然咪咪地笑了起来。

子义："老兄笑什么？"

周至收住笑："我想起你下乡的那个故事。"

子义也哈哈笑了："那都多少年的事啦。"

当年子义下乡，住在一农民家里，怕虱子爬到衣服里，睡觉时把自己脱了个精光，把衣服用裤带扎了，吊起在房梁上，房东进屋差点被吓死，以为谁上吊了。

第二天早晨，子义一起来就对正扫院子的周至说："昨天的酒，可算喝好了,喝出了个乡村养老,希望老兄把这个设想写出来,发表出来,我马上再以市人大代表的身份,在今年的市两会上提案。争取作为咱们市乡村振兴中的大事,实验起来。"

周至停下扫帚,想了想:"好。"

子义在五谷地村又待了两天,第三天早饭后才走。

周至送老朋友到黄甫川大桥,临别时,子义说:"此次来五谷地,我真是不虚此行,老兄保重,'待到重阳日,还来就菊花。'"

五、牛殇

赵常的眼畔红了,嘴唇也烂了。

他家的两头牛,头一天黄昏,卧倒一头,第二天晌午,又卧下一头。

头一天卧倒的是母牛花花,不吃不喝,两只大眼,泪水汪汪。第二天卧下的是犍牛黄黄,它好像不病就对不起伙伴似的。

按理,赵常小时放牛,大了养牛,对牛的脾性、生病,是有些经验的,他也按他的办法,亲自煎煮、配置了草药,给牛灌了,甚至,还拿着老伴儿绱鞋的锥子,给牛放了血。问题是,都不顶事。

老伴儿急了,说:"可不能再冷等啦,快去请兽医哇。"

赵常蹲在门口,抱着胳膊,一口接一口,一支接一支,抽烟:"废话!"

真是废话,乡里原来的兽医站,早就倒塌了,最熟悉的老兽医王大力,也死得骨头也白了,叫赵常去哪儿请兽医?

其实,老伴儿也知道,兽医站倒塌,王大力早死了,她这也是着急,站在那儿,立了半晌,才又说:"药你也给灌了,血也放了,是不是咱家哪儿不对啦,动了土啦,要不,请高神官哇。昨天还看见高神官开着车来五谷地呢。"

赵常仍圪蹴在那儿,不动。他虽没多少文化,可毕竟受了共产党几十年教育,对封建迷信那一套,还是有些觉悟的。人吃五谷,还生百病呢,何况吃草的牛!虽然,他急得没抓没挠,可最终还是决定,不去请高神官,因为他丢不起那个人。

赵常又来到牛栏。一看到两头病牛,头就又大了,他先奔花花,花花仍卧着,最招眼的是它的肚子,三天没进食,原来圆鼓鼓的肚子,陷下去个大三角,唯骨头棱棱而立,四蹄僵直,简直是在地上摆着,再看头,也放在地上,一只大眼也像要鼓出眼眶,泪水已把半张脸上的毛都粘成了毡片。花花一定也是看见了主人,大眼微微动了动,又瓷了。再看黄黄,看到主人,挣扎着爬了起来,一副形销骨立的样子。

本是天上的神啊!赵常伸出手,在黄黄的角上、脊背上摸着,嘴里喃喃着。古老的故事代代相传,说牛本来是天上的神,远古时候,天下大旱,人们求雨,天上的王母娘娘,扳倒水瓶,好好下了一场雨,然后就打发牛下界去,察看一下墒情,这牛领命而去,却只从南天门上探下一只脚去踩试,结果正好踩在一个石碴上,就回宫禀报:"雨下得根本不行,大地旱得如石板,硌得脚疼。"于是,王母娘娘又司云布雨,又下了三天六夜九后晌,七十二个半前晌,结果,大地上洪水滔天,人类最后只有伏羲女娲兄妹二人躲在一座高山上,幸免于难。后来兄妹二人成亲,繁育后代,辛苦万分。王母娘娘一生气,就一脚踢在牛的嘴上,踢得牛满地找牙,这还不算,还将牛永远罚出天界,下凡去帮着人类干活受苦。这故事还是赵常小时给生产队放牛,有一天突然惊讶地发现,牛没有上牙时,爷爷奶奶讲给他的。当时,他深深地为牛可惜,打那时,小小的赵常就明白了一个道理:"做任何事,都不能偷懒。"今天,当他看到家中这两头和他一样辛劳一生的老牛病成这样儿时,他再一次想起那个古老的故事,再一次为牛叹惋:"本是天上的神啊!"

突然,赵常抬手,重重地拍在了自个儿的头上,还骂出了声:真是个猪脑子。兽医站倒塌了,王大力死了,不是世上所有兽医站都塌了,所有兽医都死了哇!

再也不能冷等。赵常立马车转身回家,三八两下换了一身衣裳,给老伴儿丢下一句话:"我去一趟沙镇。"就急马流星走了。

赵常到黄甫川大桥东头的公路上,想拦一辆班车去沙镇的。谁知,等了半天,也不见往日从南边过来的班车,他心中正在焦急,有一辆警车开过来,从他面前驰过,突然又减速,在前头路边停了下来,车门打开,一个警察下来,冲他招手。

赵常认出了这个警察,春上就是他和另一个警察把他抓去坐禁闭的,他心一慌,自语:又咋啦?上回是我上坟烧纸,失火烧了林子,自认倒霉,禁闭也坐了,树也给人家补栽了。今天,我牛病了,去请兽医,也犯下法啦?

警察过来了,笑着说:"赵大爷,是去沙镇吧?正好顺路坐我车吧。"

赵常本不想坐这在他看来有点不爽的警车,可又一想,家里花花、黄黄都往下交命咧,能早到沙镇早点请回兽医才是,于是,也就不拉架,走过去上车了。

警察是那个小个子,对老赵很热情,问:"赵大爷,进城做什么呀?"

赵常才不愿意向他说真话,就搪塞说:"人家办喜事,请呢,去搭个礼。"

沙镇并不远,二十多公里,转眼就到。在十字街口下车,赵常觉得自己待人家有点冷淡,才又扒着车窗对人家道了个谢,说了一句:"有空到五谷地来。"

这沙镇,是个百年老镇,是随当年晋陕人走西口而兴,中华人民共和国成立之后,一直是准格尔旗人民政府所在地,二十多年前,人民政府东迁薛家湾,这里就降成了乡镇一级,后又成立了个经济技术开发区,才又兴旺起来,常住人口大约三万。镇口的宣传标语是:"三省通衢康庄大道,西口古镇旧貌新颜。"

镇子坐落在黄甫川左岸的开阔台地上,原来紧靠河畔的南北向旧街,也叫头道街,还有二道街,三道街,一道比一道高,都是南北向。

赵常此刻在头道街,也就是老街,三条街中数这条最短,他东张西望走了个来回,也没看到哪儿有兽医站,他就又上二道街,二道街是头道街的两倍长,他站在那儿,正打主意,是向北还是向南,忽然想:这鼻子底下不就是个嘴吗,何不找个人问问呢?于是,他拦住了一个一手摇扇一手握着两只明晃晃大钢球的光头男子,问:"打问一下,兽医站在哪儿呢?"光头男子怔了怔,朗声说:"兽医站?"老赵说:"对,我家牛病了,我来请兽医。"光头男子牙疼似的吸了口气,皱起眉头想了想,说:"没听说哪儿有兽医站啊……"老赵拔腿就走,突然,身后叫:"大爷,你回来。"老赵又踅回来,光头男人左手将两只钢球玩得哗哗啦啦,说,"南边走一百多步,右手边第一个巷子里。"老赵赶忙拱手谢过,匆匆往南。

拐进巷子,抬头就看见一家招牌很大的"老马动物医院"。赵常想：这年头，甚也讲个时髦，兽医站就是兽医站，偏偏要叫个动物医院！不管它，老赵一抬脚，走了进去。

一个正在低头看着手机的漂亮姑娘抬头问："大爷，你是给猫还是狗看病？"

赵常："给牛。"

小姑娘一下子笑喷了。

赵常："你们这儿不是动物医院吗？"

小姑娘好不容易才收住笑，说："没错，就是动物医院，不过，我们只看猫呀狗呀这些宠物的，不看牛。"

赵常不明白了："那牛，不是动物吗？"

小姑娘说："牛，当然也是动物，不过，我们可看不了，牛是大动物。"

赵常抬手向门外指指，说："你们门上明明还写着马，马能看，牛能比马大多少，咋就看不成啦？"

小姑娘这回笑得把手机也掉在了地上，说："啊呀，我的好大爷啊，我们哪里看马，老马动物医院，那是说我们老板，老板姓马。"

就在这时，赵常的手机响了，他拿出，赶忙接通，是老伴儿打来的，告诉他："你赶紧回来哇，儿子知道牛病了，就从市里请了个专家，已经回来了。"

赵常听罢，仰面笑了两声，掉头就走。

回到家，看到儿子和一个戴眼镜的瘦高个儿男人正在院子里的石榴树下坐着喝水。

儿子先站起来，叫着："大。"

戴眼镜男子也站起来："叔。"

赵常："咋样儿？牛到底是咋啦？"

戴眼镜男子苦笑一下，说："据我看这两头牛都是中毒，吃了不该吃的东西。"

赵常叫了起来："中毒，自家的牛，每天草料和饮水，都是我一手喂，咋就能中毒，我总不会自己给自家的牛投毒哇？"

儿子："大，谁说你给自家的牛投毒啦，人家吴教授……"

赵常："今天才倒霉，可世界就是找不见一个兽医站一个兽医，好容易找到一个动物医院，只看猫狗不看牛。以为你从大城市请来个神神，没想到是个教书的！"

赵常不想扯淡，转身就奔牛栏。一眼看去，黄黄已经站了起来，花花躺得更平了。

跟上来的儿子、吴教授、老伴儿也都趴在牛栏上。

儿子："吴教授确实是学校的，可学校是农牧学院，人家就是专门研究畜牧医学的。"

吴教授："大爷，我已提取了血样，确确实实是中毒，当然不会是有人投毒，如今，在田野山坡上、路边，不是常有农药包装等等垃圾吗，它们一定是误吃了这些东西。"

话说到这儿，赵常才有点信服，就主动过来，握了下吴教授的手，恳求："教授可一定要把我这两头牛救活呀，它们是我老汉的命呀！"

吴教授笑笑："这种情况，我也不是第一回见，已经打了针，灌了药，现在看来，这头犍牛，问题已不大，这头母牛，今晚要是还站不起来，恐怕就……永远站不起来啦。"

"花花呀——"赵常扑过去，用手在花花身上摸着，摸着。

当天黄昏，吴教授又提着他的那个白色的大方箱子走进牛栏，给两头牛又用了一次药。

再转身，看到老赵已在大门东南的土坎上宰倒了一只山羊。

吴教授赶忙过去："大爷，您这是做什么？"

赵常："吴教授吴老师呀，你能大老远来给我家的牛救命，我老汉总不能连一只羊也舍不起哇。"

当天夜里，赵家好吃好喝招待客人。

老赵喝了几盅酒，就拉了个烂皮袄去了牛栏，他一会儿用一把破扇子，亲自给花花赶蚊子，一会儿又跑去找来干艾蒿，在牛圈里点起来，熏蚊子。

天亮了，赵常把黄黄从牛栏拉了出来，拴到门前的小树下，他的花花，死了。

儿子和吴教授走时，赵常将一个大纸箱子抱出来，嘱咐儿子："这羊肉，是给吴教授的。"

儿子的小车刚走，就又有一辆小灰面包车无声而至。

一个戴墨镜的中年汉子龇着黑牙满脸堆笑，说："赵大叔，这头死牛，我买了，你开个价。"

赵常转身随手从大门口捞起一把铁锹，一手指着那汉子："王孬，你赶快给爷滚得远远的，不然，爷今天就除了你这个害户种。"说着，高高举起手中的锹。

王孬跳上车，车门都来不及关好，丢下一句话"给你送上门的钱你都不要，真是好歹不识"，逃之夭夭。

花花埋在了赵常家祖坟下边的土坡下。

黄昏，赵常牵着已好转过来的黄黄到了花花的坟前，黄黄伫立垂首，老赵圪蹴在一边，一口一口地抽烟。

六、美女

"看一个缺胳膊的女人有什么意思?"

"你不懂。"

"我是不懂,真不懂。不过,你就不能抬抬头吗?不,是转回身来看看吗?"

李星仍低头向着苹果电脑的屏幕,右手抓着鼠标,在为米洛斯的维纳斯接胳膊。

身后半天无声,这倒反让他终于停下手来,转回身,一下子跳了起来,身下的椅子也被他带倒。

一个一丝不挂的女人,赤裸裸地立在黄昏苍茫的室内光线中。

"你……"李星往后退,可狭窄的农家室内,使他退无可退。

"我是你的小师妹沈岚啊!师兄难道留了几年洋就不认识我啦?"

"沈岚?……啊,真的是沈岚?啊!"

"嘀嘀,如假包换。"

李星站直,抬起一只手,指住这个仿佛从天而降的女人,说:"沈岚,你怎么在这里?"

沈岚:"想你啦,专门来看看你呀。"

李星:"那……你这是……干什么呀?"

沈岚:"一个大活人,站在你身后,和你说话,你都不抬头!这难道就是你的待客之道?"

李星怔怔了一下,笑了:"噢,这是我的不对,不过,你这……又算哪一出呢?"

沈岚嘀嘀一笑，变化了下姿态，说："我是气不过，才……本姑娘就不信，我有胳膊有腿，就不如你那个缺胳膊的洋女人，看看，到底哪个吸引你！"

李星从半开的门向院子里看了一眼，突然扑过去，从床沿上、地上捡起几件女人内外衣，往沈岚怀里一塞，恳求说："沈岚，小妹……不，我叫你姑奶奶，赶快把衣裳穿上，我……我……我可得出去方便一下。"

李星转身就跑走，又返回，将房门拉上。

李星跑到院外，就看见了一辆红色法拉利跑车，停在大柳树下的阴凉里，他先到树后，尿了道，边系裤带边想：这个沈岚，还是小时候那个嘎样儿，他与她至少有七八年不见，连个手机号也没，她是从哪儿冒出来的，又是怎么找到这五谷地来的呢？

想破脑袋，也想不通，只好再回去，就在这时，玉柱开车从外边回来，跳下车问："来客啦？"

沈岚站在院子里的小苹果树下，正在看树上的果子。

李星说："村里不是有家小饭馆吗，晚饭咱去那儿吃吧。"

玉柱进来，一眼看见沈岚，张嘴吃了一惊，这么美丽大方的年轻姑娘，与乡村的环境形成巨大反差，让他有惊为天人之感。

沈岚主动过来与他握手，自报家门："沈岚，李星大学本科时的小师妹。从呼市来。"

玉柱看看已经暮色四合，就说："那咱先去吃饭吧。"

玉柱回屋提了酒，放到车上，说："乡下空气好，月亮也要出来了，我先开车把酒送过去，先安排着，你们在这乡间小道上散散步。"

正值乡村的七月，万物生长，天黑下来不久，一轮月亮，就从东边的川谷那头升了起来，整个川谷，如烟似雾，小路两边，高高的树冠一团一簇，如浓墨泼染，庄稼地、草丛中各种不知名的小虫起伏鸣叫，村南村北，东邻西舍，闪现点点灯火。

沈岚突然吟出一句："月上柳梢头，人约黄昏后。"

李星："师妹好有雅兴啊！"

沈岚哧地一笑："我是奇怪，你老爸把你弄到这么个荒山野村来，竟然让一个光棍后生来陪你，真是匪夷所思。"

李星："什么匪夷所思？"

沈岚叫开了："总不能叫你……真的去跟村姑们约会吧？"

李星哈哈笑了："这五谷地村，居民平均年龄在五十岁以上，去哪儿找年轻的村姑呀！"

沈岚一听，更吃惊了："那……那……"

李星："这还是这两年，听说前些年，全村只住着一户人家。"

沈岚驻足，四下里翘首看了一回，跟上来，用肩膀撞了一下李星的肩膀，说："师兄，这不可能呀。"

"情况就是如此。"李星说。

沈岚一下子又站下："那……我是说，那你的生理需求怎么解决的呀？"

李星又哈哈笑了："这个……这个，不是有句话叫：无欲则刚嘛。哈哈，就是，无欲则刚。"

沈岚又叫了："师兄，你可别骗我啊，鬼才相信。"

"五谷香"农家饭馆到了。

小两口正在按玉柱的吩咐备饭。窗下的桌子上，放着瓶酒。

看到沈岚，小两口热情表示了欢迎，韩美说："小妹从大城市来，我们这乡村小店，实在没什么好吃的，手艺也不行，不过所有食材都是村里自产的，保证是天然无污染的绿色食品，小妹就将就些，吃顿农家饭。"

沈岚笑着回答："来到乡村，就是为品尝农家风味，吃别的，有什么意思。"

菜，是从自家园里摘来的，鸡是刚宰的，蛋是村里土鸡下的，花生刚煮的，腌肉是自制的。虽谈不上多丰盛，喝茶的工夫，几样儿凉菜，有青有白，有红有黄，有生有熟布到了桌上。

酒，当然还是飞天茅台，只是沈岚说她喝酒过敏，就倒了一小杯，意思意思。

先是李星与玉柱喝了几杯，玉柱索性将男主人赵祥也拉过来，三个男人，一会儿，就喝干一瓶。

时逢大暑，虽已入夜，室内还很闷热，那一台立式电扇嗡嗡转动，大家喝得体内燥热，头脸流汗。

李星提议："要不改喝啤酒吧。"

就又开始喝饭馆冰柜内的青岛啤酒。

沈岚自个儿抢过一瓶，笑着说："这个我行。"

这顿饭吃可吃了个好，沈岚谈起，只一个字："香！"

玉柱得意道："饭馆就叫五谷香嘛！"

意犹未尽，三人又带了些啤酒，登上饭馆前边的"仰陶亭"。

此时，月到中天，天幕上，月明星稀，大地上，月光如霜，夜凉初起。

突然，玉柱从石凳上跳起，指指天上，说："有这么大月亮，我就没必要再在这里，给你们当电灯泡子啦，正好白天去沙镇，那个周老先生托我给他代买了点东西，我这就送去。"

玉柱几步下了小山，又扬手说："你们千万别等我。"

李星和沈岚又在亭子上醒了会儿酒，就手挽手回家。

一进门，李星啪地打开灯，又出门，将紧靠东墙的一个小板房的灯也打开，对沈岚说："大热天你这么远来，真不容易，赶快进去冲个澡吧。"

沈岚去车上拿出她的大箱子，选出几件衣物，准备先去洗澡了。

李星突然又说："你今晚就在里间我的床上将就吧，我马上给你换个床单被罩。"

"鸠占鹊巢。"沈岚笑着走了。

等沈岚穿着浴衣，高绾着湿漉漉的头发，赤脚踩着粉红色的拖鞋从浴室出来，李星从檐下的凳子上起身，笑着说："不早了，你肯定累了，就先进去休息吧，我也冲个凉，就在外间给你下夜。"

沈岚莞尔一笑，说："我得先把这头发吹干。"说着伸手解开绾着的头发，一阵茉莉花的香味，散发开来。

李星和她说了会儿话，沈岚眼睛一亮，催促："你也快去洗吧。"说着，啪啪地踩着拖鞋，进屋。

李星进了浴室，脱去衣服，放开水龙头，温凉的水，立即从头顶上冲泻下来。

沈岚来五谷地看他，确实让他颇感意外。她是呼和浩特人，他是鄂尔多斯人，还相差了三四岁，他是在复旦大学读本科生时才认识她的，她当时刚刚入学，由于同系又是内蒙古老乡，他们才常在一起玩的，尤其是他毕业前的那个暑假，她没回家，他们结伙了另外几个同学校友，从上海到杭州，从杭州到黄山，从黄山到南京，好好地做了一次江南游。后来他们好像只在北京匆匆见过一面，他就出国了。起先还打个电话，后来就相忘于江湖。谁知，再见却是在这五谷地村。

水，还在哗哗地泻下……

李星立在喷头下，一任水的浇淋。

他的脑子里，闪现着过去他和她在一起的一幕幕情景……

一般来说，男人洗澡总比女人洗澡用的时间短，可今夜，李星这个澡洗的，时间比沈岚长上至少两三倍。

李星出来时，抬头看见正房里的灯，灭了。他轻手轻脚进屋，里外间的门，敞开着，他支起耳朵听听，里边没有一丝声响，他过去将门拉上，把外间的灯，也关了，就在玉柱的床上仰面躺倒。

月亮已西移，可月光仍很亮，屋内沉浸在一片幽幽的月光里。

外边是风吹树叶的沙沙声，还有夜里活动的野兽们弄出的一声两声响动。

李星双手垫在脑后，长长地伸出两条瘦腿。可他实在睡不着，倒也不是为了什么别的，就是白天睡多了。若是往日，睡不着，他就起来在电脑前为米洛斯的维纳斯接臂，可今天，他克制了自己，甚至连在床上翻个身也怕弄出声响，惊了里边人的睡梦。

大概到了后半夜，他虽然闭着双眼，可脑子里仍然清醒，仍可听到村里谁家的狗，不知为什么，突然恹恹地吠叫不止。

突然，里间里有什么响动了下，门也好像……李星慢慢睁开眼时，一下子惊住，一折身要往起坐，沈岚光着汉白玉雕塑般的身子，双手绾着长发，懒懒地走过来，低声说："真是累了，一下子就睡着了，现在几点？"

李星还在床上，说："大概三点多吧，后半夜啦。"

沈岚打了个哈欠，一转屁股，在李星的身边坐下，双手揉着眼睛，说："真对不起，从现在，就给师兄啦。"说着，伸出双手，环抱住李星的脖子，半压半拉，将李星重新又压在床上。

李星首先感到的是她的气息，淡淡的茉莉花的香，还有东方女人特有的体香，接着，是她的胴体，微微带着夜的冰凉。

李星几次想挣扎起来，却起不来，就急了，说："这可是别人的床，师妹，你快起来。"

挂在脖子上的手，好不容易才松开，李星一下子跳到了地上。

沈岚索性仰面平躺，一双眼睛，仿佛两点水，波光潋滟。

李星央求："快回里边你的床上去。"

沈岚："那也得你把我抱进去呀。"

李星弯腰，像抱小孩似的抱起她。沈岚突然直起头来，双手又钩住李星，一个湿漉漉的吻，贴了上来。

两个年轻人的这一吻，从外屋进了里间，又吻了好一阵，直到俩人分开，大口大口地喘气。

沈岚重又回在床上，她一手钩着他，一手往下扒着他的浴衣，说："还记得那年，我们在江南漫游，是到了海盐的那个小镇，钱塘潮没来，你的潮却来了，可惜那时我还实在太小，拒绝了你，这也没什么后悔不后悔的，这么多年，想你也一定曾经沧海难为水了吧。好在今天我们又在一起了，那就让我们珍惜今天，今夕，当下。"

沈岚真的早不是当初那个爱恶作剧的小黄毛丫头，她已是个成熟的女人，像一只打开的西瓜。她有点野蛮地扒下了李星的浴衣，然后，一下子躺倒，直面人生。

李星却瑟瑟起来，他先是一阵唉声叹气，后来，又双手抱起沈岚，说："沈岚，师妹，我……不是已告诉过你，我……我现在是……是无欲则……根本就没刚，是……是……"

沈岚："这时候，你骗我，还有意思吗？我来看你，就是偶然听到了你的消息，来看看你，我来是自愿，一切都是自愿，师兄可千万别再想多了。"

李星一急，一把抓住沈岚的一只手，牵到自己的下身："不信，你自己看。"

李星像一尊石膏像，立在床边。

沈岚嘴里"呵呵"了几声，声音慢慢低下去，突然坐起，两人面面相觑，时间，也好像突然凝固。

李星："已经好久了，准确地说，是我还在巴黎的时候，说来话长……"

突然，沈岚从床上跳下，双手把李星往床上一推，就势压倒，说："不可能，这不可能，你才多大，怎么可能，也许，像那年咱看过的钱塘夜潮，我们虽然等了半夜，可最后还不是来了，壮观天下。"说着，一头扑到李星身上，"来，让我帮你，你一定行，一定……你听我的，深呼吸……放松，全身放松……"

时间，一分分过去，直到沈岚把自己累得气喘吁吁，大汗淋漓，这边，风尘不起。

沈岚一屁股坐在床沿，双手抬起，蒙住了自己的脸……

这夜，他和她就待在一张床上，直到村里谁家的鸡，蓦地叫了一声，他们都没再入睡。

沈岚突然抱住李星一阵亲吻，她的一只手加两条腿，又在他的下身一阵忙乱。说："闻鸡起舞，咱再试一次。"

结果，还是什么也没做成，两个人，都累得倒头睡去……

沈岚是第二天午后走的，上午十点多才起来，只好早餐午饭一顿吃，饭是玉柱在家中亲自做的，沈岚夸他："厨艺天才。"

七、菜园

带露折花，何如带露摘菜？

早晨，周至赤脚凉鞋，手里挽着个篮子，走进大门外东南角的菜园。

正值盛夏，菜园最是繁荣。一派碧绿葱茏，姹紫嫣红，远看如一只大菜篮，近看似一个小花圃，再加上蜂鸣蝶舞，清香四溢，着实让人心醉。

这个菜园，很小，也就一二分，打周至有记忆起，这里就是家里的菜园，按理，应是熟地，只是自几年前父母双亲先后过世后就荒芜了。年后，他回了乡，晨昏之间，一出大门，总产生母亲在菜园里进出忙碌的幻觉。

清明节一过，周至就计划亲自整地，这里土壤肥沃，阳光充足，现在却一片荒草蒺藜，枯枝败叶。整地，先得烧荒，烧荒，就得看天气，风大不行，怕火势起来，控制不住，风小，又烧不透，那日，风不大不小，周至就提了把铁锹，走到地头，打火机掏出来了，不知为什么，灭了，转身从院里的小棚里，寻出清明上坟剩下的香来，点了，插在一边的土堆上，才点着火。

那场火，确实超乎周至的意料，一块小菜园上的荒火嘛，可谁知火一燃起，火借风势，风壮火势，火头随风，简直是在草梢上飞窜，噼噼啪啪，浓烟弥漫。周至手提铁锹，来回奔跑，到头来，还是没控制住一股火势，将地边外的一棵含苞欲放的小杏树，烧成了个黑色的枯架子。

烧过的菜园地，活像铺展在那里的一条黑羊毛毡。晴朗的天空下，腾起的烟雾经久不散。

那天烧荒，惊动了五谷地，村里跑来好多人，以为周至家失火了，特别是赵常，跑得鞋子都丢了一只，他因为上坟失火坐禁闭刚出来。这淳朴的乡情，让周至很感动，中午在五谷香请了一顿酒，大家喝了个尽兴，他被人搀扶回家。

本来，周至还乡养老，正教授的退休金外，还有稿费版税等收入，比起一千多年前的那个陶靖节，"开荒南野际，守拙归园田""衣食当须纪，力耕不吾欺"，更不会"饥来驱我去，不知竟何之"的，他真的也没有再种大田的念头，想种，怕也力不从心，以他的经济收入，完全可以在故乡养尊处优，做一个山水田园派的隐逸诗人，可他总还想干点什么，就决定种菜，就这么个小菜园，他相信自己还力所能及，种起的菜，他一个人肯定吃不了，那也要种，到时可以送人嘛。其实，他种菜之意不在菜，在乎那份青葱的诗意。

菜地，是周至自己一个人整的，有乡邻主动来帮忙，都让他谢绝了，他认为，自己无论如何还是个农家子弟。何况，好多农活他小时候是干过的。

捡拾石块瓦砾时，他本能地将石块远远抛开，又急忙去捡了回来，他想起父亲讲过的一个故事：是二十世纪五十年代，新中国成立不久，一个姓李的干部骑马下乡，返回时途经五谷地，当时正值早春，李干部在马上看着农民春耕备耕，走过了，突然又掉转马头返回，大声向一个正在整地的农民发问：老乡老乡，问一下，这里离沙镇还有多少丈？农民一听，刚直起的身子又笑弯了，说：你这同志，真是笑死个人，这里离沙镇也就三二十里，你咋就说丈呢？干部一下子跳下马来，手指着紧邻的一块地里的石块瓦砾反问：既然你也是个说里（理）不说丈的，那我咋看见你把这些石块从自家地里捡起，尽往人家的地里丢？那个农民一下子窘住，红头涨脸，赶紧丢下手中的铁锹，跨过田塍，把自己丢过去的石块瓦砾往出捡，还表态：是我太自私，以后一定注意，说话办事要讲理（里）不讲丈！李干部一直看着这个农民把石块瓦砾都捡完，才上马离去。这好像一个笑话，其实却是真事，父亲当年讲这个故事，也是为了告诉儿子一个道理：做人做事，一定要讲理。己所不欲，勿施于人。当年，听这个故事时，他还是个娃娃，今日想起，他忍不住哧哧笑了起来。

费时三日，菜园终于整好，最后一道工序，是盘畦分垄，共得九畦，像九页纸，等待内容。

赵常来了，径直走到菜园边，看了眼，嘴歪了一下，又歪了一下，却什么也没说。

正颇自得的周至受不了，就问："这地，整得难道还不行吗？"

赵常淡淡一笑："看来，你把化肥都买下了哇，是二铵还是尿素？"

周至一听就急了，高声大叫着说："就种这几畦地，我要天然无污染的绿色蔬菜，要用化肥，我还种它做什么！"

赵常龇牙笑了，说："那你就不能先盘这些畦子，应该先把猪粪羊粪撒上，翻地后再盘畦。"

周至怔住，半天才笑着说："老哥说得不错，可……我去哪弄那些猪粪羊粪？"

赵常转身走了，回头丢下一句："这个你就不用愁啦！"

当天下午，赵常赶着那条叫黄黄的老牛驾的牛车，给周至送来了种菜所需的牛粪、羊粪、猪粪，来回跑了三趟。

接下来,赵常又用了一日,帮周至把粪撒开,把地翻过。

重新盘好畦后,周至就开始计划:萝卜白菜,各有所爱。萝卜,不管是白的、红的,还是胡萝卜,都要种一点,白菜、卷心白、小油菜,天天要吃;再就是豆角黄瓜,"豆棚瓜架雨如丝";再就是茄子辣椒西红柿,都入了齐白石老人的画了;还有葱蒜,日子过得有葱有蒜,才叫过日子,对了,"夜雨剪春韭,新炊间黄粱",咋能没有韭菜呢。身为北方人,种菜,大约也就是这些。为了稳妥,他特意订了一个小本,九页代表九畦,把每畦要种的品类,都写在每页上,写完了,又想起芫荽,就填在葱蒜那一页。第二天才又想起葫芦,这也是他特别喜欢的,却没了地方,想来想去,一拍脑袋,在小本子上注明:葫芦种在地边上。

东墙外,还有一小条地,那得种点玉米和土豆。又想起了陶渊明的"采菊东篱下,悠然见南山",那就再栽上些菊花吧。他读陶慕陶多年,直到这时,他才惊心地发现,陶公虽是古今隐逸诗人之宗,那么热爱田园,可他笔下,关于种菜的诗却只有一句:"种豆南山下,草盛豆苗稀。"《读山海经》里明明又说:"欢言酌春酒,摘我园中蔬。"可见陶公也吃菜种菜有菜园,奈何将笔墨尽付与松和菊呢?

农谚有云:"谷雨前后,点瓜种豆""头伏萝卜二伏菜""过了芒种,不可强种"等等。可周至离乡四十年,现在种菜,只能靠少小时的回忆,可回忆不可全恃,何况,还有回忆不起来的。接下来的日子,他就与邻人谈,故意把话题牵引到种菜上,就教各方,除了用心记,回去还记在小本本上。

一日,又在五谷香小饭馆吃饭,谈起种菜,他向小两口要笔要纸,小两口哧哧笑了,说:"大叔,这些还用你这么费心吗,到时看赵常就是啦。"周至这才又想起那句话："庄户人种地不用问，赵常做甚咱做甚。"他不禁长出一口气，仰天大笑。

节令到了，周至早晚都要去赵常家的菜园里看一回，真到了种菜时，五谷香的小两口赵祥、韩美又主动跑来帮忙。

种菜是细活，也是累活，不然，农家怎么会有"一亩园十亩田"的说法？可种菜，也最有乐趣，且不说什么"种瓜得瓜，种豆得豆"，诚如前辈作家吴伯箫先生在他那名篇《菜园小记》里所说："就算种的只是希望，那希望也给人很大的鼓舞，因为那希望是用诚实的种子种在水肥充足的土壤里的，人勤地不懒，出一分劳力就一定能有一分收成。"何况，还有"日长篱落无人过，惟有蜻蜓蛱蝶飞""夜雨剪残春韭，明日重斟别酒"的美好诗意呢！

验证不远，仅过几天，一场春雨后，当周至再去看时，就看到了出土的新芽，又绿又嫩又茁壮。那些新芽，条播的行列整齐，撒播的万头攒动，点播的傲然不群，带着笑，发着光，充满了无限生机。

于是，周至就开始浇水。他从家中的自来水管接上满满两桶水，挑到菜园，用一个水瓢，一瓢一瓢地泼，一天泼一次。

赵常又来了，腋下夹着一把锄头，还是走到菜园那儿，看了一眼，嘴歪了一下，又歪了一下，什么也没说，扭头要走。

周至又急了："老哥，又咋啦？浇水也不对？"

赵常又淡淡一笑，才说："你有钱嘛，顶多多交上一些水费，要我，打死我老汉，也不敢拿自来水浇地的。"

本来，这菜园边上，原来是有一口水井的，用周至以前自己写的一首诗里的句子："吾家门前一眼泉，一年四季无枯竭。除供农家人畜饮，还灌边上一菜园。"

周至就扯了赵常的衣袖,找到那个已经塌陷的土坑,说:"莫非我还非得把这眼井再重打一回不成?"

赵常挥锄挖了几下,抓起一把土,看了看,闻了闻,丢开,拍拍手说:"泉水还在,打不打井,你自个儿说了才算。"

当然打,肯定自己干不了,周至说出句话,周村长就一拍胸脯:"小事一桩。包在我身上。"果然,第二天,就不知从哪儿吆喝来一辆大车,拉着打井机械,跳下几个工人,仅三天,就把井打好,下了水泥管子,还在井边立了个架子,装上电闸,一合闸,小软管的水就呼呼响了几声,冒出来了。本来,周至已找到一架保存完好的辘轳,大家看了,笑了一回,索性又花点时间,给装到井口上,说:"老人家这回该满意了吧!"

没有再不满意的道理,他可是个说"里(理)"不说丈的人呀,不过,人们还是看到这个有文化的怪老头,三天两头,站在井台上,在摇辘轳取水,浇灌他的菜园。他的自我解释是:"干活儿一并把身体也锻炼啦。"他真实的内心是:只有加上人的劳作,他的田园生活才有真正的诗意。

园中的各种菜蔬都长起来了,杂草也长起来了。周至虽然一生最喜陶渊明,但却不会把自己的菜园也弄成"草盛豆苗稀"的那个惨样儿,他就开始除草,那些草,也真够倒霉,遇上这么一个天敌,刚刚露个头,锄头就伸过来了。简直不给草类任何生存的机会。他使着两把锄头,大锄站在垄上苗间锄,小锄蹲下扒开枝叶锄。

草们,欲哭无泪。

还是引用一段吴伯箫先生在《菜园小记》里的描述吧。

"暮春,中午,踩着畦垄间苗或者锄草中耕,熙暖的阳光照得人浑身舒畅。新鲜的泥土气息，素淡的蔬菜清香，一阵阵沁人心脾。一会儿站起来，伸伸腰，用手背擦擦额头的汗，看看苗间得稀稠，中耕得深浅，草锄得是不是干净，那时候人是会感到劳动的愉快的。夏天，晚上，菜地浇完了，三五个同志趁着皎洁的月光，坐在畦头泉边，吸吸烟；或者不吸烟，谈谈话；谈生活，谈社会和自然的改造，一边人声咯咯啰啰，一边在谈话间歇的时候听菜畦里昆虫的鸣声；蒜在抽薹，白菜在卷心，芫荽在散发脉脉的香气；一切都使人感到一种真正的田园乐趣。"

黄瓜上架，豆角也上架时，周至发现菜园里突然出现了一些不速之客：一种没有蝴蝶大的黑飞蛾，还有黑的花的灰的小甲虫，最令人恶心的，是一些多腿的小蜘蛛和软体小虫，问都不用问，是病虫，害虫。他先是找了副手套，寻了个镊子，亲自动手捕捉，头一天好像捕捉尽了，第二天跑去一看，这些病虫害虫还有，而且比头一天还要多，他就发了狠，发疯样地使尽全力捕捉，三天下来，这些病虫害虫不但没有消灭，周至的头脸却下来了。

恰巧叫赵芳芳看见了，就睁大眼睛问周至："周老师，你咋不用农药啊？"

周至头也不抬，从园里丢出一句："我种的是纯天然无污染的绿色蔬菜，用了农药，那还绿色吗！"

赵芳芳："你不用化肥用农家肥，如今，起了病虫，适当适量使用点农药，咋就不绿色啦！"

周至表明态度："就是这一园菜真叫这些害虫吃光，我也不会使用什么农药的。"

赵芳芳气得双手比画了半天，才说："周老师，按您对绿色农产品的这个理解和标准，我敢说这天下人，不说全部，起码有一大半，都得饿死。"

赵芳芳骑车跑了，周至才直起腰来，愣怔了半天，才到井边的一只桶里洗了手脸，回家拿了盒烟，急打慌忙往赵常家去了。

还真算找到了知音，赵常看也不用去看，就给出了他的土方子。结果，周至回去依计去做：用清水和了些草木灰，洒在菜上，浇在根上；又用了一些山上田边采来的蒿草，晒干了，黄昏夜里，在菜园四边点燃，反复熏了几回，嘿，真灵，病虫害虫除了个干净，小菜园又满目葱茏。

自己家的小餐桌上，新鲜蔬菜一天比一天多。实在吃不了，周至就提着个篮子给赵常送，赵常说："尝尝可以，送却不必，我自己家种的菜，也吃不完呢。"再就给左邻右舍前后乡亲送，可大家既然回来种田，几乎也没有不种菜的。最后一招，是给五谷香小饭馆送。开饭馆的小两口说："大叔，你要哪顿懒得自个儿做饭了，就来我们这儿吃，保证不收您一分饭钱。"

这天半上午，忽然从沙镇来了五六个文学青年，他们不论男女，一律戴头盔骑单车，来五谷地拜访这个"当代陶渊明"，他们每个人都给周先生带了礼品，有茶叶、咖啡、点心等等，当然，还有酒，都还是名酒。周至就领着他们亲自到菜园采摘，在家中做饭。真真是："欢言酌春酒，摘我园中蔬。""俯仰终宇宙，不乐复何如？"

年轻人在五谷地过了一夜，第二天黄昏才走。他们用他们带来的设备，以周至为主角，拍摄了一个微电影，几天后，周至看到了他们的最终完成片《田园诗》，他们的创意和拍摄技术手段之高，艺术品位之雅俗共赏，着实叫周至大吃一惊。

收到《田园诗》的当天夜里，周至就把它通过自己的智能手机，发给了远在粤港澳大湾区的儿子、成都的女儿，他的意思是要告诉儿女：你们看看，老爸在故乡的日子过得到底如何？

儿子半夜回过来的信息是一个表情：一张上接天下接地的吃惊的大嘴；女儿发的是缤纷的花雨夹着轰鸣的礼炮……

八、送瓜

赵常家的瓜儿熟了。

繁茂的枝条叶片，如霜打一般，蔫落下去，碧绿的西瓜，一颗颗，暴露出来，一地西瓜。

天空，好像在那些飘浮的白云的反复擦拭下，更蓝更明净，甚至有点蓝得发乌了。几只喜鹊在半空一跃一跃，把叽叽喳喳的欢乐，撒得到处都是。

赵常摘下第一颗成熟的瓜，像抱娃一样，抱到地畔上，郑重地递到等在树荫下的老伴儿手里。老伴儿把瓜郑重地放在地上的一个大盘子里，先用指甲，在瓜肚子上比画了比画，找准划下中线，才拿起一把刀子，将西瓜拉开。

骒的一声，西瓜一裂两瓣，黑籽红瓤，新鲜欲滴。人的涎水，即刻就让勾了出来。用老赵自个儿的话说，就是：喉咙里探上手来啦。但是，谁也没有吃，赵常先拿了一半，急马流星地送到西边不远的祖坟，回来，见老伴儿把剩下的半个切成月牙，又拿起两牙，东西南北泼洒了，才在树荫里圪蹴下，与老伴儿手捧瓜牙，开始尝鲜。

这可是老两口今年第一次吃西瓜，虽然，现在满世界都是反季节瓜蔬，可是，在赵常家里，一切所能吃到嘴里的，都是顺天应时跟着节令才能吃到的。连儿子回来看他们，也从不往回买那些市场上的反季节吃食。

瓜种得不多，谈不上开园，老两口一定是吃不了的，先让老伴儿给城里的儿子女儿打电话，叫他们两家全回来，吃瓜，拿瓜。接下来，老赵就开始给人送瓜。

瓜，既不是天上掉下来的，也不是地里自个儿长出来的，是老两口从春到夏，精心务艺出来的，那么，要送，只送亲戚朋友。

今年以来，赵常最相与的，是周至，第一个要送瓜的，当然就是周至。或者说，五谷地村，第一个最有口福吃到赵常种的西瓜的人，非周至莫属。

赵常是黄昏时提着一个箩筐，亲自来给周至送瓜的。

周至赶忙接过，一看，竟然有五颗，就说："我要想吃瓜，会自个儿跑你家去吃，还劳老哥亲自送来。"

赵常："瓜这东西，吃得个新鲜，要是切开，放上半天，也就不好吃了，你一个人，我就没敢给你拿大的，专挑了几个小的，不过，瓤口一点儿也不会差。你现在就打开一个尝尝。"

周至就从厨房寻了刀，杀开一个，果然好瓜，他让老赵也吃，老赵摆手："还有一地呢，天天和老伴儿吃着呢，你快尝尝，看看如何？"

周至吃了一口，就夸："好瓜，好瓜，就是跟他们那些反季节的瓜不一样。"

老赵高兴了，头一勾："那咋能一样呢，咱这上的是猪羊粪，又不用一点农药，他们那是些甚东西，上的是化肥，日期就不够，打上针往大催呢。"

周至："我看过一个新闻，由于打药，一地西瓜在地里就自己爆炸呢！"

为了表示感激，周至大口大口地吃，老赵就在一边，眼看着周至把半个瓜吃下，才站起来，提了他的空篮子离开，还丢下一句话："吃完了，就再来寻。"

第二天，赵常继续给人送瓜。他挑了两筐，共有十来颗，先到五谷香小饭馆，给赵祥、韩美小两口放下三颗，说："自家种的，你们尝尝。"

赵祥说："大爹，你这瓜没说的，我们这儿来的人多，不如多送来些，替你卖上些，相信侄儿，一分也不会挣大爹的钱。"

赵常就有些不高兴："要卖，我老汉又不是数不见钱。"说完，扭头就走。

还是韩美精明，追出来，往老汉的筐子里塞了两瓶酒，说："大爹，这是我大亲自种的红枸杞，我们泡了几瓶，正说哪天给大爹送过去呢。这东西，听说每天喝点，补身子呢。"

赵常赶忙站住，探手就往出拿："我都快七十的人啦，棺材瓢子一个，还补什么身子呢，大爹不要，赶快拿回去。"

韩美坚持要给，赵常就把两个瓶子硬从筐子里拿出，往窗台上一放，挑起担子就走。

赵常到了村委会，只有赵芳芳在门外树下看手机。

一看到西瓜，就吪地叫了一声，大叫："赵大爷真是大好人，跑了一天，正渴得嗓子眼要冒烟呢，这西瓜就来了，真是老天开眼！"

赵常："刚从蔓上摘下的，送几个，让你们尝尝，周村长他们不在？"

赵芳芳："周村长还有第一书记，他们都去镇上开会了。"

赵常："小赵你就放开肚子吃哇，不够，我明天再送些来。"

老赵挑着两只空箩筐，离开村委会，走在回家的路上，忽听身后赵芳芳叫:"赵大爷,等等。"

赵芳芳追了上来,手里捏着一张百元人民币,说:"光想吃啦,忘了给您瓜钱。"

老赵:"谁问你要瓜钱啦?"

赵芳芳一笑:"大爷是没要,可这瓜是大爷大娘辛辛苦苦种的,又不是自己从地里长出来的。"

这话还中听,赵常笑了:"芳芳,你一个城里女娃娃,又是大学生,能跑到我们这五谷地来,为我们这些农民办事,整天跑东跑西的,真不容易,大爷没有别的什么好东西,送几个自家种的瓜,还能收你的瓜钱?"

赵芳芳:"大爷,我是共产党员,我们有八项规定,白吃白拿是要犯纪律、犯错误的,这点钱,您老一定收下。"

赵常:"共产党员有纪律,我老汉拍双手欢迎,可这是我老汉给你们几个送来尝个鲜的,几个西瓜,能值几个钱,咋就会犯纪律。"

赵芳芳坚持:"真的会犯错误,大爷您今天不收这钱,我渴死,也不吃一口。"

嘿——老赵还真叫这个小女娃给说住了,他定在那儿,肩上的担子随他人在原地转了两圈半,才说:"那好,这七八个瓜,顶多也就几十斤,你这钱多了,大爷可是给你找不开。"

赵芳芳:"就一百元,这么多瓜,还找什么?来,大爷拿上。"

赵常往后退了步:"你还没问,大爷这瓜,到底一斤卖多少钱?"

赵芳芳笑着:"大爷,您说呀。"

赵常:"一口价,你可听好了。"

赵芳芳:"就一口价,决不还价。"

赵常吸了口气:"那咱……拉个钩。"

赵芳芳:"拉钩就拉钩。"说着,伸出指头,与老汉拉了钩。

赵常一本正经地说:"一斤一分钱。"

赵芳芳:"啊?!"

赵常:"瓜是我的,当然,由我说了算,再说,咱可是刚刚拉过钩的。"

赵芳芳一下子挠头了:"一斤一分,十斤一毛,一百斤……才一块,大爷,这年头,你叫我去哪儿给你找一块钱呀!"

哈哈哈,老赵早挑着担子,走远了。

三天后,周村长突然坐着一辆大卡车,来到赵常家的瓜地边。

周村长指着一个小平头白衬衫的中年人,向老赵两口子介绍:"这是准备来咱这儿投资搞项目的阚总,马上就是七月十五中元节,你这一地西瓜,他都要了,拉回去给他们公司员工们,价钱由你开。"

赵常唔了一声,走进瓜地,挑了两个大西瓜,摘下,抱过来说:"吃,请你们尽肚子吃,卖嘛,狼吃羊,没商量,一个也不卖。"

一个早晨,老伴儿突然从外头跑回来,对正蹲在炕沿上吃酸粥的老赵说:"哈呀,你还在这吃呢!"

赵常:"咋啦?"

老伴儿急得都说不出个整话:"死老汉,快……你快……"

老赵:"催命不催食呢。"仍旧一口一口地吃他的酸粥。

老伴儿急得都要哭出来了:"咱那瓜地,夜来黑夜,不知跑进甚牲口啦,作害下一片。"

老赵听了,眼睛也没眨一下,直到吃完酸粥,又舀了半碗米汤喝了,才起身,到西瓜地上看了眼,嗔说:"多大点点事,不就跑来几个狐狸獾子……这地里的东西,有人吃的,也就有这些野东西吃的。这是老天安排下的,有什么大惊小怪的!"

九、父子

三十多年前,在五谷地,曾发生这么一件事:那年春天,雨水很好,到了夏天,雨也没误事儿,眼看过了中元节,中秋节也不远了,整个五谷地,赤橙黄绿青,如铺开在大地上的一匹五彩锦绣。谁知,一个午后,天空突然阴得像锅底,瞬时,随着一股阴风起,闪电裂天,雷声震地。鸡蛋大的冰雹就从天上丢下来,遍地乱蹦,砸伤了村南的哑子,砸死了羊倌的两只小羊,至于地上的庄稼,不用问,早跺成了茬茬,与烂泥搅和在一起。第二天,村西山坡上的龙王庙,有人把彩塑的龙王,用皮鞭一顿猛抽,龙王成了一堆,那人用鞭子指着骂:"尿你,你是个神神,不尿你,你就是个泥胎,打烂了,不就是一堆土渣渣!"这个鞭打龙王爷的汉子,第二天就一跺脚,离开了五谷地。他,就是如今的地区首富李铜厚。

李星是前几天才听到他老爸的这个故事的,为此,他专门跑到西崖畔下的山坡,找到那座龙王庙,看到里边乡亲们早就重塑金身的黑龙王爷,多少年前的那段故事,还是叫他心下惊骇不止。什么有其父必有其子,仅从这一点,他就怀疑自己到底是不是李铜厚的儿子。

还有,当年修建黄甫川大桥时,李铜厚捐了很大一笔钱。待大桥落成典礼,李铜厚回来,一看,靠五谷地这边的桥头给他立了一块石碑,刻着什么"造福桑梓"。他寻来一把大锤,二话没说,抡起大锤,亲手把个石碑给砸成几段,在接下来的典礼仪式上拒绝戴大红花，拒绝讲话……这故事，一直在故乡人们的口头流传。

一天，李星曾心虚地向周村长发问："我老爸，不就是个打砸抢分子吗？！"

周村长听得仰天大笑，回答："咱五谷地，要是能再多出几个像你爸这样的人，那才好啦！"又笑着说，"你爸打是打啦，砸也砸过，可就是没抢，可不能叫打砸抢分子。"

几天后，当李星黄昏散步，在田埂上遇到赵常，赵常正用棍子挑着一只野兔，他又从这个老人口里听到他老爸的又一个故事："那还是更为久远的年代，李铜厚还是个十一二岁的调皮娃娃。一次，村里的三个男娃丢石头土坷垃，打死了一只野兔，都说是自己打到的，因为他们都朝那只野兔丢了石头或土坷垃，都认为这只野兔该是自己的。结果，三个人就发生了激烈的争吵，最后动手打了起来，直到大人们赶来，三个男娃早已互相打得头破血流，衣裳都扯成了葫芦花，大人们问他们是因甚打架时，他们才发现，那只兔子早没影儿了，当时还以为兔子没死，自己跑了。直到几天以后，他们才知道，那只兔子是被正好路过的李铜厚趁乱抢走，拿回家美美开了次荤。三个小孩气不过，结伴去找李铜厚，李铜厚满口承认："是我拿走，说抢走也行，我不那么做，怕你们几个打下人命呢。"而今天这个讲述者，就是当年那三个孩子之一。

够了，打、砸、抢，样样儿不缺，李星认定，他的父亲，真材实料，不折不扣，就是一个打砸抢分子。

第二天黄昏，也就是乡村所谓的上灯时分，大人物，或者说了不起的李铜厚突然回来了，就他一个人，开着辆车，悄无声息地在自家老屋前的老榆树下停好车，轻手轻脚走进院子，推开家门。

正在做饭的玉柱惊得目瞪口呆，手足无措："李总——"不知再该怎么说。

倒是一直在床上躺着的李星，从容地从床上起来，平静地说："老爸，都快半年了，我想您也该回来一趟了。"

李铜厚笑了："你这么乖，倒让爸有点放心不下啦。"

玉柱这才接话："哈呀，这半年，李星确确实实就没离开过这五谷地一步，连沙镇都不肯去一回。"

李铜厚笑了一声："我正是相信你玉柱，才让你回来陪李星的嘛！"

玉柱受到老总这么当面表扬，当然很高兴，满脸涨红，不过，他并没有忘了自己是谁，责任是什么，笑着说："李总，您一定还没吃饭，想吃什么，我马上就做。"

李铜厚："回了老家，当然最想吃口家乡风味，你随便做吧，做出什么就吃什么。"

玉柱站在那儿，立了几秒，就笑着说："一会儿就好。"说毕，突然就从地脚抱起一颗花皮大西瓜，说："这是村里那个叫赵常的老大爷给送来的，自己种的，李总您就先解解渴吧。"

玉柱把西瓜杀了，切成花牙，盛在一个大盘子里，放到桌上，自己赶忙钻进厨房做饭去了。

这边，李星双手将一牙西瓜递在父亲手上，自己也拿起一牙，陪父亲一起吃瓜。

"我妈咋不回来？"李星问。

李铜厚吐出几个瓜籽，说："你妈？人家现在也成了什么学士。"

"学士？我妈她咋能，她不是连高中也没念完吗，难道上了老年大学？"

李铜厚一下子将刚吃到口里的瓜，笑喷了，连连咳嗽着，挥着手说:"狗屁,人家信了佛啦,白明黑夜,烧香念上经啦,前几天,又和几个什么教友,上了五台山啦,说要住上一段日子呢。"

李星手举瓜牙,怔了半晌,才说:"噢,那是信了佛教,做了居士。"

李铜厚:"对,对,居士,就是居士。只是不知道又把多少钱给送到五台山啦。"

这回,是儿子扑哧一声笑了:"爸您还在乎钱吗,我妈这去五台山,一住几个月,不是正好如了您的意了吗?"

李铜厚又让儿子这句话噎得连连咳嗽不止,索性把手中的瓜放下,用毛巾擦了手嘴,往厨房看了一眼,压低声说:"爸都六十多岁的人啦,身体又成这个样子,哪里还会贪图那些,要命呀哇,那些女人,都打发啦,一个不留。"

李星:"爸你别多心,我这么说,并没有其他意思,天底下有钱的男人,都是一个样儿。"

李铜厚干笑了两声,转换话题,声音也高了:"儿子,你念了这么多年书,爸今天真要向你请教一个问题,你一定要说真话。不准糊弄老爸。"

李星也丢开瓜,抬头看父亲。

李铜厚:"听说,这世界上,共有三大还是九大宗教,什么基督教,天主教,还有伊斯兰教,对了,还有老道,白云山那个,还有你妈信的这个佛教,到底哪个教才是正根子?"

李星笑了:"宗教,大的,差不多就是您说的这些,不过,实际上还多,就这几个,每个又分成好多派。"

李铜厚打断儿子,说:"老爸大致听懂了,这些教,都是洋教,咱是中国人,就说中国的教。"

李星说:"佛教,也是从印度传来的,不过,从汉代以来,中国人信佛的越来越多,即便现在,就你们这些有钱人中,不也是大多信佛。"

李铜厚歪着头想了想:"情实。"

李星又说:"道教,倒是地道的中国本土宗教,讲究修炼,养生,长生不老。"

李铜厚想了一会儿,又问:"那你说,哪个教,才是真的,最厉害的?"

李星大笑:"宗教吗,你信则有,不信则无,哪有什么真不真,厉害不厉害的!"

李铜厚:"那你既然都知道,你信的是哪种?"

李星:"我……我吗?各种宗教的书,都翻过一些,都没有信,我大概是个货真价实的无神论者。"

当父亲的终于找见缝子啦,笑着点着儿子的脑门说:"爸知道啦,我儿……你是信仰马列主义的。"

李星一听,笑着:"老爸您真高抬我啦,马克思和恩格斯的家乡,我倒都去过,就是还没读过他们写的书呢。"

饭做好了,是李铜厚爱吃的猪肉烩酸菜、二米饭,李铜厚吃了个水洗汗脸。玉柱又上了个农村炒鸡蛋,油炸花生米,打开一瓶茅台,又麻利地更换了床单被罩,笑着说:"村委会有客房,我去那里睡去,你们父子好好谈谈。明早,我一早就回来。"说完就识趣地走了。

父子的长谈就此开始。

父亲:"日记,写了吗?"

儿子:"一天不少。"

父亲："甚事也没干？"

儿子："还没找到我该做的。"

父亲："你长这么大，好像咱们父子俩从来就没有一起喝过酒吧。"

儿子："肯定没有。"

父亲："那今天喝上一顿，你愿意吗？"

儿子："只要老爸高兴，儿子愿意奉陪。"

接下来，喝酒开始。当然，是儿子拿起酒瓶，开始斟酒。

父亲看着面前的酒杯，迟迟不往起端。

儿子拿起酒杯，又放下，有点不解地问："老爸，咋不端杯呢？"

父亲看着儿子的脸，说："于情于理，你不觉得，儿子该先给父亲敬上一杯吗？"

儿子一愣，龇牙笑了，说："儿子该打，岂止一杯。"说着，郑重起身，端起酒杯，双手高高举起，敬向父亲大人。

儿子一连敬了三个，父亲痛快地喝了三个，还吱吱地喝出了声响。

若论知识，父子俩相距巨大，几乎找不到共同话题，若谈生活，好像也不在一个时空，好在有酒，毕竟是父子，还不会冷场。

父亲："还是先谈谈五谷地吧，你好歹也住了半年。"

儿子："五谷地挺好，真的，这里自然风光不错，无任何污染，村民们人也好，很纯朴。关键这里可是老爸你的家乡，故乡。"

父亲："家乡和故乡，有什么区别吗？"

儿子："这个……应该，也许有些区别吧，不过，咱中国人的汉语，实在太复杂、渊博，我真的也说不太清。"

父亲："我是这么琢磨，家乡，就是有你的家，故乡，就是你已离开，可你毕竟在这儿生活过，你的根还在这儿。"

儿子听了，一怔："有理，老爸说得有理。五谷地，曾是爸爸的家乡，后来，你离开了，可这里还有你的老房子、祖坟、亲人，五谷地还是你的故乡。"

父亲："儿子，你虽出生、长大在城里，可五谷地也永远是你的故乡。"

儿子："老爸说得没错，以后，我再填什么表格，或被人问起，我一定说，我的故乡是五谷地村，我是五谷地人。"

酒，真是人类发明的一个好东西，亲人在一起喝，更亲；朋友在一起喝，快乐；敌人要是也能坐在一起喝，一定也可以化敌为友。

半瓶酒下肚，这对父子才真正亲热起来，无拘无束，甚至开起玩笑来。

儿子举起一杯酒，突然嬉笑着对父亲说："没想到了不起的大人物李总，原来还是个打砸抢分子！"

父亲一听就急："你胡说什么呀？我咋就成了打砸抢分子？"

儿子："老爸你忘了，你可是用鞭子抽打过龙王。"

父亲听了，哈哈一笑："这……原来你说的是这，这事倒确实有过，正是打了龙王，我才发誓这辈子再也不当农民，从这儿跑走的。"

儿子："为什么要抽打龙王呢？"

父亲："全五谷地人，祖祖辈辈烧香磕头，杀牲献祭，它都让老天下鸡蛋大的冷子（冰雹），把全村人眼看到嘴的粮食全毁了，还打伤人和牲口，就是今天，我还会打呢！"

儿子："还有，那个黄甫川大桥，明明你捐了钱，出了大力，乡亲们为你在桥头立了块石碑……"

不等儿子说完，父亲说话了："那碑，更应该砸。"

接着，父亲向儿子讲述了他心中一段永生难忘的隐情：当年他刚入初中时，有一个同学，是沙镇工人家庭出身，与他最要好，某个周日跟着他来五谷地玩，两人骑一辆自行车，过黄甫川的流水时，实然水一下子涨了上来，自行车的两只车轮，绞进了一团团野草枯枝，推不动了，为了抢回这辆自行车，两个少年被水卷走，他见势不妙赶紧放开抓住自行车的手，在一个拐弯处被河水甩到河岸上，而他那个同学，由于一直舍不得放弃自行车，被水卷走……

儿子："你们过河，难道不看天气，也不看水深浅吗？"

父亲："正是旱天，天上连一丝云也没有，河水也不深，别起裤腿，就蹚过去了嘛，后来才知道，是上游为了争水，把一个沟里的水坝弄溃决了。"

儿子："噢！"

父亲沉默半晌，才说："从那，我就在心中发下誓，等长大了，有办法了，一定要在这黄甫川上架一座大桥。"

儿子郑重地又敬父亲一杯："老爸，你做得对。"

儿子再不往下说了，父亲却追问："咋不再往下说啦？"

儿子："没了。"

父亲："打、砸都有了，还有抢呢？"

儿子笑了，说："那可也不是没有，我前几天才听说的，您小时候，抢过人家打的一只兔子没有？"

父亲一怔，半天，才突然伸手，在儿子脑门上戳了一指头："臭小子，连这个事，你也知道啦？"

在这乡村的夜半，这对父子俩放声大笑，笑得连桌上的酒杯也碰翻了，还惊动了外边的宿鸟……

秋之卷

一、渔翁

早晚出去散步,得披件夹克了。

岁月忽晚,山河已秋。

这一天,周至散步走过五谷香门前,韩美一掀门帘跑了出来,又招手又叫:"周老师,你来一下。"

本来,周至已在家里煮了粥,可早点却是在五谷香吃的,再出来时,脸上挂着笑容,心里有什么喜事似的。

回家后,坐下连着抽了三支烟,他就从另一间房子里,拿出了朋友送他的一套渔具,拉开包,一件一件看过,又装好。里里外外跑了几个来回,才准备好鱼饵,又找到一顶大草帽,换了身衣裳,还加了个太阳镜,才拿着渔具,离家,向村东的月牙湾而去。

这天,天蓝云淡,阳光已不再褥热,月牙湾边,高杨绿柳依旧,但颜色似乎比夏天黯淡了些,水,则天光云影,更澄净了。

沿着月牙湾,走走,停停,停停,走走。

最后,周至择了一棵弯向水面的大柳树,在树下的阴凉地摆下专门用作垂钓的小帆布椅,拿出饵食,整理好鱼钩,就挑起鱼竿,甩出钓丝,开始钓鱼。

三十年来一钓竿，几曾叉手揖高官。自来自去堂前燕，相亲相近水中鸥。懒向青门学种瓜，只将鱼钓送年华。却把渔竿寻小径，闲梳鹤发对斜晖。幽寻自笑本无事，羽扇筇枝上钓船。上河里鸭子下河里鹅，一对对毛花眼眼瞭哥哥。你走那天天有点点阴，响雷打闪妹子不放心。人人都说咱们两个好，阿弥陀佛天知道……乱七八糟，这都是些啥呀！周至此时此刻的心情，连他自己也不能说清楚，不过，看得出来，他今天真的有些兴奋了。

　　那小两口竟然让他从饭店带两条鱼过来，说：鱼不待客，万一钓不着，你就说……嘻嘻，那哪能呢？传出去，还不叫世人笑掉大牙，鱼，说来说去，还得自己动手来钓，只要这水里有鱼，他对自己的钓鱼技艺，多少还是有点自信的。授人以鱼，不如授人以渔，不不，这怎么又能叫鱼和渔呢，本来，今天是醉翁之意不在酒，钓翁之意不在鱼啊。

　　漂在水面上的鱼漂忽然一动，周至手一抖，高兴得差点叫了起来，啊，是一条不小的鱼，草鱼，至少有二斤。

　　今天，肯定是个好日子，一定会有好运气，这条上钩的草鱼，不就是最好的兆头吗？

　　"喳——喳——"仿佛是回答似的，两只花喜鹊突然从对面的杨树上飞起，这叫声在周至听来却是："是啊！""可不是嘛！"

　　周至仰头望着，那两只喜鹊落在距他近点的一棵树上，在枝头跳跃鸣叫。

　　喜鹊登枝，又是一个喜兆。

　　周至扭回身，看了眼小桶内泼泼剌剌的鱼，回头把鱼饵穿到钩上，鱼竿在空中一弹，将鱼线远远甩出。

　　等吧。

还没等周至定下神来，在水波上竖立着的鱼漂一沉，赶忙收线，鱼线紧紧的、沉沉的，反倒把他这个钓鱼的从座椅上钓了起来。他知道，这回，可是一个大家伙，沉住气、沉住气，千万不能让它脱钩了……

一点点地收线、放松、收线、放松，那大家伙越来越近，可周至人也离水越来越近，差点一只脚就踩到了水中。

终于，鱼出水，差点把渔线扯断，鱼儿上岸，还是条草鱼，却是刚才那条的两倍大。

月牙湾里竟然有这么大的鱼，自己怎么今天才来垂钓？

第三次下钩后，周至把着钓竿，蜷缩在小帆布椅子上，心情才慢慢平静下来，他点了支烟，慢慢地吸着。

有一只碧绿的蜻蜓，飞来，盘旋来，盘旋去，一下子，落在鱼竿上。

那些直升机，一定就是仿造蜻蜓造出来的。每次看见蜻蜓，他就会第一想起直升机。大自然，或者说是造化，才是万能的，人怎么能成了万物之灵呢，万物之灵为什么连一个苹果，也不能造出来呢？

"钓鱼的，这儿有鱼吗？"一个女人的声音传来。

"废话，没鱼，我坐在这儿做什么？"周至答道。

女人不好意思地说："嘿，看看我这人，都活到这么大年纪了，还连个话也不会说，是——是这么回事儿，我有个外甥女，就是村里开小饭馆的韩美，她说，她今天想吃鱼，月牙湾有鱼，让我来取一下。"

"好呀，鱼就在水里，你下去取呀。"周至说。

"嘿，我还说我不会说话呢，你这说的，也不是人话呀，我不知道鱼在水里？可那得你们这些钓鱼的往上钓呀。对了，我外甥女说她认识你，昨天就和你都说好了的呀！"

"韩美是跟我说好啦，可……我不认识你呀。"周至稳坐在那儿，向前伸着两条长腿，头和脸被宽边大草帽遮住半拉。

女人有些尴尬地站在那儿，走也不是，不走也不是。

周至说："你认识我，也算。"

女人："你又不是这村的，我凭什么要认识你。"

女人终于有些愠怒，扭身要走了。

周至赶忙说："谁说我不是这五谷地村的人，我看你才不是呢。"

女人迈开步子，又收回来说："咦，鱼取不上，就不说啦，弄了半天，我连这五谷地人也不是啦，我看你这个钓鱼的……我今天怕是遇上个灰人啦。"

周至哈哈大笑，抬起头说："你是韩美的亲三姨柳毛哇。"

女人惊了一下："那……你又是谁？"

周至："我是柳毛的同学和邻居哥哥呀。"说着，摘下墨镜，又去掉草帽，站了起来。

女人惊得差点跳起来："周至……老哥！"

忽起一阵风，杨柳枝叶骚动起来。

月牙湾平如镜的水面，荡起了涟漪……

中午，五谷香饭馆，周至和柳毛坐在饭桌上，喝茶闲话。

韩美将两条清炖鱼端上来，又将两碗白米饭分放在两人面前，热情地说："三姨，你和周老师先吃吧。"说着，就跑到外边接谁的电话去了。

柳毛拿起筷子，笑着说："老哥，那咱就先吃哇。"

柳毛伸手去夹鱼，却发现周至坐着不动。

柳毛："动筷子呀。"就手将自己夹起的第一块鱼肉，放到周至面前的盘子里。

柳毛再夹起一块，正要往自己口里送时，发现周至仍坐着不动，就说："老哥咋啦？"

周至举起双手，笑而不答。

柳毛手里的鱼肉，啪地掉在了桌上，索性连筷子也丢下了，骂开："这个韩美，请人吃饭，咋连筷子也忘了给人家上？"

柳毛起身找筷子，三张桌子上，没有，就挑帘钻进厨房去找，听到一阵翻箱倒柜的声音，最后，还是空手出来了。

周至："不能吧，开饭馆的就一双筷子？"

柳毛嘴张了张，满脸狐疑。

周至起身，又钻进厨房，折腾了半天，出来，摊了摊空空的双手。

俩人面对面站着，又都从窗玻璃上往外看，韩美跑得连个影子也没了。

周至和柳毛面面相觑。

还是周至伸手，将柳毛拉着，重新到饭桌边坐下。

柳毛："鱼都要凉啦。"

周至："是要凉啦。"

柳毛："这两个人，一双筷子，咋吃？"

周至嘿一声笑了："那要看你究竟饿不饿、想吃不想吃？"

柳毛："那，老哥你先吃。"

周至没拉架，伸手拿起筷子，夹起一大块鱼肉，送到了柳毛的口边。

柳毛怔了怔，脸突然红了，头向后仰。

这边，周至盯着，就那么举着筷子，不肯放弃。

"哥……"柳毛终于将仰后的头移了回来，张口将鱼肉接住。

柳毛含着鱼肉，两行泪水，涌了出来。

接下来，是柳毛抢过筷子，夹了鱼，送到周至口里，周至嘴张得大大的，接住吃了。

"咯咯咯……呵呵呵……"窗外突然响起压抑不住的笑声……

放置在墙角的一只小音箱，突然音乐骤起："再过二十年，我们来相会……"一曲终了，韩美小两口，才从门外走了进来，两口子都咧着嘴笑。

柳毛拿起一只筷子，就要打外甥女："韩美，你个死女子……"

韩美一边绕着桌子跑，一边说："你们都四十年啦！"

二、黑云

前晌，天气还是好好的，风不吹，树不摇。吃午饭时，院子里突然什么东西咚地响了一声，跑出去看，是风把西南墙角搭的个䉪子吹下来了，再看，一股小旋风在院子里蛇般乱窜了几个来回，把尘土扬了赵常一头一脸，连嘴里也是，大门扇哗啦一声，大开，哗啦一声，又合上，哗啦又开了，赵常急忙跑过去，本要关门，却从大门口望见那柱顶天立地的龙卷风，从东边的黄甫川河滩上，忽南忽北、忽东忽西地移动着。

赵常立在大门口，呆呆地看了会儿，那风柱，好像向南边移走了，这时，天依旧蓝莹莹的，太阳还是火辣辣的，明天就处暑了，还这么热。有点尿急，赵常就到树下撒了泡尿，回来关好大门，回屋歇晌。

一觉醒来，就觉得不对劲，屋里咋这么黑？黑得像黄昏一样儿，连屋里的空气，也有些冷凉，一拧屁股，双腿下炕找鞋，拉门一看，啊，天啊！整个天空阴得如锅底。

　　赵常在檐下呆立了会儿，又打开院门，跑到外边，向五谷地的四面八方，瞭哨一回，掉头跑回家，对还挺在炕上睡着的老伴儿吼："赶快起哇，我看这天气有点儿凶险！"

　　老伴儿其实早就醒了，就说："快不用催命啦，阴天下雨，也不叫人家多歇上一阵阵。"

　　赵常："阴天是阴天，下雨是下雨，我是觉见，这除了下雨，还怕要往下丢冷子呢。"

　　老伴儿："春上，天红，你是领牲祈雨呢，现在，天阴，你又怕往下丢冷子呢，跟上你，我这一辈子，就没过上几天安生的好日子。"

　　赵常："嘿，要怨怨你娘老子去，咋就把你落生成农民呢。"

　　老伴儿："我娘老子都死了，你还让我怪怨他们，老头子，你说的这还算人话吗？"

　　老赵哈的一声笑了，说："这不是话赶话嘛，你快起来到外面看看，真的，我觉得不好。"

　　老伴儿在枕头上翻了个身，说："自个儿肚大肚小吃多吃少，我知道了，天阴下雨，那可是老天爷管的事儿。"

　　"那你就好好在炕上挺尸吧。"老赵急了，一跺脚车身又跑出去了。

　　天上，黑云翻滚，地上，阴风四窜。

　　随着一道血红的闪电打过，"咔——嚓——"一声雷，就如天崩地裂。

赵常吓得赶忙往房檐下缩。

老伴儿手扒门框,刚从门口伸出个头来,吓得一下子就缩回去了。

这时,闪电一道连着一道,雷声一声接着一声。闪电,刺眼;雷声,裂耳。

再看天空,那些乌云,如狼似虎,互相撕着、咬着。

赵常:"这要真的……"这时候,他知道忌讳了,连那"冷子(冰雹)"两个字,也话到嘴边,硬是一口咽回去了。

老伴儿在屋里开导:"灰老汉,看把你急死呀,这天塌不下来,就算真塌了,大个儿顶呀!"

赵常:"大个儿?谁是大个儿?啊,对了,我咋忘了去找村长,书记啦?"

赵常拔腿就跑了。

老伴儿在后叫:"这事儿也不是村长能管得了的哇!"

村委会,赵芳芳正在办公室里用座机接着电话,一手抓听筒,一手用笔记着。

赵常气喘吁吁地跑进来,搓着手站在那儿:"周村长呢?"

赵芳芳接完电话,才抬起头回答:"村长他们上西崖畔啦。"

赵常:"上西崖畔?"

赵芳芳:"说要放炮,打云炮。"

赵常怔了怔,掉头就走。

赵常回家,一进门,就骂:"不知道哪个圪泡,发明了这么个灰东西,就不怕遭天谴?"

老伴儿吃惊地问:"又咋啦?"

赵常:"天再不好,那也是天,老天!"

老伴儿："老天？老天咋啦？"

赵常："我是骂人呢，日能的，敢用大炮打天！"

老伴儿抽了口气。

赵常："这不是胡闹嘛，老天就算真要往下丢冷子，那也是人做下了孽，教训罪人呢。"

老伴儿："你说的，就是那个打云炮哇？"

赵常："就是嘛，不敬天，跑到西崖畔上架起大炮，要往退打云呢。"

老伴儿："造孽呢，快让老天爷打哇，打个根茬不留，全村人都把牙支起，喝西北风哇。"

外边突然噼啪噼啪下起雨滴来，砸得门窗都响了起来。

赵常缩在门口，一看，这天，是更凶险啦，忽然，一拍自己的脑瓜，对老伴儿下令："快，往出摆东西哇。"

赵常先把家里的大锅搬起，摆到院子中央，继而，是小锅。

老伴儿则把家里的盆盆罐罐，还有几只饭碗，也摆上了墙头。

忽然，赵常被人砸了一刀似的，尖叫了一声，他看见了院子里蹦着几只白色的冷子。

老伴儿吓得面色如灰。

赵常一把揪着老伴儿在院中跪下："快磕头祷告了哇！"

"老天爷爷——老天爷——"

"要砸——就砸锅哇——"

……

真有冷子就砸在了锅上。

正在磕头如捣蒜的赵常，突然从地上爬起，冲回家，用火剪夹着一块通红的炭火，跑出大门。

再看，赵常家院外打谷场上，那个高高的草垛，起火冒烟，马上腾起冲天大火……

就在这时，从西崖畔那边，响起了隆隆的炮声……

这场雨下得很大、很猛，黄甫川都发了少见的山洪，可除了开始时丢过稀稀拉拉几个冷子外，竟然没有成灾。只是不知道这究竟是那打云炮起了作用，还是赵常老两口那一套显了灵……

三、宏图

换了双运动鞋，李星出门。

苍白的脸在秋阳的映照下，更加没有血色，眼睛也不适应，就加了副太阳镜。

这时节，五谷地已真正进入秋天。天高云淡，大地则是一片五彩斑斓。杨柳已显疲衰，庄禾已成熟，秋蝉的叫声，零零散散。

本来，李星是信马由缰，先从自家院子，走上东西向的水泥道，一直走到东边的黄甫川大桥，过了桥，又返回。倚着栏杆看桥下的流水时，一辆来五谷地拉合作社农产品的集装箱货车，急驰而过，将桥上一片积水激起，溅了他一身。他也没有一点恼怒。

后来，他又原路返回，走到大十字路口，犹豫了一回，又向南走去。

望到村委会大院，他放慢脚步，那里有很多人，不知在做什么，正想是不是掉头返回，看到路东的玉米地间，有一条田埂，正要拐上去。对面开来的一辆红色桑塔纳小车，嘀一声按响了喇叭。

小车靠边停了下来，周村长从车上下来，笑着说："都说我们的李大博士，自回来咱五谷地，都变成一个大门不出二门不迈的大闺女啦，我正要去找你好好拉一次话呢。"

李星脸上挂着尴尬的笑："我……今天这不是出来了嘛！"

周村长："这其实也都怪我，既然是咱五谷地村党支书记，又是村主任，党政都负责，却让你这个海归大博士，在绣楼上待了大半年，这不是我的责任，还能是谁的？"

"不好意思。"李星真的不好意思，都挠头了，说，"我这回来，只是我爸他……"

周村长哈哈一笑，说："李总，你爸这人也是，听说上个月悄悄儿回来，又悄悄儿走了，怎么也应该让我见他一面嘛。"

李星："我爸这人，就这样儿，你们肯定比我更清楚。"

周村长哈哈一笑，突然收住笑，满脸严肃地看住李星，问："对了，兄弟，你在党不在党？"

李星一下子没反应过来，一脸迷惘。

周村长："噢，我是问你，你是不是中国共产党党员，入没入党？"

李星一听，摇头，说："我连共青团都没入过，更不要说入党啦。"

周村长摇头，说："你要是在党，按党章规定，就得过党的组织生活，比如，你回到咱五谷地，又待一年多时间，就得参加村党支部的活动，这叫属地管理原则。"

李星点点头，说："可惜……我还不是党员。"

周村长一双明亮的眼睛，盯着李星看了半天，用坚决的口气说："那你可一定得入，就从咱五谷地入，一切包在我身上。"

李星笑了："不，不，不是，我是说，入党，那得够条件，像我这种人，怎么能……符合呢？"

周村长扭头往四下里看了一回，一把揪住李星的胳膊，扯他到小车那边的树下，掏出盒烟来，又赶忙装起，又从另一只兜里掏出一盒红中华，给李星递了一支，自个儿也抽上，才说："这咋能行呢，咱不说那些大的道理，就说你，你们的集团公司，那可是全国也能排上号的大民营企业，对不对？"

李星点头："对、对，是。"

周村长："那……你们集团公司，肯定有党支部，应是党委，而你爸，就是党委书记，对不对？"

"这……我就不太清楚啦，我也是年前才刚从国外回来。"

周村长的嗓门一下子高了，说："这你咋能不清楚呢，从国外回来，也得了解咱们中国的国情呀。自从党的十八大以来，我们党的建设达到了空前的提高，加强党的绝对领导，就说民营企业，到一定规模的，必须建立党的组织，像你们集团，肯定有党委，你爸既是企业老总，也一定是党委书记。"

李星笑了，说："也许是吧。"

周村长纠正："不是也许，是肯定，肯定是。"

李星这回只是笑。

周村长伸手把李星往自己跟前拉了拉，说："你回来，肯定是要接你爸的班，这也肯定没错哇？"

李星："谁知我爸他，是怎么个想法，怎么个安排……"

周村长："响鼓不用重槌，灵人不用重提，我今天把话挑明了吧，你接班，别的都没说的，就在这党……入党问题上，你是完全没考虑，你爸他也欠考虑，那怎么行！明年你回城，总经理、董事长都是你，这一点儿也没问题，可党委书记呢？选一个外人？那怎么行？"

李星这回是真不知道该怎么说了。

周村长："不怕，不愁，其实这事也不难。你爸让你回来，在咱五谷地待一年，那你就待一年，不管你爸他老人家是甚意思，我这儿，就对外宣传，你是代表你爸，代表你们企业集团，回故乡五谷地驻村扶贫，不，是脱贫攻坚，也不，是……是巩固脱贫攻坚成果、乡村振兴实践来的，这……我这儿就可以，也完全有理由，以五谷地村党支部的名义，就地发展你为党员。"

李星还是听不大懂，就说："这事儿，我可是一点儿准备也没，改天见了我爸，再说。"

周村长朗声笑了："你爸，虽然没文……不，是文化不能跟你比，在这些事上，肯定比你强得多，不然，他也不会是那么大的老总。"

李星本以为至此，可以结束这场路上偶遇的谈话了，谁知，周村长却更来劲儿了，说："记得春上，刮大风那个夜里，咱们喝茅台那次，我刚上任，是有点话说得大，但也绝不是瞎吹，现在大半年过去了，今天正好，你上车，我拉你看上一圈儿。看看咱五谷地，到底有没有变化！"

李星怔怔，这个，好像找不到任何理由拒绝。

李星绕过车头，从另一边上车，在副驾驶座就座。

周村长发动车，一踩油门，小车掉了个头，向南而去，围着五谷地村绕了一圈后，周村长把车开回了村委会。两人下车后，周村长把李星带进了村委会大会议室。大会议室的正墙上，一张《美丽五谷地村建设规划图》展现在眼前。

周村长手里变戏法似的，拿出一个小东西，一个亮点就投上了规划图。

周村长充满自信地开讲：今年，是党和政府在全国胜利地取得全面脱贫攻坚战役的一年，也是伟大的中国共产党成立一百周年的大喜之年，在向第二个百年奋斗目标迈进的历史关口，巩固拓展脱贫攻坚成果，全面推进乡村振兴，加快农业农村现代化，是一个关系全局的重大问题。新春伊始，中共中央、国务院公开发布《关于全面推进乡村振兴加快农业农村现代化的意见》。随后，第十三届全国人民代表大会常务委员会又通过了《中华人民共和国乡村振兴促进法》，看看，乡村振兴，都立法了，这是我们中国农业、中国农村的头等大事、喜事！

李星点头应和："确实，确实是大事，喜事。"

周村长笑了一声，语调一变，说："那，接下来，我就要给你讲解墙上这张图啦。"

李星："请讲，我的确想听。"

周村长咳了一声，清了下嗓子，用一块洁白的纸巾擦了下嘴，又开始了讲解："乡村振兴，规划先行。"说着，他再次把深情的目光投向李星的脸，停顿了好几秒，才说，"别说这么大的事啦，就是……比如，咱农民要盖一座房子，也不能今天想起，明天就盖吧。"

李星："村长，这个我懂。您往下说吧。"

周村长往后退了退，又摁了摁手里那个小东西，一个小亮点在规划图的标题字上来回移动着，"规划既然这么重要，那就不会轻而易举。就说咱这张图，前前后后，足足用了半年还多的时间，先是对咱五谷地的山川地形、自然条件、人口民族、村情村貌、立地条件等等，请旗里、市里、自治区各方面的专家，进行了深入细致的现场考察，最后拿出初步方案，又逐级上报镇、旗、市各级领导和主管部门批准，昨天才正式公布。"

李星："我也听说，咱五谷地村，不断来人呢，又是专家又是各级领导。"

周村长感慨起来，说："就这，还有人不理解，说我周家驹当了村领导，不干实事，尽务虚，巴结上边呢！"说着，抹了把脸，接着，"不过，我才不会在意这些呢，只要咱自信，咱做的事，上对得起党，下对得起乡亲们，那咱还怕甚呢！"

"天下为公！"连李星自己也吃了一惊，怎能蹦出这么一句话来。赶忙补充，"这可是孙中山先生所说。"

周村长将小亮点移到图上的一大片"金黄色的区域"。

解说着：这是现代农业发展区，主要包括咱五谷地现已确权的两千多亩耕地，这也是在中国十八亿亩保护耕地红线内的，不能搞农业以外的任何非农项目，任何组织和个人不得侵犯，谁碰了红线，就是犯法，犯国法。前两年还大多撂荒，也有栽种树苗的，现在，必须全部改回农业用耕地，一亩也不能少。未来的乡村振兴中，咱五谷地的定位，仍然是农业村庄，主要产业仍是农业，不过，必须是现代农业，用现代科学技术、现代农业机械、现代农业经营管理下的现代农业。绝不能是以前靠牛耕地的，就像赵常那样的靠天吃饭、自给自足的传统农业。今年春上，咱们已经开始动作，搞起了一个"五谷地现代农业合作社"，这才是个开头，接下来，我们就要进行全村的土地流转和整合，就是将这全部两千多亩耕地，由各家各户流转整合到一起，由合作社统一计划种植经营，愿意在合作社的，就在合作社上班，成为农业工人，不愿意回来或不能回来的，那就用土地入股，成为合作社股东，每年年底分红。在这里，我还要特别说明的是，这两千多亩土地，合作社将根据土地条件，每年的气候变化、市场情况，统一计划出每年度五谷杂粮的具体种植亩数，农作物的种植比例，由接下来即将成立的几个细分出的合作社具体经营，比如农机合作社、蔬菜合作社、五谷杂粮合作社、水利合作社等等。

李星大声说："明白。"

小亮点又移到西边一大片"绿色区域"上。

周村长继续解说："这是咱五谷地的山林绿色生态发展区，大致区域就是现在西崖畔坡根坡上一带和西崖畔以上至双山梁这一大片，这里过去有少数耕地，但二十多年前，就在国家西部大开发时期实行的'退耕还林'政策下，还林还草了，双山梁区，原来只有小片的原始次生林，经过这几十年，现在好了，西崖畔以上，基本成了林区和山地草原，森林覆盖率达到百分之六十以上，植被覆盖率达到百分之九十。习总书记讲：'绿水青山就是金山银山。'咱五谷地，除了拥有全准格尔山地最好的农业耕地外，现在还拥有了双峰山一带三千亩的林地，这简直是得天独厚。过去西崖畔是咱村的荒地，只能放羊放牛放毛驴，现在禁牧，羊都圈养了，这片地成了森林，成了咱五谷地的生态屏障；过去西崖畔上几个沟汊下来的洪水，常毁耕地呢，现在就没有了这个忧愁，山上林草多了，就不会发大洪水。不但如此，规划是让西崖畔上边直至双山梁，成为山野风光旅游区，和咱五谷地即将要兴办的田园风光相加，成为五谷地山水田园旅游项目，这至少在咱全准格尔，也是无人能比的。"

李星："以前，听我爸我妈老说起这双山梁，这回，我回来，也是远远地看见，还想，以后一定去登一次。"

一下子亮点移动到东边长条的"蓝色区域"。

周村长接着说："刚才不是说山水田园吗，山也说过了，田园也说了，就缺水了吧？"

李星:"可不是吗,水……水在哪里呢?"

小亮点在那条蓝色区域晃着。

周村长:"有啊,黄甫川,咱五谷地东边,就是黄甫川呀,黄河二级支流,虽是条季节河,可流域面积大,过去还老发生洪水冲走人、牛羊,还有大汽车的事情。往小里说,这黄甫川谷上下一百多里,川谷两边的村社,何止一个五谷地,可偏偏在咱这儿留下一个月牙湾,蓝洼洼一湾水,就是黄甫川的川道里断流,月牙湾这湾水,从没干过。"

李星:"惭愧,我还真不知道。"

周村长又指着图说:"这蓝色的一片,包括月牙湾,它是咱上千亩良田的灌溉水源,一定要保护好、利用好,另外,这次听从专家建议,在沿黄甫川河滩,规划出一个湿地公园,既能起到涵养水源、调节水量等作用,还是一个河滩湿地,待湿地公园建成,咱五谷地就是名副其实的山水田园综合旅游体。"

"很好,真的,太好了!"李星听到这儿,是真的有些激动了,这点连他自己也有些吃惊,自己以前何尝会关心这些!

周村长收起手中的那个小东西,兴奋地说:"至于交通、通讯,我都不用说了,村容村貌嘛,你也都看到了,现在我要做的,说出来你也别笑,我要从厕所开始!"说完故意停顿了下,接着又郑重地说:"总书记对这件事也非常重视,曾作出重要指示。所以,我们的工作要从厕所和垃圾分类、处理着手,由此开始我们这一届村两委的乡村振兴工作。"

两人从大会议室出来,天已向晚,晚霞满天。

分手时,李星突然伸出手,紧紧握住周村长的手,有些哽咽地说:"老兄,和你比起来,我……实在是太……太愧对咱五谷地啦！"

就在这时，突然听到一声姑娘的欢呼："哇！我写的诗登上《诗刊》啦！"

俩人循声望去，东南角的仰陶亭上，一个姑娘正高举着一本杂志又跳又叫……

俩人走近仰陶亭，才看清是赵芳芳。

周村长："什么喜事，叫你这么又跳又叫？"

赵芳芳："《诗刊》啊！"

李星对周村长解释："《诗刊》可是咱们中国著名的诗歌刊物，国家级啊！"

赵芳芳突然双腿一并，腰一弯，双手将那本《诗刊》送到李星面前，说："请李大博士指正。"

李星接了，将题为《五谷地》的小诗，当场诵读一遍。

周村长哈哈大笑："我是个老粗，不懂诗，不过，很好！何况，这一下，把咱五谷地宣传到了国家级刊物，宣传到全国、全世界，绝对是一件可喜可贺的好事、大喜事。芳芳，我明天到旗里开会，一定向上级领导汇报，咱村也一定给你记一功，还要奖励！"

走在回家的路上，李星不禁回首，向仰陶亭上回望，晚霞中赵芳芳美丽的剪影，深深地印在了他的脑海，他的心头……

诗当然不能全部记住，但其中一段写得实在是好：

　　我要向世界真诚地宣布
　　陶渊明笔下的桃花源
　　再也不用劳你去远方寻找
　　请到我们的五谷地来

就让我来做你的向导

　　第二天一早，正在厨房做早餐的玉柱，突然听到李星从床上发出一声又一声的"啊——啊——"声，吓得他赶紧丢下勺子，冲进李星的卧室："兄弟，咋啦？你咋啦？"

　　李星坐在床上，一手撩着被子，双眼盯着自己的双腿之间，又惊又叫："啊！"

　　玉柱跑过去一看，大叫："雄起！兄弟，你终于又雄起啦！"

四、搭伙

　　艳阳天。

　　柳毛的儿子儿媳，带着他们的宝贝儿子小豆豆，开着一辆红色的国产小轿车，搬着他们的母亲，于这天的小晌午时分，从沙镇回到了五谷地。

　　小轿车停在了周至家院子的大门口，儿子儿媳先下车，给坐在后边的母亲打开车门。穿着打扮一新的柳毛从车内下来，就看见周至一身簇新的灰蓝色唐装，头发梳理得一丝不乱，正微笑着站在大门口。

　　儿子儿媳一人一边，搀着母亲向周家大门走去。

　　周至向前跨了两步迎接。

　　一对年轻人放开母亲，首先开口："周叔叔好！"并弯腰行礼。

　　小豆豆也大声叫："周爷爷好！"

　　周至也笑着回应："大家都好！"

　　有些羞涩的柳毛也开口："周老师好！"

周至伸手，牵起柳毛的手，说："都一家人了嘛，用不着客气，快进家吧。"

走进大门，院子里收拾得干干净净，窗下的一树石榴早已红了。比石榴更红的是家门口刚贴出的一副对联："归燕识故巢　旧人翻新历"，横批："从头再来"。

柳毛儿媳是沙镇一所小学的语文教师，只看了一眼，就捏了把自己的男人，想笑又不敢，努力憋住。

周至已看到小两口的小动作，就主动笑着解释："虽然我和你们母亲如今都老了，可今天毕竟大小算个喜事，就算不张扬，贴一副新对联，还是应该的。"

柳毛也插话："你们周叔叔是个文化人嘛。"

进得家门，家里也是窗明几净，那张八仙桌上，宜兴紫砂壶，茶杯已摆好在茶海上，一边小几上，一只电热水壶里的水早已煮开，哧哧地冒着热气。

周至请大家入座，就亲自烹茶，用一个茶镊子，将四只扣着的茶杯翻起来，又用开水逐一烫过，才拿起那把紫砂壶，给大家分茶。

儿媳端起茶杯，刚放到嘴边抿了一小口，就把目光投向摆在西墙下条案上的一大堆包装精致的礼品上。

周至笑着说："叔的一儿一女，都在南方，实在不能回来，就快递来这么一大堆东西，有给你母亲的，也有给你们小两口的，还有一份，是给小豆豆的。"说着，放下茶杯，过去给大家分送礼物。

柳毛儿子有些遗憾地说："我们兄弟姊妹今天本该见个面才是，好在来日方长，以后吧。"

周至解释："他们都在企业上，工作确实忙，实际是我阻止他们回来的。"

周至这边，儿子女儿的礼品都不轻，给小豆豆他爸的，是一块瑞士表，给小豆豆他妈的，是一串红珊瑚项链，给柳毛的，除了一身名牌服装，还有金项链和一对和田玉手镯。

最有意思的，还是送给小豆豆的那只小机器狗，放在地上，又叫又跳，还会人立、翻滚。把个小豆豆高兴得抱着机器狗，就跑到院子里去玩啦。

喝过茶，墙上的石英钟，已指向十一点多，周至站起来，说："中午饭都准备在韩美那个饭馆了，咱们这就过去吧。"

到了五谷香门口，人还没下车，就听外边二踢脚、鞭炮响了起来。

柳毛嗔怪起来："韩美这个死女子，不是说得好好的，不要闹这些吗，这扬名打鼓的，还不叫人家笑话？"

周至倒是只抿嘴笑，一副听之任之的样子。

韩美还有周至今天特意请来的侄儿周家驹、赵芳芳、赵常都早到了，柳毛那边，只有留在村里的一个本家哥哥柳大。

大家都笑着，站在门口迎。互相问好，开玩笑，一片欢声笑语。

直待最后的焰火放完，现场恢复了安静，大家才走进饭馆。一张大桌子，早已摆好了碗筷，除周至与柳毛的座位是无可争议的，另外几个人又好一番你推我让，结果，紧挨柳毛的是柳大，挨周至的是赵常，周家驹笑着说："平时我是书记、村主任，可今天这场合，我就是个晚辈，和你们几个年轻人，平起平坐了。"

凉菜上来了，酒瓶也打开了。

是个事宴、场面，总得有个主持，今天谁主持呢？

大家都没想到，既不是村长周家驹，也不是柳大，更不是赵常，连真正牵线搭桥的韩美小两口都不是。

在给大家的酒杯斟满酒后,站起来的是赵芳芳。

赵芳芳今天打扮得更漂亮了,脸白里晕红,用标准的普通话开始主持:"各位长辈,各位兄弟姐妹,还有小朋友,大家中午好!今天,咱们五谷地村,艳阳高照,秋高气爽。在这个美好的秋日,我们大家在五谷香饭店相聚,不为别的,只为一对值得我们每个人尊重的老人,我们的周至老师和柳毛阿姨。他们都是五谷地土生土长的人,喝着五谷地的水,吃着五谷地生产的五谷杂粮长大的,少小时,是'郎骑竹马来,绕床弄青梅'的玩伴,小学至中学,又同窗共读十年整,只是无情的命运,让他们俩分开,一分开就是整整四十个春秋,其间,时代变迁,他们各自经历了自己命运该经历的一切,直到花甲之年,周老师失去爱人告老还乡,柳阿姨也失去伴侣形单影只,他们在故乡五谷地再次重逢,经过晚辈的牵线搭桥、好心撮合,他们在征求双方儿女同意后,愿意走到一起,再续前缘,共度夕阳。"

大家拍手,高喊:"好——好——好!"

待大家掌声停下,赵芳芳接着说:"今天,由几个晚辈在五谷香设这一桌酒宴,共同为周老师、柳阿姨道喜、庆贺,现在酒席正式开始,请大家吃好、喝好、红火好!"

最后一句,赵芳芳是按本地口音说的,引发哄堂大笑。

在乡间,凡逢宴饮,座位次序,敬酒先后,都得按千百年传下来的礼俗来。今天,当然也不例外。

最早给两位敬酒的,竟然是小豆豆。小家伙两只小手端起酒杯,童声稚气地说:"祝爷爷奶奶新婚快乐!"

又引起一阵哄笑。

周至满脸认真地解释:"豆豆说的也不错,本来,我是打算和柳毛领证的,可她,坚决不干,说,都这把年纪了,还弄那个,传出去叫世人笑话,怎么也做不通她的这个工作。其实,后来,我也明白了,我们俩虽然从小知根打底,但这中间毕竟隔了四十年,经历了许多,现在虽然都已孤寡,但是不是真的能共度余生,她还是有所顾虑的。她的想法是,两个人就搭伙过,互助养老。合得来,过下去,哪天合不来,和和气气,再分开,一别两宽。若要一领那个证,她怕,怕什么?这个话,我今天当着大家的面,一定要说出来,她怕我们双方社会地位不同,家庭财产不等等问题,未来会引起双方子女之间的矛盾、纠纷。"

柳大首先表态:"我妹子这么想、这么做,完全正确。都这把年纪了,领那个证有什么用,要是过不了,今天领证,明天离婚的,现在不是满世界都是。你们就这么过吧。"

赵常也说:"咱是个农民,大字不识几个,不过,今天在座的数我年纪大了,我和周至,虽年龄差个八九岁,在村里,是平辈,柳毛也一样儿,今天,我老汉真的是可高兴了,为的个甚?还能为甚?就为我这个兄弟,这个妹子,人这要是还年轻,那你甚也不怕,可这到老了,就不一样儿啦。就拿我说,我和我那个灰老婆,年轻时,还常常干仗呢,也不是没闹过,一次都走到去离婚的路上啦,到过河时,正是九十月,对了,那时候,还没有咱这黄甫川大桥,灰老婆刚起裤腿就要往水里蹚,那哪儿行呢?我就说,我背你。我才一只脚踩到水里,灰老婆一把把我揪了上来,说,就不怕落下病?结果,就说好,今天河水拦住,离不成,等河结上冰再离哇。结果……"

赵芳芳抢着说:"结果河结冰了,你们谁也不再提这事啦。"

赵常:"是呀,这个娃娃,你咋知道?"

几个年轻的笑了：这事儿，我们都知道！

一阵笑声过后，赵常睁大眼睛问大家："让你们搅得，我刚才说到哪儿啦？"

赵祥："说到河水结冰啦。"

赵常这才噢了一声，说："我是要说……"

赵祥："赵大爷，那河水怎结的呀？"

"河结冰就让它结着嘛。"赵常勾勾头，一本正经地对周至和柳毛说，"你们俩，从小村里人就说你们是天生的一对、地配的一双，如今，好容易能走到一搭搭，也是天意，至于领不领那个纸片片，我觉得是，两可，领可以，不领也可以，以后顶顶重要的事是，把这日子过好。你们过好了，两边的娃娃们也都省心了哇！"说着，又问对面柳毛的儿子儿媳，"我老汉这话说得对也不对？"

又是掌声，大家纷纷举杯，共同祝愿。

柳大推了把柳毛："妹子，你也该站起来，说上几句，表个态度。"

柳毛今天真的有点羞，有点窘。站起来，左手抓右手，右手抓左手，目光也不知往哪看，有些怯气地说："真的，做梦也没想，我和周大哥能有今天，反正，就是，他如今单膀孤人，我也……我就是愿意，回来伺候他。"

又一阵掌声，又是大家全体站起，举杯祝福。

轮到柳毛儿子儿媳。

儿子站起说："当着各位长辈，还有兄弟姐妹，我实话实说。"顿了顿，才接着说，"本来，自我爸去世，我妈就跟我们一起过了，把豆豆都看护得上了学啦，我妈虽然平凡，在我们心里，却是这天底下最好的妈妈，如今，该到了我们做儿女的回报父母，让他们好好安度晚年的时候了,突然知道这个事儿,说实话,我想不通,坚决反对,为什么呢?我怕人家说我们不养老人呢。后来,是我韩美姐,还有姐夫,一趟一趟来,给我做工作,特别是那天,我媳妇对我说了一句:你左考虑右考虑,其实,你都是考虑你自己的名声呢,一点儿也没为咱妈设身处地想想,说咱妈老哇,能有多老,还不到六十,按现在人的说法,六十五以前,还是中年呢。就这一句话,把我说服了。周叔是全国有名的大文化人,可再大,也毕竟是个人,天天也要吃饭睡觉,尤其是老了,儿女又都不在身边,需要个伴儿,需要个照护,正好他们又知根打底,那不也是件好事吗。就这,我同意了。再多,我也不会说,一句话,祝周叔叔与我妈的新生活幸福!还有一句,你们两位老人后边,还有我们这些儿女呢,你们放心安度你们的晚年,有什么事什么困难,有我们在呢!"

接下来,不知是谁提起那"一双筷子"的事儿,大家就又笑声不断,都夸韩美这女子聪明。

赵芳芳说:"这要是编成一台戏,就可以叫《筷子记》。"

这顿酒宴,一直进行到下午三点多。

最后站起来讲话致辞的当然是周家驹,他今天在桌上,喝的酒最多,可也仅仅是头脸发红,他站起来,情绪很激动地说:"今天,我们在这里相聚,是为了两位长辈的喜事,也就是我大叔,和我毛姨两人走到一起,共同生活的大事、喜事。我作为晚辈,该敬的酒,已敬了,祝福的话,也说了。现在,在宴会即将结束的时候,我以村两委主要负责人的身份,以五谷地村两委的名义,向两位长辈致以最诚挚的敬意,送上最美好的祝愿!"

再次鼓掌。

待掌声停下,周家驹继续讲话:"我叔是从咱五谷地走出去的文化名家，他老人家在退休后，就选择回到故乡来，这肯定是出于他老人家对故乡的爱，对故乡的情感。回来了，就是现在说的新乡贤，对我们正在开始的乡村振兴是巨大的支持，将会发挥别人无法替代的作用。那么，我们应该以同样儿的热情欢迎他们回乡，帮助他们解决回来后遇到的各种问题，为他们提供尽量多的各种服务，使他们在故乡的养老生活，更加快乐，更加幸福！现在，我大叔与毛姨走到一起，这是韩美妹子的贡献，我要以村两委的名义，表扬她。"

大家又是鼓掌。

周村长："最后，我提议，为了把我们的家乡建设成真正的社会主义新农村，建成'美丽五谷地'而努力奋斗！"

大家全体起立，举杯喝干今天最后一杯酒。

客人散去，柳毛一家老小，都又回到了周至家，又喝了半天茶，拉了好多话，眼看太阳落到西崖畔了，儿子儿媳起身要走。

周至挽留："路又不远，明天一早再走吧。"

儿媳说："我没喝酒，可以开车，就回吧，明天豆豆还要上学呢。"

小两口带着儿子告别走了。

剩下了周至和柳毛，两人坐在石榴树下的小凳上拉闲话。

直到暮色下来，天上出了星子，俩人才起身，周至去关上大门回屋时，柳毛已拉亮了电灯。

周至不知从哪里突然拿出了一对红烛来，站在那儿，望着柳毛只笑不说话。

柳毛："咱……今天，还用得着……这个吗？"

周至说："咱们咋啦？咋就不能……今晚，我就要点上这一对红烛。"

柳毛笑着:"你实在要点,你就点嘛,没人反对你。"

红烛点了起来。

周至啪的一下,拉灭了电灯。

屋内的光线、气氛一下子变得朦胧浪漫。

周至缓缓走过去,先拉起柳毛的手,将她从椅子上拉起,一直拉到自己的怀里……

五、中秋

又到中秋节。

赵常的儿子昨天就打回电话,说:他媳妇要和闺蜜去山东烟台看"海上生明月",这个中秋就不回来了,明天一早,由他开车带着孩子回来。

老伴儿挂了电话,就看见老头子脸色不对,赶紧说:"咱这媳妇儿,以往不是都回来的嘛,一年不回来,儿子孙子还不是回来嘛,你死老汉咋又不高兴啦?"

赵常头一扭:"谁稀罕,爱回不回来呢,我只是奇了怪了,这看个月亮嘛,还非要跑那么远,到海上去看,莫非,明天晚上,咱这五谷地的天空就没月亮?"

老伴儿:"从宽她哇,只要咱那小孙孙阳阳回来,就行。"

吃过早饭,赵常往肩上搭了根绳子,手提一把磨得锋利的镰刀,下地去了。

月饼头两天就打好了,就在南凉房里一个大瓷盆内放着呢。要说月饼,全五谷地,最数赵常老伴儿打得好,他家有一套三样儿的木头饼模子，还是公公婆婆传下来的，三个模子两个大小完全一样儿，另一个稍小一些，里边刻的图案却不一样，一个是"喜鹊登枝"，一个是"鱼跃龙门"，小的那个则是"玉兔捣药"。

好多年前，全村家家户户都有月饼模子，至少每户也有一个。那时，每过八月十五中秋节，亲戚朋友，左邻右舍，都要互送月饼。吃月饼时，拿起一看图案，就知道这个月饼是谁家打的。当然，这已是好多年前的事了，现在，全五谷地，也没有几家再自己打月饼了，连送月饼这一习俗，也好像快没了。

只有赵常家，还自己打月饼，给亲友送月饼。

今年，五谷地村的周家驹、周至、赵芳芳，还有李星，就都收到了老赵家的月饼，品尝后，无不称赞。

儿子和孙子是中午才回来的，进门第一件事，是吃西瓜和月饼，也就顶如吃了午饭。

老赵两口真正准备的，是晚上的饭，鸡肉蘸糕，每年过八月十五，晚上吃羊肉或鸡肉蘸糕，这已是他家的惯例。鸡杀了，由老伴儿负责料理，赵常呢？其实，他从早饭后就忙乎上了。他要吃新。什么是吃新？每年中秋，虽然，庄稼已基本成熟，可要吃上真正的新粮，还得等庄稼收割，上场以后，可赵常家八月十五，就一定要吃新，怎么回事？他家这天的这顿糕，就是今年新的黍子，今年的黍子不是还在地里长着吗？没错，那怎么吃呢？

还是要看老赵的，早饭后他不是往肩上搭了一根绳，手提一把磨得锋利的镰刀出门了吗？对，他就是去了他种的黍子地。糜子和黍子，加谷子，就是本地农村种植的最主要谷物。糜子和谷子，是庄户人家每日的主食，黍子不是，黍子只是用来做糕，只有过年过节、喜宴喜事上，才能吃上。那要吃上新的黍子，也要等到黍子成熟收割上场以后呀，没错，但那是指别人，赵常却不等，他是无论如何都要在中秋节这天，吃上一顿当年种的新黍子做的糕的。就算黍子仅仅成熟到六七成，也要吃。

你看，他走进黍子地，先折下一穗黍子，放在手上，捻开，看看成色，只成熟了八九成，行了。他把搭在肩头的绳子拉下，往田埂上一丢，就操着一把镰刀，蹚进了黍子地，专拣那些又壮又大又高的黍穗，割头，割下一满把，送到田埂上，直到割下的黍子头，堆下一大堆，他才住手，将这些黍子头捆好，背着回家。

回到院子，将墙角那个平时倒扣着的、半人高的石头碓臼翻起来，里里外外，用笤帚打扫干净，把那些刚割回的黍子头，分一大把，放在碓臼内，自己双手举着碓杵，一下，一下，捣下去，捣下去……直到那一大把黍子头被捣成一堆，才清出来，倒在石碓子边上的一个大水盆里，迅速将黍子梗、壳分离出去，黍面倒在另一个盆里，如此这般，到半后晌，吃一顿糕的糕面，就捣腾出来了。今天晚上，这一顿今年亲自种的黍子做的软油糕，是稳稳地能吃上了。

准格尔山地，有一句俗语：吃上新的，就算又长一岁。

赵常家，年年是五谷地最早吃新的。

今年，赵常六十九，按规矩，子女们给老人过寿，是过九不过十。赵常的生日是五月，儿子回来过年时，就商量要给他过"七十大寿"，被他坚决反对了。他说出的理由是：五荒六月，青黄不接，过得个甚生日。老伴儿却悄悄地对儿媳妇说："这老家伙，都活成精了，他是怕提醒了阎王爷呢！"

待一切都准备好了，赵常蹲在石碓臼旁，抽着烟，估摸了一下，这全家都揽攒了，也就四个人，就打定主意，去把周至、柳毛也请过来,什么"旧人翻新历",哪如"旧人吃新粮"。

一阵风似的,就到了周至家,一进大门,就高喉咙大嗓子说:"老弟大妹子,我来请你们两口子今晚上我家吃新!"

周至正拿着毛笔,在案头铺开的宣纸上写字,抬起头:"老哥,你请我们吃甚?"

赵常:"吃新嘛。"

柳毛:"这个我知道。"

赵常的儿子,大学毕业后就在市民政局工作,公务员,副科长,小个子,头有些秃,相貌像他妈多于他大,儿子阳阳还是初中生,个子却已有一米七还多,是个美少年。留给人的第一印象,是不玩手机,手里拿的是书。

周至问小伙子:"看的是什么书?让我看看。"

阳阳有些羞涩,双手将书递到周至面前。

周至接了,一看,真真吓了一大跳。扶着眼镜感叹:"阳阳,你这个年龄就看这样的书,了不起,真了不起!"

柳毛好奇,问周至:"什么书,阳阳看甚书?"

周至将书递给柳毛,柳毛拿到,看了一回,又递给周至,说:"我不知道。"

周至拍了拍书的封面:"你不知道,才不奇怪呢,这是西汉时唯物论思想家王充的著作《论衡》,中国古代思想史和哲学史上的重要著作。"

几个人没什么反应,让周至有些失望。

赵常儿子笑着说:"周叔,这孩子小学三年级以后,我们带他去书店,就不要我们给他挑的书,这几年,则更是自己去选书、买书,连我和他妈陪他去都不让。"

周至问赵常儿子:"那,你上大学,一定是学的理科吧。"

赵常儿子:"我学的是工商管理。"

上灯时分,赵常老伴儿已把喝酒的凉菜摆上了小炕桌,请周至和柳毛脱鞋上炕。

柳毛说:"我不喝酒,让他们几个男人坐吧,我和嫂子弄饭,拉话。"

结果,坐上炕的,只有周至、赵常和他儿子,阳阳坐在院子里不肯进来,说他要等月亮升上来。

看着赵常要往开打一瓶山西汾酒,周至急忙说:"老哥,柜顶上那个纸袋里,是我给你带来的两瓶红葡萄酒,法国产的,要不咱喝那个?"

赵常哈哈一笑:"说到底,葡萄就是个葡萄,不能成了核桃,葡萄酒那玩意儿,甜不甜,酸不酸,我才不待见呢,咱今天吃新,一定要喝辣的。"说着,已经将酒瓶拧开。

酒杯也端起来了,赵常突然大叫了声:"啊呀!"抬腿就下炕,跑到厨房拿了一双碗筷跑出来说,"咋连老祖宗也忘啦。"说着,从炕沿上探过身来,用筷子将桌上的凉菜每样儿夹了一些到碗里,搁在柜顶上,又回头对老伴儿安顿,"一会儿鸡肉炖好糕蒸好了,记得提醒我出去泼散。"

这个,周至懂得,是准格尔的古老民俗,不仅逢年过节,就是平常,谁家吃好的了,要在吃之前,弄一碗跑到院子外,用筷子夹着,向东西南北抛撒,为了让祖宗甚至孤魂野鬼们都分享一口。

赵常儿子偷笑一声,对周至说:"我大这人,现在的人,哪天吃得差了,都要饭前泼散,那还成?"

偏让赵常听见了,瞪眼:"难道老子错了?"

周至笑着说:"谁也没错,现在生活质量提高了,老百姓家也哪天吃得都不差,天天泼散,当然不成。可是,像在咱乡村,有人还保留这种习惯,也很难得,就算谈不上非物质文化遗产,至少也算一种美好的乡俗。"

酒刚喝到三杯,阳阳从外头跑进屋,向他爸要手机,说和妈妈约好的,今晚要视频通话,既要看"海上生明月",还要一家人"天涯共此时"。

赵常听了,撇嘴只说了两个字:"散德。"

赵常家在院中献祭月亮的仪式,确实不一般。一张桌子上摆了香炉,化黄表,烧高香。献祭的供品有:切开的大西瓜、月饼、小苹果、葡萄、糖果。

鸡肉蘸糕,确实做得好吃,这是周至自回乡以来,吃得最香最饱、酒喝得最多的一顿饭。

周至和柳毛半夜告辞归去时,也没说一句客套话,周至当晚留给赵常的最后一句话是:"老哥,我敢说你们老赵家肯定就要出一个大人物了!"

走在回家的路上,柳毛搀扶着周至的胳膊,两人举头,一盘偌大的圆月,将银色的辉光兜头倾泻下来。

整个五谷地,如浸浴在牛奶中,如梦似幻……

六、摄影

半年多来,李星给米洛斯的维纳斯,共设计出九个"接臂方案"。其中两个,他认为,已接近甚至就是原作了,即使那位叫阿力山德罗斯的古希腊雕塑家再生,也应该领首认同了。可今天再打开一看，那些由他接上去的臂，怎么看怎么别扭，有一个，感觉会让维纳斯马上栽倒，另一个，则是维纳斯像要拔腿走掉……

删掉一个，又删掉一个，再往下看，再删，直到只剩下他曾经得意的两个，也都不对劲儿。一恼怒，全删。

电脑屏一片空白，脑子里也一片空白……

李星仰面朝天躺在椅子上，双手垫在脑后，紧紧地闭上眼睛。

却有几幅画，出现在他的眼前，细看，这不是他小时候的涂鸦吗，有些是蜡笔画，有些是彩笔画，都是那么稚拙，可却一律想象大胆、奇特、色彩鲜艳、浓烈……其中有一幅，画的是他小时候居住的那个破旧小区的夜，除了一角砖楼，路边的电线杆，一盏毛耸耸的灯，其余都涂成蓝色，深蓝……这个画，被学校送去参加全国儿童画大赛，还得过一个奖励证书，好像是二等奖。

记得当年高考时，他本想考艺术类专业，就学习画画儿，可不知是谁告诉父亲，说男孩子学艺术，将来一定会坑爹、会败家。结果，父亲坚决打消了他学习艺术的念想，让他去考了理工科，第一学历拿了个经济管理专业本科毕业证书。后来考研，仍是管理学，再后来出国，先后在两所大学攻读过哲学，博士文凭，读的则是法国一所大学的艺术史。

长这么大，李星从来不记得自己向父母要过一次钱，父母给的，他都花不完，有时，哪个同学向他借钱，他连人也不记。别人向他还钱，他却说："你给我钱做什么？"

他耿耿于怀的唯一一件事，就是当年那个向父亲进言的人是谁？为什么他断定男孩子一学艺术，就会坑爹，就会败家？这是哪家的逻辑！

真的，明年就要回城，要坐在父亲现在坐的那把交椅上。做这个煤炭企业集团的老总吗？答案显而易见，是肯定的，父亲母亲就他这么一个儿子，现在，父亲的身体有了些问题，把位置让给儿子，还不是天经地义？可……可是，李星内心一想起这件事，就慌，就烦躁，就想上厕所。他真的一百个一千个一万个不愿意，不愿意就是不愿意。那把椅子就是父亲的，让他来坐，不等于让他李星来做李铜厚吗！李铜厚就是李铜厚，李星就是李星，他们的关系仅仅是父子血缘关系，李星能传承血缘，也可以继承财产，但怎么能接续李铜厚的人生呢！

父亲的病，看来还无大碍，一来得拜现代医学技术的发展所赐，二来也得说是他挣下了足以让他无忧的钱。如果，父亲的健康不再恶化，那么，继续担任这个企业的董事长，应该还能胜任。至于总经理，按现代企业管理通例，完全可以聘任。

不过，这只是李星自己的胡思乱想，而非他父亲的意志。

假如，不接父亲这个班，那他自己又想干什么？过一种什么样的人生呢？这个问题，让他更苦恼、更迷惘。是的，自己又能干什么呢？

已过三十岁，三十而立，未立，仿佛也该结婚成家，可跟谁结婚，跟哪个成家？

从当初一入大学，就开始谈恋爱，一次又一次，从来都是有始无终。后来，尤其是在国外这几年，只是跟哪个姑娘上床，在一起玩，又不在一起玩，有些，连人家名字也未必记得。直至去年初，在巴黎，在参观过卢浮宫的《米洛斯的维纳斯》后，连性的能力也一下子丧失……现在，自己担心的已不是姑娘们爱不爱自己，而是自己到底还有没有爱的能力。

昏昏沉沉地过了一天，第二天一早，他早早起来，洗了澡换了衣服，拿出那台德国徕卡相机，简单地检查、测试了一番，对玉柱说："你也好长时间没回家去看看父母亲了，今天你就走吧，我忽然想玩相机，就在村里村外拍，至于吃饭，我自己也能做点，不想做，也饿不死，村里不是还有家小饭馆嘛。"

玉柱是半前晌开车走的，走之前说："三天内一定回来。"

中午的饭是李星自己动手做的，饭后，他给相机充上电，又睡了一个长长的午觉，三点多，才背着相机出去。

循着五谷地村的骨干道路大十字走了一回，他走得头上都冒汗了，可也实在没找到什么可以拍摄的。

也许，不是这里没有什么可拍的，是他，实在还没想好，自己到底要拍什么。

他在十字路口踌躇半晌，正准备回去，看看天色，天上突然出现了晚霞。

摄影既然是光与影的艺术，那遇到乡村如此美好的晚霞，不拍，才遗憾呢。

他举起相机镜头，忽而从路南跑到路北，忽而又从路西跑到路东，寻找角度，可就是不肯按下快门。

因为他不知道，到底该拍什么。

突然，他听到了什么，看到了什么，是有人骑着一辆火红的摩托车，从黄甫川大桥那边而来。

李星立在那儿，眼睛盯着那辆摩托车从白杨夹道的村道上而来，他觉得这画面不错，就调整了下自己的位置，举起了相机。

焦点找到了，其余，一下子都已不是问题。

随着摩托车进入他的镜头，他按下快门"咔咔咔"连拍。这时，他才惊异地发现，骑手是一个年轻的姑娘，直到摩托车一下在他面前停下，他才认出，是村上那个大学生村官赵芳芳。

赵芳芳身子仍骑在摩托车上，只是一脚点地，摘下头盔，笑着说："老兄，你今天咋终于出窝啦？"

李星哪顾得上回答，又举起相机，对着赵芳芳，一阵"咔咔咔"狂拍。

赵芳芳甩甩自己的一头秀发，说："这么好的相机，这么好的晚霞，老兄你就尽管拍吧。"顿了顿又补充一句，"需要我怎么配合我就怎么配合。"

于是，李星真的就下了命令，一会儿，让赵芳芳退回去重骑过来，一会儿，又让她拐到南北路上，由他顺光逆光拍摄，既有行进中的镜头，也有停下来的镜头。一直拍到光线暗下来。

李星："芳芳，感谢你！"

赵芳芳调皮地说："那你，怎么谢我？"

李星："现在就请你去吃饭。"

赵芳芳："可惜镇领导来了，我们今晚有会。"

李星："那，改日，改日一定。"

赵芳掏出自己的手机，说："吃饭就免了，咱加个微信，晚上把你今天拍的，挑好的发我就行。"说罢，重新跨上摩托车，扣上头盔，露着白牙对李星一笑："拜——拜——"

这天晚上，李星把相机里的照片倒到苹果电脑里，一看，高兴地从椅子上跳了起来："太美啦！"

几乎张张拍得都满意，尤其有一张，就是当赵芳芳第一次在他面前停下，一脚点地，双手摘下头盔甩一下头发那张。简直让他心跳气喘。

这——是我拍的吗？

这个青春勃发的姑娘又是谁？真的就是那个大学生村官赵芳芳吗？

答案当然都是肯定的。

一直在电脑前趴到半夜，才觉肚子饿了，跑到厨房一看，有牛奶、面包、鸡蛋，手忙脚乱地煎了两个鸡蛋，才把肚子喂饱。

再坐到电脑前，他开始选择，将这几十张片子，一个一个删除，直到只剩下三张：一张远景的，一个姑娘骑摩托车疾驰在白扬夹道的乡村路上；第二张，中景，摩托车从画面里，直向你开来，纵深感很好；第三张，就是那张令他心跳气喘的近景，画中，背景已虚化，姑娘停车，摩托车头稍偏，姑娘伸出一条腿，脚尖点地，头却向上仰起，双手摘下头盔，长发甩起……

他把这张照片设定为电脑的屏显，让笔记本就那么大开着，自己去冰箱里取了两瓶啤酒，喝了起来……

第二天上午，他起得很晚，抓起手机一看，有一条微信：老兄，记得给我发照片哦。

李星将那三张照片全发过去，顺便征求："芳芳，若我把这几张照片，不，是摄影作品，发表出去，你可同意？"

一会儿，赵芳芳就回信：没问题。又加了一个调皮女孩的表情包。

让李星没想到的是，当他把那幅他认为拍得最好的片子发到一个摄影公众号后，不到半小时，这幅题为《我们村的大学生村官》的摄影作品，就被公众号推出，当天关注阅读浏览量，就突破三十万……

七、登高

上了西崖畔，眼界为之一宽，苍苍莽莽的大高原，梁连岇断，沟壑纵横，天空，更高更远，有几团乌云，乱堆在天边，太阳高悬青空，风则一阵阵的，排空而来，卷地而去。满地的荒草，随风倒伏，郁黑的松林，发出呜呜的涛声。

周至和柳毛，立在崖畔之上，回首五谷地所在的黄甫川谷，由北向南，向天敞开，田野塘坝、村庄人烟、公路桥梁，连上游二十里外左岸台地上的沙镇的高楼，都历历在目。

周至拉柳毛，择一个土塄，坐下，自己也卸下背包，点燃一支烟，抽了两口，喷吐着烟雾，对身边的柳毛说："准格尔是高原山区，要说自然条件最好的地方，除了北边的黄河沿滩，就没有比咱黄甫川再好的地方啦。"

柳毛接口："可不是嘛，过去这梁岇上的人家，就是倒贴上几牛车大炭，也要把闺女嫁到这川里，我姥爷姥娘家就在这西边的一道梁上，我小时候跟着妈妈回娘家，一路爬坡跳沟，走得那个辛苦。"

周至笑着："所以那时候，这五谷地的后生小伙子，根本就不愁找不着对象，东西梁岇上人家的女子，尽管挑。"

柳毛笑笑："你们男的，挑东西梁岇上的女子，我们这些川道里的女子，也看不上你们，都纷纷往沙镇上嫁。"

周至："这倒不假，你就是个活例子嘛。"

柳毛看看周至，声调一下子有些怨艾地说："都怨我没好好学习，没能考上大学。"

周至一下子听出了弦外之音，赶忙转换话题，问："柳毛，你真的上过这双山梁？"

"咦——"柳毛叫了声，双眼盯住周至，说，"你这人恐怕除了那个珠穆朗玛峰，把这地球上的名山都登得差不多了哇，我登个本乡本土的双山梁，算什么！"

周至哈哈一笑，本想说连珠穆朗玛峰我也去过，话到嘴边，又咽回去了。说出来的却是："记得有一位作家说过，一个人宁愿花上钱，跑千里万里的路，去看人家的名山胜景，而对自己家乡的一些山水风景却从来没有下决心登临，总以为近在咫尺，说去随时可去，结果就是没去。"

柳毛："灯下黑嘛！"

周至："对，对，你说得更好，就是灯下黑，比如我，都六十岁了，就是连这双山梁也没登上去过。"

两人起身，从脚下的梁峁之上，向西南延伸出不到二里，陡然耸立起两座石山，双峰并峙，伸向蓝天。

柳毛："我小时候，大约十五六岁吧，给放羊的爷爷送饭，后晌，没回，跟着爷爷上了回双山梁，不过，也只到了半山，太阳要落了，就下来了。"

周至："我虽没登过，却低头不见抬头见。"

柳毛："你发现没？从咱五谷地，看这双山梁，是蓝色的，有时，还云遮雾罩的，可真走到跟前，也就座土石山。"

周至笑："远看山有色嘛。这世上，有好多东西，都适合远看。"

柳毛不动声色地说："噢，恐怕连人，也是一样儿。"

周至听出来了什么，修正说："当然，人与人之间相处，最好也要学会保持一定距离，比如与领导处、与同事处、与邻里处……"

周至把背上的背包往上耸了耸，伸手去牵柳毛的手，说：

"走——"

柳毛却往后跳了步,说:"我得与你有点距离。"

周至哈哈大笑:"一会儿碰到蛇呀、狐狸什么的,你可不许往我怀里躲。"

柳毛赶上来,一把牵住周至的手。

周至望着双山梁,说:"我们今天一定要登上那山顶,再吃再喝,我还特意带了酒呢。"说着,随口吟诵起诗来,"出门见南山,引领意无限。秀色难为名,苍翠日在眼。有时白云起,天际自舒卷。心中与之然,托兴每不浅。何当造幽人,灭迹栖绝巘。"

柳毛听了,笑着说:"你这才真是对牛弹琴呢。"

周至:"这是李白的诗,我也就这么随口一念。"

荒草地上,依稀有一条似有若无的小道,这说明,还是有人去登双山梁的。

周至兴致很高,走得快了,停下,等柳毛跟上来,才说:"别看这双山梁只是个不出名的小山,可它也有其他名山都不能比拟的一面,比如,它的位置,在这黄甫川右岸,有一句话,说:'漫漫黄甫川,紧连晋绥陕。'晋陕人当年走西口,就是过了黄河,出了长城垛口,沿着这条大川,一路向北,进入蒙地,过去,把现在内蒙古西部叫绥远省,那些走西口的人,每年像大雁一样,春出秋回,就是山曲儿里唱的:'大青山高来乌拉山低,马鞭子一绕回口里。'当他们从河套后山一带,过了北边的沙漠,翻过坝梁,就瞭见了这双山梁,他们有一句话:'回口里瞭见双山梁——不远远啦!'这双山梁,好像口里的一个大门楼子!游子归来,看到自家的大门楼子,那是什么心情,对了,在陶渊明的《归去来兮辞》里,就有'乃瞻衡宇,载欣载奔'的句子。"

柳毛："老哥，这些，你就尽管往下说哇，我不懂，可我爱听着呢。"

周至含笑望着柳毛："真的？"

柳毛龇着一口白牙："你咋说，我就咋听嘛。"

这硬梁上，过去的一些耕地，早已退耕还林还草，都有二十多年了。硬梁地上，茅草蒿草之外，有一种爬地的十里香，可以在炖羊肉时做作料的，现在空气中就散发着它浓烈的香味儿。

快到山脚，前边是一大片郁郁葱葱的松柏林子。有油松、杜松、香柏、桧柏，都已在一房高以上，道路穿进了林子，边上有有关部门立的森林防火的警示牌。

柳毛："从现在起，你可不敢再抽烟啦。"

周至："那当然。"

在穿越松林的路上，他们先是惊动了两只野兔，接着又飞起了几只野雉。那野雉，本地人也叫锦鸡，长得很漂亮，尤其是公的，那羽翎真是动人。

柳毛："问个问题，唱大戏那些女旦头上插的那翎子，是不是就是从这些野雉身上拔下的？"

周至："没错，就是。"

柳毛突然停下，嘘着，用手指前边一棵树上。

周至眯眼细看，是几只小松鼠，正在树的枝杈间跳跃。

出了有点阴森的松林，外边又是阳光明媚，道路也开始向山上攀缘。

周至忽然又说："还是我很小的时候，就听我大讲，那双山梁顶上，有一块青石盘，青石盘上有三只马蹄印和一只靴印子，里边都是泉水，你要把水舀了，它马上就又盈满，满了，却不再往外溢流。"

柳毛："这事儿，我好像也听大人们说过。还有什么阴曹下、阳世上什么的。"

周至笑了："我大说他确实登上了山顶，那青石盘是他亲眼所见。"

柳毛："奇了，就算真有马蹄印，也应该是四个呀，靴子印也该是两只呀，咋加起来，才一共四个？"

周至摇头笑着说："这有甚奇怪的，马蹄印三个，另一只蹄子，蜷起了嘛，靴印两只，一只踩到马镫上去了嘛。"说着提起自个儿一只脚，做了一个上马踩镫的动作，引得柳毛直笑。

周至："说起来，还有故事呢，对了，你刚才不是说什么阴曹下……阳世上什么的，人家原话是这么说的：阴曹下没有刘金锭，阳世上哪有穆桂英。对呀不对？"

柳毛一拍手："对呀，就是……就是这么说的。"

周至："这青石盘上的马蹄印和靴印，就是刘金锭留下来的。这刘金锭可是大宋时的著名女将，常年驻守边关，与辽金作战，她的军营就扎在这双山梁上。一次，她又要亲自出征，去北边的洪州城与敌人交战，出征时，突然吹来一阵风，把她的帅旗给折了，军师赶忙抱住她的马头，说：临阵折旗，对主帅不利。请求她放弃这次出征。可刘金锭杀敌心切，哪里能听进军师的谏言，执意要下山杀进洪州城，不幸的是，这次她真的是有去无回，战死在洪州城下。"

柳毛："那，穆桂英，又是咋一回事呢？"

周至突然指着半山坡一个平台，平台边上有石墙的残迹，说："穆柯寨，这应该就是穆柯寨了！"

柳毛先上了平台，在石块上坐下，说："咱再歇一歇，也好听你把这故事讲完。"

周至过去，挨着柳毛坐下，接着讲："传说，这穆柯寨，就在这双山梁上，穆桂英就生在这儿，可她从出生，一直长到十二岁，一直是个哑巴。这年，她十二岁了，娘老子要给她开锁，可当时家中穷得连吃一顿油糕的软黄米也没，她妈说这个生日快不要过了，都穷成这样啦，她大却坚决要给女儿过这个生日，她大说咱女儿是口不会说话，可不能说她连心也没了。当爹的就背了个布袋子，下山找人借做糕的黍米去了，谁知一下子借了一斗，足够一二十人吃，糕蒸熟做好，才想起，家里连炸糕的油也没有，就拉着老婆一起又下山去了，可等他们借到胡麻油回来，那一斗米蒸出来的糕，却没有了，母亲抬手就打女儿，当爹的说咱女儿一个哑巴，你就是打死她哇，她能咋呢！谁知，就在这时，一向羸弱的女儿终于开口了：爹、娘，那些素糕确实是我吃了。"

"啊呀！这不可能哇，一个十二岁的小女娃娃，一顿咋能吃下一斗米蒸出的糕？！"

周至一击掌："奇就奇在这里，自那以后，小女娃身体也一天比一天结实，还整天舞枪弄棒，一次比武，后生们加起来都不是她的对手。原来，这穆桂英，就是十二年前战死的刘金锭的转世。"

周至卸下背包，猫着腰，在这平台上来来回回搜寻，捡起一块石头，嘴上说着："说这里是穆柯寨，也不是没有道理，宋辽金时，大宋的边关，就在这一线，那些山头上的黄土墩，就是烽燧，还有，那个洪州城的遗址，就在沙镇往北二十里呢。"

离开这个平台，再往上走，路就越来越陡，越窄越险，好在两个人今天兴致很高，硬是你拉我拽，上到了山顶，山顶一高一矮，他们终于到了最高处。

顿时，猎猎秋风灌满了他们的耳朵，几棵天然子遗下来的松柏、老榆，也被风吹得发出一阵阵鸣响。站在山顶，举目四望，大地，像一只上帝做就的大沙盘，沟沟梁梁，远远近近，叠出浓浓淡淡的层次，东望黄甫川，则像大地裂出的一道大缝……你昔日站在五谷地看双山梁，很清晰，可现在站在山顶看五谷地，竟然连五谷地究竟在黄甫川的哪个拐弯都搞不清。

他们低下头，开始在山顶寻找那青石盘，可是，两人把一个山顶前后左右都跑遍了，也没找到。

周至："我大那人，一辈子不肯说一句瞎话，我听他亲口说的呀！"

柳毛："也许，在那边那个山头。"

于是，他们就又向那个稍矮一些的山头过去，就在两个山头连接的凹处，周至找到了。

果然，是一块农家院子大小的石盘，坚硬的青石嵌在黄土沙粒之间。

柳毛大叫："看马蹄印——"

周至大叫："靴子印——"

古人不欺我也。马蹄印，一、二、三，靴印，就一个。

两个人蹲下，继而坐下，用手摸索着那美丽传说中的印记。

两人激动得相互拥吻起来……

后来，周至突然停下，推开柳毛，大声说："不对，不对呀，这里边还应该有水呀，泉水呢？"

柳毛满脸惘然："水……泉水……你一定是记错了，这高山顶上，哪来的泉水呢！"

周至用手做铲，在那几个石窝子里挖抓着，喘着粗气："不，我大亲口对我说的，他说有，就一定有！"

这时，西斜的太阳，一头钻进了一堆破棉烂絮般的云堆中，仿佛怕让它做证似的。

柳毛呆坐在青石盘上，木木地看着周至在那里发疯发痴，她的口张了又张，却没有说出一句话来……

八、谷场

庄户人，家家都有打谷场。

农民一年的种植收获，都要在秋天先回到打谷场。庄稼按照成熟的先后，在打谷场上次第登场，经过晾晒，秸秆与穗头的分离等等的处理，然后，经打、碾、扬、簸等必要的工序，做到分门别类，颗粒归仓。

打谷场，农家一年辛劳的成果展示台，不管丰歉，就都在这里。

打谷场，也如农家饭桌的一个放大，一个露天宴会的偌大桌台，吃什么、吃多少，都在上边。

五谷地曾有过一个巨大的打谷场，那是人民公社时代，全村人天天一起劳动，记工分，到了秋天，所有的收获，都要由马车牛车驴车骡车，后来还有拖拉机，从每块地里，拉运回打谷场。那时，吃大锅饭，虽说有按劳分配的原则，可每年打下的粮，先交公粮，剩下的，按每户人家劳力多少，累计工分，分配。奇怪的是，这些种粮的人，往往是吃不饱肚子的。

后来，实行土地联产承包责任制，土地分给了每家各户，家家户户都在自己房前屋后，门左门右，开辟出自家的打谷场，那个大打谷场,就荒了。

让人没想到的是,近二十年来,连这些家家户户的打谷场,也十有八九,荒芜了。好多人家,锁上了大门,有的甚至用砖头土坯把门窗堵死,举家离开,散布在或远或近的大小城镇,最近的,也是搬到了二十多里外的沙镇。

五谷地,一度只剩下赵常一家一户一个打谷场。近几年,有些人回来了,还有更多的人准备回来,可要说打谷场,眼下,还是只能看赵常家的。

连日来,赵常老两口开始收割,开始往他家门前的小打谷场上拉庄禾。

夏上,他家的花花病死后,只剩下黄黄,形单影只,赵常就从沙镇的市场上,买下一头小黑驴,这头驴本来已卖给一家卖驴肉碗托儿的,是赵常多加了三百元,刀下留驴的。这条叫黑黑的驴自来到赵常家,好像要报救命之恩似的,干起活儿来,可以顶上一头骡子,尤其是听话,连赵常老伴儿使它,它都唯命是从,没有一点儿驴脾气。

看看赵常家的小打谷场吧,就在他家院子东南边的小沟渠边上,有半亩大,用擀面杖擀过一般,平平的、硬硬的、白白的。怎么是白白的呢?其实,黄土一经夯实,颜色就与别处不同,开始发白,只要看看村里的那些老墙,小路,你就全明白啦。本地有一首民歌《白大路》:

  大摇大摆亲亲你大路上来
  你把你那小白脸脸掉过来……

打谷场西边、东南边，有两三棵老榆树，平日里总是鸦鸣鹊噪。还常有一大群的麻雀，哄地飞起，哄地落下。当然，还有鸡，骄傲的大公鸡，引领着一群母鸡，在场子边上，晃着脑袋，不住地刨挖，头点啄食。

本来，场子西边，是有两个大草垛的，一个是头年的庄稼秸秆，一个是种的牧草，都是冬天可以喂牛喂羊的，可上月，一阵吓人的黑云，情急之下，赵常把一个庄稼秸秆垛点了火，结果，另一垛也燃着了，两个高高的草垛，就化为两堆灰烬，都由赵常挑着，垫了猪圈、羊圈。现在，场面还可以看见大火焚烧的痕迹，土都烧焦了，一棵榆树枝叶也烧了半边。

场面上，就只有两个用来碾场的石碌碡，静静地待在那儿，随时等待用场。

处暑糜黍寒露谷，霜降黑豆抱住哭。

最先登场的，是糜黍。糜子，每年种植的大宗，如今连乡下农家四季的主食，大都成了大米白面，而赵常家却仍是糜米，糜米酸粥、糜米捞饭、糜米焖饭，有时在糜米里加一点大米，叫二米饭。赵常家今年种了十亩糜子，老天开眼，总算全收。黑黑一趟一趟从糜子地里，往场面拉糜子捆。

其次，是谷子，种了五亩，谷穗长得像狗尾巴，做成小米饭，金黄金黄，加山药，吃焖饭，尤其适合吃粥，喝稀饭。连坐月子女人，都要天天喝这种小米汤。小米，还可以做凉粉。割倒谷子，拉回场面，还要切谷穗，把谷穗从秸秆上切下，堆在一起，

荞麦，种了六七亩，荞麦开花顶顶白，红秆绿叶，结满了三棱形的黑色种子。即便现在，农村哪家办红白事宴，都要上油糕荞面。

还有胡麻，榨成油，吃糕可是不能没有它。

还有豆类，黄豆、黑豆、绿豆，人畜都离不开。

再就是玉米，种了整整二十亩，玉米粒和秸秆，都是牛、驴、羊们的好饲料。玉米先收棒子，拎着个大筐，走进枯黄了的玉米地，顺着田垄，一棵一棵，把玉米腰间的玉米棒子掰下，收回，堆在场上，在太阳下，金灿灿的，看着就舒心。

这一段，村里一些村民，自家种得少，就跑到赵常家的地里帮忙。这时，赵常就打发老伴儿先回家，做一顿好饭，犒劳热心的乡邻。

周至就是最积极的一个。收割、捆个子、掰玉米、拔荞麦、装车、卸车，这些农活儿，他还都没有忘记，还都能拿得起，放得下。

赵芳芳也来帮忙，活儿干得幼稚，可只要她一来，田里就充满欢笑声，听，她都唱上了：

金色秋天大丰收
香甜果实都熟透
……

这天夜里，坐在赵常家的小炕桌前，周至从手机上找到了计算器，他要为老赵家算一算账，这一年辛劳下来，产了多少粮食，挣下多少钱。

赵常说："千万别算，咱庄户人种地，不管老天让不让吃，吃多还是吃少，都得种。"

周至："今年也算风调雨顺，你这几十亩地，庄稼都不错，应该是个大丰收年啊。"

赵常："庄稼是不错，丰收是丰收，可千万不能算账，一算，这地，就不能再种了。"

周至执意要算，手机就被赵常劈手夺去。

赵常从柜顶上拿下一瓶酒，就往开拧盖说："咱喝酒，这烧酒本是五谷精，喝上几盅盅长精神。"

后来，周至在自己家里，为老赵家今年全年的收获，仔仔细细地算了回账，得出的结果，着实把周至吓了一大跳：算出来的，竟然是个负数。也就是说，老赵老两口这一年种地，不但没有挣钱，还得赔钱呢。

周至碰见周家驹，把这事儿说了，周家驹哈哈笑着，大声说："这就是个很好的例证，它再有力不过地说明，几千年的传统农业生产，已经彻彻底底地走到了尽头，没有任何出路。在今天的新农村，需要的是新农民，种植还是养殖，都得应用现代科学技术，面对市场，按市场经济的规律来计划土地上的投入和产出。"

周至知道侄儿说得有道理，可不知为什么，就是有些不爱听。

周至又到了赵常家，赵常正在打谷场上碾糜子。

糜子捆头搭头，在场上摆放成一个大圆圈儿，小驴黑黑套上碌碡，顺着走圆圈儿，赵常头顶一只破草帽，站在圆圈儿的中心，一手牵着驴子的缰绳，一手怀抱着一根长长的鞭子，正在转场碾糜子。

晚秋的天空，蓝得高爽，几团白云，好像几只羔羊，静静地卧着。

赵常一甩长鞭，嘴里"咪咪——昂昂——嘻嘻——哨哨——"三弯九调，唱起了一首无字的歌……

这边，周至看呆了，赵常家的打谷场，在他的眼里，变成一架老唱机，那摆着大圆圈的糜子和拉着碌碡的毛驴，以及站在圆心的手握缰绳的赵常，正好如一张老唱片放在唱机上在缓缓转动……

这支歌，已在乡间唱了千百年，但是，明年，还能再唱下去吗？！

周至一时间泪流满面……

九、执手

遍地李星。

五谷地村人突然发现，这个一直像关在深闺的闺女般的富二代李星，这几天来，手里拿着个相机，在村庄的东西南北，农家田野，无时不有，无处不在。

李星迷上了摄影。罗丹有句名言："生活中从不缺少美，而是缺少发现美的眼睛。"看来，我们的李星，终于睁开了一双发现美的眼睛。

自从那张《我们村的大学生村官》摄影作品爆红以后，李星的生活为之一变。女大学生村官有了，那么她身后的村庄呢？村民呢？

这张摄影作品也改变了赵芳芳，她抓住时机，建了一个"我们的五谷地"网站，注册了"五谷地"商标，利用自己的形象，发展电商，为五谷地现代农业合作社宣传形象，促销产品。

赵芳芳专门在五谷香请李星、玉柱喝酒。

赵芳芳给李星敬酒时说："老兄，我当然感谢你，是你的作品让我成了网红，不过，我更希望这是一次机会，不仅是我个人，而是我们五谷地村的一次机会。"

李星笑着说："不平常的开头，就应有一个不平常的结局。"

玉柱插嘴："过程，不是都说，结局并不重要，关键是过程吗。"

赵芳芳甩了甩头发，露出一口白牙，说："开头——过程——结局，都很重要，缺一不可。"说着看李星，"老兄，我这话可对？"

李星紧抿着嘴唇，点头，再点头。

当天晚上，李星的手机接到赵芳芳为那张照片专门创作的小诗《面朝田野，五谷丰登》，这首诗表面与海子的名作《面朝大海，春暖花开》相似，而实质内容却截然不同，海子是："从明天起，做一个幸福的人……"赵芳芳却是："今天，我就是一个幸福的人。"海子是："面朝大海，春暖花开。"赵芳芳却是："面朝田野，五谷丰登。"

李星立即把这首诗配摄影，再发在网上，引起更大反响。

李星再也在屋里坐不住了，摄影是光与影的艺术，他每天天不亮就起身，晚上天彻底黑下来时才回家。

拍出一张满意的片子，是不容易的。这天，一早有雾，李星在雾中徘徊了好长时间，突然，他向村东的黄甫川大桥而去，他最终走到了黄甫川东岸的一个制高点上，就在这时，太阳出来了，浓雾被压到川道里，再后来大桥露出来了，五谷地从雾中一点点显出。抓住这个时机，他利用三脚架、广角，拍下了一张五谷地的大全景。

给这张作品起名《我们的五谷地》，发在网上，受到好评。周家驹特意把这张照片洗印了一张，三米长的，装了框，挂在了村两委的大会议室。另外又在高速公路入口处，做了一幅露天广告。

赵芳芳配同名诗：

当年，我们的祖先
第一次踏上这块土地
就以他们的理想为它命名
我们的村庄——五谷地

二牛一人一犁
一手把犁，一手扬鞭驱牛
古老的画面刻在画像砖石
东方的农耕名叫耦犁

犁头下的土浪翻滚了千年百年
犁把今天交到我们这一代手里
不负祖国，不负先人
我们都是恪守祖业的孝贤子弟

今天，让我们站在新的起点
带着五谷丰登的希冀
扬鞭向前，一步一个脚印
将新的《创业史》镌写在大地

  李星更来劲儿了，迫切希望再能拍出让赵芳芳配诗的新的作品来。
  这天黄昏，李星路过赵常家的场面，赵常正在吹着口哨，招呼着风儿，手里操着一把木锨，戗风扬场。
  这画面被李星抓拍，定格。

晚上，李星把这张片子发给赵芳芳，很快，配诗就发了过来：

老赵扬场

吹起口哨

呼唤来一阵清风

操起木锨

扬起来一股烟尘

金色的颗籽

落在左边

轻浮的秕叶

随风吹远

最有意思的是昨天，李星从早跑到黄昏，没拍出一张自己满意的。他路过周至家门前，恰好周至在他自己的菜园里，周至随手从地里拔出两个萝卜，丢给他，让他尝尝。

李星吃着脆甜的萝卜，就被这个小园子给迷住了，他举起相机，一顿好拍。

晚上，在电脑上看照片时，他被其中一张感动了：画面是周至在小菜园里，正要直起腰冲镜头微笑。周至的面前，左边是一丛萝卜，虽是晚秋，缨子翠绿、壮大的萝卜，将地面撑裂，右边是几棵卷心大白菜，一个个鼓着腮帮子，向天龇开。地边上，是提着个篮子从家门出来的柳毛。

李星反复看这张片子，只是觉得好，好在哪里，又不能说出。

招呼玉柱过来看了半天，玉柱也是萝卜白菜，白菜萝卜一番，说不出别的什么来。

李星草草命名《周老的菜园》，把片子发给了赵芳芳。

没用半小时，芳芳发回来了配诗《白菜欢天，萝卜喜地》。

不等看内容，光这个标题，就叫李星拍案叫绝："好！绝！太好了！太绝了！"

那向天龇开的大白菜，那把地撑裂的黄萝卜，不正是那个弯腰笑着的周老此时此刻的内心写照吗？！

且再看诗：

> 我是一棵白菜
> 她是一苗萝卜
>
> 白菜欢天
> 萝卜喜地
>
> 当我们在一起
> 就是欢天喜地

李星一遍一遍念着这首诗，突然伸手向玉柱："拿酒来！"

聪明的玉柱感觉到了什么，递给李星啤酒时也递上一句话："周老叶落归狠，又碰上了少年时的初恋，旧梦重圆，当然是白菜欢天，萝卜喜地啦。李星，你可不能在这五谷地也成了白菜萝卜。"

李星对玉柱冷笑两声，举起啤酒瓶，将一瓶喝干。

人们再看到他时，李星在仰陶亭上，与赵芳芳在一起，有说有笑。

李星发现，他又有了爱一个人的能力，他已不可救药地爱上了这个赵芳芳。

赵芳芳呢？这个才二十出头的姑娘，对爱还是懵懵懂懂的，她只知道，这个李星的出现，让她的生活有了些新的改变。究竟是什么改变？又说不清了，至少，在这个五谷地的村庄里，她又遇到一个可以谈得来的年轻人。

这天，他们从仰陶亭上下来，天黑得伸手不见五指。

赵芳芳："别怕，老兄，我送你回去。"

赵芳芳就发动她的摩托车，载着李星，送他。

摩托车的车灯，在黑暗中辟开了一条道路。

突然，坐在后座上的李星伸手紧紧地搂住了芳芳的腰肢。芳芳浑身震了一下，没吱一声。

直到到了李星家，摩托车停下，李星仍坐在后边不肯下来，头贴在芳芳的肩膀上，只能感觉到他很粗的气息。

芳芳灭了车灯，转过身来，两人就紧紧地拥抱在一起，接着，是透不过气来的热吻。

到了院里，进了黑暗的屋里，俩人倒在了床上……

突然，啪的一声，灯亮了，是李星自己拉亮的，他满头满脸的汗水，大口大口地喘着，伸手往上拉芳芳已被半扯下的衣裳，紧紧地拉住芳芳的双手，上气不接下气地说："不……不，芳芳，我是真的爱你，如果你也一样儿，那……那我们……不是今天，我要正式向你求婚，到那时，我们要手挽手，去领结婚证，然后，再在一起，一辈子……直到老死。"

赵芳芳低首，用她的嘴唇咬着李星的手，哽咽着，答应着，泪水纷飞……

冬之卷

一、雅集

三个作家、两个书法家、一个画家，受周至邀约，分乘三辆车，从黄河两岸三地，向着五谷地村而来。

周至在五谷香饭馆预备了接风的酒席。

周至本是个农家子弟，却在文坛上混迹了三十多年，后来又做了十二年的杂志主编，可谓阅人多矣。虽然周至在临退休前三年，就主动退居二线。但还是有三五知己存焉。这几位即是。

先说三位作家。

第一位，萧风。河北人，一九六九年上山下乡，曾是黄河边生产建设兵团的战士，八十年代知青回城，他却留在毛乌素沙漠里做了一名养路工人，四望前途渺茫，他曾在养路道班后边的一棵小白杨上，刻下"萧风之寿材"一行字，后来，他以小说崛起文坛，被称为"中国最后一个知青作家"。为人有燕赵慷慨悲歌之遗风。

第二位，金立扬。八十年代成名散文家。代表作《春水》，预言改革开放将如黄河开河流凌，不管你愿不愿意，即便冥顽不化如凌块，都会泥沙俱下，与时俱进，奔向大海。此作曾上《读者》扉页，还被选入中学教材。此君最大特点是行走如风，两只眼睛雪亮，随时随地都在捕捉生活中的闪光点。

第三位，周游。自称："我不是诗人，是杞人。"杞人忧天，他连地也忧，在他的诗歌里，绿树是一个永恒的意象。曾在一首《对天盟誓》的诗作里，宣称："大自然造化了我／而我，无力对天地偿还／草木可以把世界美化／我，对生物只能是吞咽／真的，这是我由衷的誓言／我死后，绝对不要花圈／让空间减少一缕烟雾／不正是对世界有效的贡献？"新时期，他曾被称为"生态诗人"，近年，却回归中国传统诗歌，海外诗人只喜欢一位叫加里·施奈德的。古今诗人，他最崇拜杜甫。晚年亦有隐逸之志，只是被家庭子女等问题羁绊，迟迟不能遂愿。

续说两位书法家。

第一位，王村野。本是二十世纪六十年代初即成名的小说家，新时期亦以一部《北方寡妇》为文坛称道。但他毅然告别文坛，在当地一家知名企业任高管，后随这家企业崛起而成为富豪，退休后却提起毛笔，其书法被海内外大家啧啧称奇，先生年事已高，却身体康健，身边团结一帮年轻人，嬉戏无度。晚年他已不爱谈文学，说起自己，认为是："书，第一；文，第二。"

第二位，霍彪。70后书法家。具备深厚的篆隶书和楷书功底，对笔墨有很强的驾驭能力。其创作传承自古人法帖又有新的意象，古朴书卷之气与现代时尚元素并存，使人赏心悦目，心神涤荡。观其草书作品笔势开拓纵横，线条恣意飞舞，笔墨磅礴涤荡，仿似云生眼底，气象万千。每一个字都张弛有度，意态无穷。其人给人印象：好勇斗狠，书不惊人死不休。

再说一位画家。

邹本强，70后中国山水画家。不久前举办了他个人的《妙笔东风翰墨胜境》书画展,"世之笃论,谓山水有可行者,有可望者,有可游者,有可居者。画凡至此,皆入妙品。"《林泉高致》有言:"君子之所以渴慕林泉者,正谓此佳处故也。故画者当以此意造,而鉴者又当以此意穷之。以之谓不失其本意。"他的山水知其味道,更知书画同源,在其用笔用墨中有山川自然之灵性,吸收传统绘画理念,进行水墨实验,遵循"骨法"用笔原则,体现出一种力与气。他的画室,有大量的黄宾虹画册、画论、高仿。投影仪上,亦天天放映《百年巨匠·黄宾虹》,亦是一位"愿做黄氏门下走狗"之后辈。

先到的五位,萧风、金立扬、邹本强、王村野、周游,最后是霍彪。

周至在家门口恭迎贵客,萧风首先感叹:"老弟,这真是结庐在人境,而无车马喧啊。"金立扬接话:"来时,专门让他们换了一辆越野,还怕穷巷隔深辙,颇回故人车呢,没想到,如今的交通,下了高速,连乡村公路都修得这么好!"邹本强一见面,就看着门上的对联,又看着忙着给大家斟茶倒水的柳毛开玩笑说:"老兄如今真真是归燕识旧巢,旧人翻新历啊!"

大家都夸周至气色比从前要好,又看到举止得体、洁头净面的柳毛,都在为老朋友高兴。

喝过茶后,天已近晚,周至起身,说:"敝村虽小,还有一家小酒馆,请大家移步,今晚,咱来他个开怀畅饮,不醉不归。"

五谷香门口迎接的,是周家驹和赵芳芳。

周家驹抱着双拳,笑着欢迎:"啊呀,今天我们五谷地,能迎来各位作家艺术家,真是百年不遇之盛事啊。"

酒菜早已备好,按周至预先吩咐,今天的饭菜,全是五谷地自产的农副产品，一色的绿色食品，可谓"五谷宴"。

此情此景触动了大诗人周游的山水田园梦，叹喟："少小时候，在故乡的小村，羡慕向往城市，今乡音未改鬓毛衰，却又梦萦魂绕故里，真如孙犁老所言：愈知晚途念桑梓，梦里每迷还乡路。"

周至："周老如能看上我们五谷地，就来吧，一切都没问题，我是：王翰愿卜邻。"

周游很认真地说："我真的是第一次来，这个村庄，依山傍水，土地平旷，树木葱秀，真是我梦想中的田园，真要能来，得偿我最后心愿，此生再无憾事，只是不知我是否有这个福气！"

周家驹表示："周老若来，我们提供一切便利，现在乡村振兴，很重要的就有文化振兴，政府已出台和正在出台好多优惠政策呢。"

周游："这回，我一定会认真考虑的。"

酒宴开始，坐在正席的王村野老，自称返老还童，一向主张大俗大雅的他，今天又拿周至、柳毛开玩笑。他笑着说："当地方言'搭伙计'，早知道是指男女相洽相交的，不过，今天见了你们二位才真明白。"

周至也笑着说："我们是搭伙过日子。"

王村野说："就是搭伙计嘛，这又不是走不到明处。"

大家哄笑了一回。

只柳毛有些害羞，说："都这个年纪了，扯那个证没必要了嘛。"

王村野、周游、金立扬年纪大了，喝酒随便，萧风却仍是海量，与霍彪、邹本强，与周至、周家驹频频干杯。

最让大家没想到的是，今晚在场年纪最小的赵芳芳，主动站起给大家敬酒，竟然随口朗诵了周游的一首诗《海上的夜》。

仿佛听到远古的回声,
好像临近天外的黑洞;
一切都隐隐约约,
一切都闪烁不定。

四面埋伏着疑惑的梦,
海底潜藏着神秘的根;
只有天边的星斗,
使我看到故乡的眼睛。

大家热烈鼓掌。

老诗人忙谦称:"见笑,那是多年前,在黄海上的一次夜行,晕船晕得厉害,在甲板上口占几句。"

周家驹说:"周老是大诗人,我们这儿,还有个小诗人呢。"说着,就命令,"芳芳,就把你登在《诗刊》上的那首诗,给各位老师念一下。"

看赵芳芳还有些不好意思,周家驹说:"酒与知己喝,诗向会人吟。今天,咱五谷地好不容易来了这么多大作家大诗人大艺术家,你既爱诗写诗,这还不是最难得的向各位老师求教的机会?"

赵芳芳红着脸,先朗诵了那首《我们的五谷地》。

王村野拍案叫着:"好诗!"

大家又看周游,周游沉吟片刻:"这诗,是发表在《诗刊》上的?"

赵芳芳点头。

周游用肯定的口气说:"这个小姑娘的诗,一个字:好!"

轮到周至敬酒,他将柳毛硬拽起来,说:"我回乡已大半年,现在看来,我这一步,是走对了,除了实现我的田园梦之外,最大的收获是,与我青梅竹马的童年伙伴相依养老。现在,我就请柳毛给大家唱几句准格尔山曲儿,就是那个漫瀚调,表示我们俩对各位的欢迎。"

柳毛有些怯场,但在大家一而再、再而三的掌声鼓励下,还是站了起来:"给各位老师献丑啦。"

　　　　风尘尘不动树梢梢摆
　　　　梦也不梦各位亲亲来

　　　　听到亲亲们远远来
　　　　开门我赤脚没穿鞋

王村野老人拊掌大笑:"大俗大雅,这山曲儿完全不输周游的那首诗吧。真正的比兴、古风!"

这晚的酒,喝得尽兴,连从不唱歌的萧风,也唱了一支俄罗斯民歌《三套车》,两位年轻的书画家,谈笑风生,周至则最先醉了,由柳毛扶得醉人归。

第二天,按日程安排,在五谷香吃罢早餐,由周至、赵芳芳陪着,众人在五谷地参观采风。

双山梁只有远眺。蓝山如剪影般,耸立在五谷地西南,周至向朋友们讲了刘金锭穆桂英的古老传说,惹得霍彪、邹本强立即起了登临的兴致,由于时间关系,只能留待下回。

一行人步行,又到了黄甫川大桥,看了桥下流水,又到了村东的月牙湾,岸上的杨柳,木叶尽落,一泓碧水盈盈,还未结冰。

赵芳芳把周至如何在此做渔翁，如何钓翁之意不在鱼，与柳毛相会，中午在五谷香又如何中了韩美的"筷子计"的故事讲给大家，惹得大家一次一次地大笑。

离开月牙湾，周至把大家引到了位于五谷地南边的一棵老榆树下。

周至先考大家："各位猜猜，这棵榆树的树龄有多大？"

大家看着树，邹本强画家还亲自张开臂，围不住，就说："起码在百年以上。"

金立扬说："榆树生长慢，我看这棵树在二百年左右。"

周至笑了，说："一百二三十年。"

众人："何以见得？"

周至说："这棵树，我小时候，它就是一棵老榆树，每到春天，我们一群猴娃娃，爬上树摘榆钱钱吃呢。后来，才发现，可这五谷地，就没有一棵树比它还老的。听老人们说，这是一百多年前，有一个姓周的口里河曲人走西口，当他有一天走到这个地方，实在饿得走不动了，又叫狗咬了一口，就将手里的打狗棍插到地上，央求这儿的一户蒙古人留下他，他可以放羊，种地也是把式，那户蒙古人留下了他，让他开荒种地。到了第二年春天，他发现，那根榆木棍，竟然活了，长出了叶子……这个人就是我们老周家的先人，死后没进口里祖坟，就在这儿立祖，到我是第五代，这么算来，这棵树的树龄就在一百二三十年。"

大家一下子来了兴趣，纷纷拍照。

赵芳芳兴奋地说："周老师，这么神奇的一棵树，我今天才第一次听说。"

金立扬："这棵树，它见证了走西口的移民史，见证了这块土地从蒙古人的游牧地到塞外农业村庄的历史变迁，它是一棵标准的村树啊。"

周至拉了拉挂在树枝上的一块写着"有求必应"的红布条，笑着说："它现在可是一棵神树，村民们还向它烧香磕头呢。"

金立扬："这篇文章，我写了。一定是篇杰作。"

邹本强又前后左右拍了一通照，大概也在构思他的画作吧。

老榆树之后，周至带领大家就到赵常家，路上，他先给大家讲了赵常的故事，引得大家必欲一睹其人。及至到了赵常家，老两口还在打谷场上，拾掇黑豆。

周至文学艺术介绍了半天，老赵还是以为这是一帮上面下乡的领导干部。亲自起身，从自家的海红树上，摘下一笸箩果子，热情地叫大家尝。随后，大家仔细看了谷场，又参观了猪圈、羊圈、鸡舍、粮囤……周至说："如今，完完全全按传统农业生产、生活的，全五谷地也就只有老赵一户。"说着，指指老杏树下的黑瓷盆子和一个黑瓷圆壶，问："看看，本来家里也有卫生间，他却还用这个。"

邹本强："这是什么？"

金立扬："尿盆盆嘛。"

邹本强："那个圆壶呢？"

金立扬："夜壶嘛。"

引得大家又哄笑了一回。

萧风问赵常："老赵，你这一年下来，收入如何？"

赵常："不误吃喝。"

周至解释："现在，农民种地，不挣钱，有时，还可能赔钱。"

赵常笑着接话："自古种地不算账，算账不种地嘛。"

萧风："这可是个问题，从前也许是这样儿，自给自足，现在，全球化、市场化情形下，种地若没有起码收入，农民就不会再种地，土地没人种，又谈何乡村振兴！"

大家离开赵常家，到了村委会，周家驹早已等在那儿，他站在会议室的"五谷地村现代农业发展规划图"下，激情高昂地向大家介绍了这张发展蓝图，畅想五谷地的美好明天。

金立扬感慨："只有中国的农村现代化了，中国才算真正现代化了。"

周游却说："我认为，礼失而求之于野，乡村，最好还是尽量保留一些传统文化的东西。"

一行人出了会议室，就信步来到东南边小广场上。

赵芳芳指着小山上翼然一亭："那座凉亭，是周老师捐建的，叫仰陶亭。"

"小径松菊，一杯清酒名可越；流云丘壑，数点倦鸟亦舒心。"金立扬大声念着，说，"老周是真的活成了当代陶渊明啦。"

大家在亭子内或坐或站，或俯或仰，再次议论周至还乡养老的正确。

一直少言的书法家霍彪发言了，说："我有一个建议。"

大家都住口，听书法家有何高见。

霍彪说："仅这一个亭子，叫仰陶亭也罢，毕竟太孤，独木不成林，我意是……"说着，比画了半圈，说，"最好，在这西边，再围一堵矮墙，将陶渊明的《归去来兮辞》全文书刻上去。"

大家一听，都说："这主意好！"

周至表态："马上就建，只是这《归去来兮辞》，就劳霍老弟亲自书写啦！"

霍彪："还是另请大家名家吧。对，就让王老吧。"

王村野赶忙表态："今年，我已洗砚封笔，《归去来兮辞》是长幅，霍老弟年富力强，技艺正当高峰，你就答应了吧。"

霍彪沉吟半刻："我勉力一试。"

邹本强忽然指着下边的广场，说："还有，在这广场上，应该再植五棵柳树，广场就命名五柳广场。"

周家驹现场拍板："就这么办。"

中午饭还在五谷香吃，本来李星要请诸位老师，但大家中午不喝酒，就改在晚上了。

众人还参观了五谷地现代农业合作社，从正在扩建的大棚，到各式农业机械，下午三点多，众人来到村委会小会议室，喝茶，现场创作。

画家铺纸，开始作一幅山水。

王村野仅题写了"五柳广场"，就搁笔，与周至、周游、萧风、金立扬坐下喝茶闲叙。

霍彪则从自己车上拿下纸笔墨，又请周至从家里取了《陶渊明集》，开始用行书写《归去来兮辞》，直到一口气写完，众人过去欣赏品评，都认为很好，发挥得淋漓尽致。霍彪自己也很满意，就拿出印鉴，题款盖印。

待霍彪给周家驹、周至、赵芳芳都各写了几张条幅，邹本强的画也完成了：远为双山梁、西崖，前景是桥梁、流水，一幅背山临川的山村写意风景画。也题款盖印。

小说家萧风说他对赵常一家很感兴趣，开始构思新作。

散文家金立扬则说他回去就写那篇老榆树的散文，争取发在《人民日报》大地副刊。

诗人周游则已成诗一首《五谷地》。

泉水清冽不必煮不必放茶

梨果飘香，香满沟香满山洼；

多谢乡亲引领方可抵达仙境，

穿过空旷的梁峁直走到地平线下。

千载难逢一偿我久有之夙愿，

寻幽访胜已胜过海角天涯；

每当回归大自然才得以清醒，

静谧中我破译了人生的密码……

晚上是李星在五谷香请客，也算周至本次与文朋诗友雅集的告别宴会。

当大家得知在晋陕蒙三省交界一带闻名的大企业家李铜厚就是五谷地人，又是一番感慨，及至晚上在宴会现场见到李星，发现这个富二代，只是一个文弱书生。

李星自从与赵芳芳恋爱，简直如换了一个人。他让几位老师看了他的摄影作品及芳芳的配诗，大家都为这一对年轻人高兴，由衷地向他们祝福。

当晚，李星特意带来了五粮液，客主畅饮，至半夜方散。

周至与他的朋友在五谷地的这次雅集，给五谷地留下了珍贵的墨迹，除书画之外，金立扬的散文《五谷地和一棵百年老榆树》、周游的《五谷地组诗》都发表在国家级报刊上。另外，五谷地村委会广场成了"五柳广场"……

二、串门

　　场光地净，罢了农事，整个村庄草木凋零，田园寂寥。农家每日起来，不过喂羊、饲牛、打鸡、骂狗。劳累了一春一夏一秋的乡民，终于可以坐下来，喘口气啦。

　　在五谷地，最最坐不住炕头的人，是赵常。看看，他披上一件棉衣，往兜里揣上两盒烟，走出家门，开始串门。

　　在乡村，有三闲：冬为岁之闲、夜为日之闲、雨天为时之闲。若你在农忙时，上人家门串门，不仅不受欢迎，还会被人们视作不务正业的"二流子"。不过，这是从前，现在的情形是，村里四时都有"闲人"。不时，还有上边下乡的干部、调研的领导，甚至撅着屁股骑单车跑世界的驴友。

　　赵常是谨守传统的农民，全五谷地，只有他一家还活在从前。是人，都有社交，串门，既是亲戚邻居联络感情、交通信息的方式，也是一个农人休息身心的有效做法。

　　一般来说，串门，是没有目的的。出了自家门，向南向北，往东往西，随意。到了门前，发现人家不在，也了无遗憾，那，再去另一家嘛。当然，也有过其门不入的，或者，远远就避开的。这全看串门人的心情和兴致。

　　周至归来，五谷地最高兴的人，就是赵常。他几乎是逢人就讲："那可是我们五谷地走出去的最有文化的人，甚的世面没见过，退休，就回来了，肯定还是觉得五谷地好嘛，人，多会儿也不能忘了自己的根本。"如今，村里人又一天天多了起来，可赵常心里最敬重的，只有周至，只是觉得他有些孤单，及至秋上柳毛回来，与周至搭伙过日子，赵常才长吐一口气，这才是个日子嘛！

走进周至大门，一只小狗就吠叫着冲到赵常脚边，把赵常吓了一大跳。

赵常立住，大声说："啊呀，连狗也养上啦！"

柳毛出来，一边喊着"板凳——板凳——"一边笑着，"赵大哥来啦，没事，板凳不会咬人。"

板凳真的就掉头跑到柳毛那儿，摇尾巴。

周至笑着出来说："还有猫呢。"

"喵——"一声，一只黑猫从窗台上跳下，径自穿过院子，从大门出去了。

赵常说："家里有个女人，就像个家啦。"

周至："还要养几只鸡，每天早上，在公鸡的打鸣声中醒来，是我最最喜欢的。"

赵常："日子过得就是个鸡叫狗咬嘛。"

进屋，一坐下来，赵常就迫不及待地说："兄弟，你就没看见，最近，咱五谷地有一件奇怪的事吗？"

周至一下子被问住："奇怪的事儿？没有哇。"

赵常盯着周至，眼睛闪着亮："咋没有？你天天满村转，就……没看见，老有小车往我家跑吗？"

周至"哦"了一声："可不是吗，我正奇怪着呢，没顾上问你呢。"

赵常接过周至递来的中华烟，笑着说："他们合作社种的那些东西，又是打广告，又是送货上门，现在还堆在地里，卖不出去呢。反倒我种的那点儿小杂粮，天天有人开着小车上门来买。这不糜子、谷子、荞麦、山药，除了自己吃的，给儿女留的，都叫人家买光啦。昨天，还有人开着车，大老远从市里来，我实在不能再卖，又不忍心叫人家白跑，送了人家几斤胡麻油，说是送，人家扔下钱，比卖还多呢。"

周至要给赵常泡茶，柳毛早就热好了水，送过来。

周至说："就放下吧，我给老赵沏一壶红茶。"

正说着，周家驹和赵芳芳来了，还带来一个中年男子，介绍说："市里专门为咱村选派下来的第一书记。"

"周老师好，我叫郑重，市农业局的。"

周至与郑重握手，说："我与韩子义是朋友，你们一定认识吧？"

郑重："很熟，我来五谷地，就是韩局长推荐的。"

大家坐下来喝茶，喝着茶，周至才接着刚才的话说："刚才，老赵一进门，就给我说了一件事。"

他又让老赵给大家讲了一遍。

周至才接着说："老赵这事，又让我想起现在在学术界正在争论的一个大问题：中国农业：到底是小农户，还是大农场？"

赵常："我肯定就是小农户。"

周至："当然，老赵就是小农户，正好你们几位领导来了，我就讲一下。其实，这个问题，我也是看了一个资料，是一位叫蒋高明的教授，与美国农业与贸易政策研究所所长的一次讨论。"

周至喝了口茶接着说："目前，我们很多科学家，依然视美国农业为最高境界，认为美国农业是我们应该走的路子。其实，美国农业，现在显露出来的问题已很多，产量倒不是问题，食品的质量却是个大问题。转基因食品他们自己不吃，出口；卖到台湾的牛肉、猪肉，也是他们自己不吃的；鸡肉出现了砷污染……病从口入，这些应用大化肥、大农药、添加剂、除草剂、农用化学地膜、转基因等技术的工厂化农业，在给农业生态系统带来巨大威胁的同时，也将伤害健康的代价分摊到每个食用者头上。现在，不是已经出现、正在出现以前连听都没听说过的疾病吗。"

赵常："情实，以前的人，就没有现在这么多的怪病。"

周家驹也说："可不是嘛！"

周至提起茶壶，又给每位添了茶。

赵芳芳说："周老师，您往下说，我来给你们倒茶。"

周至："主要问题是，我们中国的农业，与美国有着本质上的不同。"

周至伸出手，一个一个扳指头说着。

"其一，美国地多农民少，中国是地少农民多。美国耕地面积在24亿亩以上，而农民仅占人口比例的2%；中国耕地减少逼近18亿亩红线了，可农民还占总人口的50%左右。按农业劳动力人均耕地面积算，美国的劳动力人均占有耕地八百多亩，而我国只有三亩，也就是说，美国农业劳动力人均种的地是我们的两百多倍，显然，靠人力忙不过来，需要借助机械化、化学化与工业化。

"其二，美国的耕地归农场主所有，我们中国的土地所有权与使用权分开，土地是国有的，农民只有使用权。一个美国农民，可耕种三千英亩土地，靠的就是化肥、农药、除草剂、转基因、灌溉设施、机械等；而我们中国除几个大型产粮区外，土地分散，不适合连片耕作，但却适合精耕细作，适合利用传统农业优势，生产高附加值的有机农业产品。一句话，美国搞的是懒人农业，而我们中国，却有着这个世界上最最勤劳的农民。而我们现在却有丢舍自己的优势，跟着人家搞工业化农业的势头。

"其三，美国政府对农民的支持力度大，行业保护意识强。美国农民收入的三分之二来自政府补贴。就这，农民还与政府不断讨价还价,各种行业协会都在确保美国农民的利益不受侵害。我们这些年农业税是免收了,可政府给农民的种粮补贴并不高。"

说到这儿,周至才放下手来,喝茶。

周家驹:"那——我们该怎么办?"

周至:"国内一些专家学者,当然我本人也是认同他们的观点:我国农业决不能走也没有条件走美国的路子,美国的优势是农业科技含量高和工业化发达;我们的优势是廉价而勤劳的劳动力,和对传统生态农业的熟练掌握,精耕细作,我们生产的粮食产品,量不一定能和人家比,可质量却是安全放心的。"

周家驹:"我们是十四亿多人的人口大国,粮食产量若上不去,也是个问题。"

周至:"我们有七八千年的农耕文明,生态农业历史最为悠久,应该立足于这个基础,大搞中国特色的生态农业,或者再加上两个字,中国特色的现代生态农业,建立一个更加安全、可持续发展的食品体系,才是正道。习总书记说:中国人的饭碗,要牢牢地掌握在中国人自己的手里。这话多么好、多么重要啊!小农户的耕种模式,目前虽然面临着各种各样的挑战,但优势也是十分明显的,那就是劳动力多,农耕历史悠久,适合发展高附加值的生态农业。生产出来的产品工业化成分越少其市场就越大、价格就越高,在座的老赵的东西,人家上门抢购,不讲价钱,这就是个活生生的例子。"

这时柳毛出来,笑着说:"快该做饭了,今天,就让我在家做一顿农家饭,你们好好聊聊。"

大家也没推辞,柳毛三八两下,就弄出了几个凉菜,布到饭桌上,说:"你们也别净喝茶啦,换个地方,喝几盅吧。"

大家就换到饭桌上,开始喝酒。话题从老赵家谈到合作社,从城市谈到乡下,从国内谈到国际。

散时,已是下午两点多。赵芳芳从书桌上发现了一本《五谷史话》,要借走看看。

周至说:"这是我国老一代农史专家万国鼎的著作,好好看看吧,一定有大收获,不过,千万不要弄丢。"

送众人出来,周至却和赵常相跟着走上村道。

赵常:"我不入社,就这么种地,还有你今天说的那么一大堆好处,真没想到。"

周至:"你说,我说得有没有道理?"

赵常:"怎么没道理,太有道理了嘛!"

走到十字路口,两人才分手。

刚转过身,周至又回头叫住赵常,笑着压低声说:"你要是杀羊,记着给我留些羊肉,对,连羊鞭羊蛋都给我留下,没想到,我才刚过六十,就不行了。"

赵常笑着:"没问题。"

起常串到了村南的刘过家。

一进大门,就碰上了刘过的儿子刘喜。

"喜子,甚会儿回来的?"赵常反客为主。

刘喜:"啊,大叔,你来得正好,我爹正说你,拿你来教训我呢。"

"不是哇。"赵常立住,听到刘过在屋里说:"赵哥来啦?好啊,快进来坐。"

赵常跨进门:"你教训儿子就教训儿子,平白无故又拉扯我老汉做甚?"

刘过又犯牙疼，半个腮帮子肿得把嘴也拧歪了。指着沙发："你坐。"说着抓起一盒烟，抽出一根递给赵常，又手忙脚乱地找打火机，找不着，就骂："这个死老婆儿，一定是又……"

赵常从口袋里掏出自己的打火机，说："有呢，你忌了吗？"

刘过："忌？哪天死了，就都忌了。"说着，早持了一支，放在鼻下，抽鼻贪婪地闻着。

赵常先给他点上："牙疼不算病，疼死没人问，少抽点也是对的。"

接下来，刘过就往院子里指了一下，说："老哥你种了一辈子的地，你最有发言权，你说，这些货，是种地的人吗？"

赵常抽了两口烟，才问："喜子不是在城里上班着吗？"

"嘿，我那叫什么上班。"刘喜进门，在地脚的一个小凳子上坐下，说："实话实说，我在城里这么多年，就是为了袅袅，今年秋天，她一考上大学，我就下决心，一定要回来。受了二十多年，就培养了个女儿，连老婆都叫有钱的搁捞跑了，我半辈子的全部家当，也就那个房子，送走袅袅，我就把房卖了，回咱五谷地当农民，我手里还握着这百十万呢。"

"你不是早就想让喜子回来？如今娃娃回来了，你为甚又要教训他？"赵常看着刘过问。

刘过一手扶着腮帮子，咝咝地吸着气，说："我哪是要教训他，我只是怕，怕他跟上疯子扬黄土，把手里那点血汗钱再瞎浪了嘛。"

看赵常一副不明就里的样子，刘喜主动说开："大叔，是这样儿，我如今这不是回来了吗，既然回来了，那我不是得想想，计划计划下一步该咋办吗，可我想到哪儿，计划到哪儿，我爹都反对。硬要叫我赶紧再找个老婆呢。"

"成家立业，都四十大几的人啦，连个家也不成，还立那业做甚？"刘过摆他的理由。

刘喜："成家？又不是没成过，人要穷，连老婆都守不住，我要先在咱五谷地干出一番事业来，到时，还怕没个女人跟我享福！"

刘过："刚才还正说着你呢，不是我当面夸你，这五谷地，就是这黄甫川，整一条川道里，论当农民种地，谁能跟你老哥比。我说喜子，你回来，我和你妈都欢喜，可要种地当农民，那就得向你赵叔学习。这种地，一犁一耙，都是实的，可不是像合作社那些人说的那样天花乱坠的事儿。"

"我听明白了。"赵常笑了，说，"你们父子，一定是为入不入合作社，闹意见呢。"

刘喜："大叔你也知道，我虽生在五谷地，户口也一直在五谷地，可我念完中学就进城打工，没拿过一天的锄头呀，不止我一个，我们这一茬子，哪个不一样儿。现在回来，你让我再像大叔你们这一辈人一样儿种地，首先，我们就根本不懂不会，再说，像你们那样种地，受上一年下来，就够自家吃饱不饿，我们也不甘心呀。就不看看，现在都甚年代啦，不仅机械化、市场化，信息化也早不新鲜啦，我们要回来种地，也有我们的种法，当农民，我们也是新农民啦。"

赵常听了，半天没说话，掏出自己的烟，给刘家父子递了，最后自己点上。抽了几口，才又说："你们还不知道，我不入村里的合作社，是我这么多年，自个儿干惯了，都这把年纪了，想自在一点儿。其实，我也不反对人家现在搞的这个合作社。"

说着，赵常拧拧身子，对住刘过，龇牙笑着说："娃们说的也是实话，叫他们这一茬像我们这样儿种地，不说他们不会，就是会，他们肯定也不会再干啦，喜子想入社，就让入嘛，世事，总归是他们的，咱们这些人，眼看都瞭见地头啦，吃喝等死了嘛。"

刘喜听了，情绪立马上来："听听，人家我大叔这是咋说呢！"

刘过没想到，赵常今天竟然是这么一套说法，有些不快，说："那也总不能，这甚也没见呢，就瞎往出扔钱吧？"

刘喜赶忙解释："是这样儿，我听说如今在咱全国起码在北方，陕西杨凌有一个最大的现代农业示范区，又不是很远，我就想去开开眼，学习上一段儿，换换脑子。再回来，看咱五谷地的现代农业，到底该咋搞，可我爹说我是受不下苦，要出去游山玩水呢。"

"出去参观学习，是好事儿，这应该是由家驹他们村上统一安排、指配才对呀。用不着个人花这个钱呀。"

刘喜："我的好大叔呢，我们这不是还没入人家的合作社吗。"

赵常又思谋了半天，站起来说："这个好办，今年咱五谷地回来的人不少，我先去找周至，再跟他去给家驹说，要他们以村上的名义，选派一些年轻人出去参观学习，肯定不成问题。"

刘家父子送赵常出来。

临分手，赵常四下瞭望一回，有些感慨地说："以后，像我这么种地的人，真的恐怕再也没啦！

远远地，就看见刘二停在门前的那辆小车。

赵常走近，突然，心里有了仔细看一看这车的兴致，这是一辆红色的老年代步车，与一般的小车比，小很多，简直像个玩具。一般小车，连司机能坐四五个人，这个，只能坐两人。车门，只有左右两扇。

"老哥，今天咋不忙啦？"

刘二不知从哪里冒出，从赵常背后招呼。

赵常头也不回，说："专门来看一看你这个有福之人，这老天爷也真不公，享福的，享一辈子，受苦的，受一辈子！"

刘二哈哈大笑一声："咱老弟兄，还不是一个尿样儿。只是我想通啦，这一辈子，为儿为女，现在老了，又赶上这样儿的好时代，为自己吧，要不，这一辈子还不他妈的白活啦。"

赵常："你这车，多少钱买的？"

刘二："不贵，才两万多点。"

赵常："噢，两万多。"

刘二："我是实在老了，考不上驾照了，要不，我咋也买他个桑塔纳。"

赵常："开这车，没有驾驶证也行？"

刘二："有驾驶证，谁还会买这种车，不过，这车也有它的好处，不用驾照，加油也行，充电也成，走到哪里，不占地方，还省钱。"

赵常围着车转了一圈儿，笑着："常看见你搬着老伴儿转，像个粪扒牛。"

刘二："这车，再好一点的，有五六万的，最便宜的，还有一万多的。要不，老哥明天也买上一辆，出个门，正好搬上老伴儿，多方便。"

赵常："这人，没有吃不下的苦，却有享不了的福，我都快七十啦，老胳膊老腿的，哪还能开汽车呢。真要开上，人家看见，谁还敢走路，怕要躲个十万八千里呢。"

刘二："这车就是专给咱老年人造的，你见哪个年轻人开这种车啦，再说，我哇，才比你小几岁？论身体，我恐怕还远远不如你呢。那天，我还看见你爬树呢，那么高的树，打死我也不敢上。"

赵常笑了，说："谁喜欢天天听乌鸦叫呢，一发狠，我就上去把狗日的窝给扒了。"

刘二突然说："啊，今天不是初八嘛，古城的买卖，要不，我搬上老哥逛一回。"

赵常："嘿，可不啦，没事，来你家串个门，拉个话。"

刘二却打定主意，说："咱在车上也不误拉话嘛，来，上车。"说着，几乎是强迫着，把赵常给弄上了车。

赵常："就在村里转一圈行了，一会儿，上我家，叫你老嫂弄两个菜，咱喝两口。"

刘二："现在才几点？咱下古城，转一圈儿回来，我请你，我有好酒。"

刘二已发动车，又鸣了声喇叭，对出来的老伴儿说了声："我们下一趟古城，一会儿就回来，你给咱弄个饭菜，我要请赵大哥喝汾酒。"

就这样，刘二搬着赵常，要去逛古城。

一出村，小车拐上川道里一条砂石路。

赵常："咋不走大路？"

刘二："咱这车，人家不允许上大公路，要不咋叫老年代步车呢。"

从五谷地到古城，二三十里路，也就走了半个小时。

看着仅比自个儿小几岁的刘二，熟练地驾驶着小汽车，赵常不由得感叹："你小子真是会活撒呢。"

刘二一笑："你说对了，会活撒。你说的，那是土话，人家城里人叫潇洒，能潇洒就潇洒他几天，要不，这辈子咱不是白活了吗。"

赵常对刘二家的情况，揭底清明。自己是儿女双全，刘二只有个女儿。用刘二自个儿的话说：将来死了，连个上坟烧纸的人也没了。可刘二活得，就是比自己好，至少是比自己快乐。据说，他回五谷地，是因为他在沙镇租房住，和人家一个寡妇有点不清不白，叫老伴儿发现了，才叫老伴儿提着耳朵，拧回五谷地的。

古城在黄甫川的右岸，是陕西府谷县的一个乡级小镇，已是陕北之北。

小街半里长，北为春秋楼，楼上是关帝庙，楼下为一个门洞，南边河曲、府谷人，当年"走西口"，到了这儿，就是关口，验关领牒，出了门洞，就是口外蒙地。街南头，与春秋楼遥遥相对的，是一座保存下来的清朝老戏台，戏台后有两棵老榆树，住着一片老鸹。

刘二把车停在春秋楼外的一个场子上，就和赵常穿过门洞，进了城。要是在过去，他们已算回了口里。

古城是逢八集（每月初八、十八、二十八），现在又是闲月，所以，今天来赶集的人特别多，塞了满满一街筒子。

街两边，一边是农副产品小特产，应有尽有；一边是工业产品，琳琅满目。

赵常随刘二，从北走到南，到了戏台那儿，赵常一下子就想起年轻时，自己肩上扛着儿子，与老婆来看大戏的事儿。那天，发生了一件事，是老婆回家时对他说的。老婆说，正看着戏，她的左手叫人握住了，起先，她还以为是自己男人，没在意，可再往后，她才发觉不对，自己男人的手上长满硬茧，这只手却……仔细看时，是身边一个陌生的男人，她一下子抽开手，本想骂，却看见一个留长辫子姑娘，正挤在自己身边，才知道，一定是这个糊涂男人握错了手，也就罢了。当时他很生气，质问老婆，你咋就知道他是握错了？老婆辩解，他和那女子年龄相仿，还说话嘛……那年他还不到三十，一展眼，这都过去又一个三十年也多啦！

从戏台下转回身，走了几步，刘二就一扯他的胳膊说："看你头发长的，走，我请你理个发。"

街边就有一家理发馆。两人推门进去，一个笑吟吟的漂亮小媳妇问："一起来的，谁先理？"

刘二一把把赵常推前，说："先给他理。"

赵常理发，简单，没用二十分钟，就从椅子上下来了，人家又要给他洗头，他说："不用，刚洗过，吹干了就行。"

轮到刘二，可不是啦，躺在椅子上理了发，还要刮毛，刮完毛，再洗完头，吹干，还要焗油，在镜子里左照右照，嘴里一直在跟人家小媳妇东拉西扯。

赵常坐在门口椅子上，都抽了三支烟了，还等不上，就说："我一会儿在春秋楼那等你，你快点儿。"

赵常拉门出去，在街上逛了半天，到了春秋楼下，又抽了一支烟，才看见刘二整头洁面，笑嘻嘻地走来。

刘二："老哥，你有什么要买的吗？"

赵常摇头。

俩人才穿过门洞，就看见一个洋女人，高鼻深目蓝眼睛，一头黄发，穿着一身男人般的行装，背上背着一个半人高的背包，向门洞走来。

赵常急忙让路。

刘二却站住，满脸堆笑，摇着手向人家打招呼："耗——油——"

奇怪的是，洋人向刘二一笑，摇着手回了声："耗——油——"

等女洋人进了城门洞，刘二才转身。

俩人寻到了车，上了车，赵常才问："那洋人，人高马大的。对了，你说人家耗油，人又不用加油！"

刘二哈的一声笑了，差点把牙笑洒了，半天，才止住笑："哈呀，我那老哥哥，你可真是……我那是向人家问好呢，说的是：你好，英语。"

赵常："啊呀，在城里住的，连英语你也会说啦？"

刘二："头头点点，跟小外孙女学的。没想到，今天真还用了一回。"

再上路时，赵常靠在座椅上，说："刘二兄弟，你可真的还不老。"

刘二双手把着方向盘，问："咋不老，都年过花甲了嘛。"

赵常："看来，人们说你是叫你老婆提着耳朵拧回五谷地的，不是虚的。"

刘二："嘿——这——"等会过了一个车，才笑着说，"那是瞎说呢，我现在就算有那贼心，可连那贼也没了。"

回到刘二家，刘二老婆真的已在桌上摆了凉菜，锅里炖上羊肉。

赵常和刘二喝酒，果然是杏花村汾酒。

赵常喝下一杯，才说："就想问问，你这回来，也不种地，把地都交给他们合作社，入了股，这一年下来，到底能分到多少红呢？"

刘二："还没分呢，不过，管他呢，能分多少分多少，总比荒着强。"

刘二老婆插嘴："老哥，哪怕就是天天坐下，只要他能安然，我也伺候他呀。"

刘二："我这还不算安然，还要咋呀？"

赵常本来想把今天在古城理发和碰见那个洋女人的事儿，当笑话讲一讲，一看这老两口的情景，也就不敢再说了。

这天，这顿酒，两人喝干了一瓶，刘二硬是打开第二瓶，喝到一半，赵常死也不肯再喝。

赵常踉踉跄跄回家，老伴儿闻到他满身酒味儿，说："说是出去串门，咋又喝成这样儿？"

赵常煞住步子，一抬手："耗——油——"

冬日夜长天短，赵常坐不住，就要出去串门，老伴儿警告："都多大年纪啦，串门是串门，可不能成了出去寻酒喝。"

赵常照旧出去，在村里串门，只是，他串门，自觉注意选择避开饭点的时间。

三、设计

李星正在做梦，被赵芳芳唤醒，边寻找眼镜边说："正做一个好梦——梦见桃花源。"

赵芳芳："是好梦，我让你做一个更好的——现实版的桃源梦。"

李星："请指教。"

赵芳芳："我和周村长、第一书记郑重刚从市里开会回来，我们要搞乡村规划。"

李星："那个，不是早就有了，就在村委会会议室的墙上吗，上回周村长把我拉去，好一顿指点江山，激扬文字。"

赵芳芳："那个当然也算，不过，那是村庄的生产规划，现在，是乡村人居环境等的规划设计，那个是平面设计图，现在要做的可是效果图，是风景风俗画。"看李星还有点蒙，赵芳芳解释说，"这么说吧，就是要按照美的标准，重新设计五谷地，使无论是居住其中的村民，还是来此乡村度假旅游的人，都有一种——对了，到了桃花源里的感觉。"

李星戴好眼镜，点头："唔！"

这可是一个新的题目。接下来几天，李星又天天起来就趴在电脑上，搜看关于乡村规划设计的信息。

> 暧暧远人村，依依墟里烟。
> 狗吠深巷中，鸡鸣桑树颠。
> 户庭无杂尘，虚室有余闲。
> 久在樊笼里，复得返自然。
>
> ——陶渊明《归园田居》

竟然追到陶渊明那儿。

> 故人具鸡黍，邀我至田家。
> 绿树村边合，青山郭外斜。
> 开轩面场圃，把酒话桑麻。
> 待到重阳日，还来就菊花。
>
> ——孟浩然《过故人庄》

> 莫道农家腊酒浑，丰年留客足鸡豚。
> 山重水复疑无路，柳暗花明又一村。
> 箫鼓追随春社近，衣冠简朴古风存。
> 从今若许闲乘月，拄杖无时夜叩门。
>
> ——陆游《游西山村》

原来，中国古人热爱的山水田园，也正是今天的人们，特别是那些在城市里的人们的乡愁。

这天，李星来到村委会办公室，告诉赵芳芳："网上信息很多，乡村设计已成为一种时尚，还诞生了一个新的职业——乡村设计师。2018年第16届威尼斯国际建筑双年展上，中国国家馆主题即为'我们的乡村'，不仅仅是建筑设计、景观设计，还有产业规划、空间规划、文创设计等。"

打开电脑，两人正在看这次展览上的"我们的乡村"建筑实例，周家驹与第一书记郑重来了，大家就一起看。

展览分为"居、业、文、旅、社、拓"六大板块。

在"居"这一板块，董功的船长之家改造，于村落"既融入又跳出"，既加固加建，又提升了空间品质；谢英俊的轻钢龙骨乡村住宅体系、林君翰的金台村重建，均从不同侧面展现了乡村居住的当代图景。

在"业"板块，关注当代乡村建设所具有的前所未有的经济资本、社会动力、技术条件资源。当乡土社会向市场社会转型，建筑师试图在传统的手工艺制作和新工业生产之间寻求平衡。张雷的丙丁柴窑项目以建筑空间的更新承托传统手工艺的发展。徐甜甜的松阳红糖工坊改造、华黎的武夷山竹筏育制厂、陈浩如的太阳公社、李以靠的华腾猪圈展示馆，在营造工业建筑朴素美学的同时获得经济性，也显示了乡村中的建筑为承托产业所发生的适配和调整。

在"文"的板块，吕品晶的板万村改造，通过锦绣坊、酿酒坊、非遗传业所等建设尝试，希望乡村在自我更新和发展中成长，也希望通过设计能够成为连接传统工艺与现代生活的桥梁。董豫赣的小岞美术馆、阿科米星的桦墅乡村工作室、源计划的连州摄影博物馆，显示在传统的手工艺与农耕养殖之外，文化创意和旅游产业为乡村发展找到了新的发展路径。

"旅"板块展示了当代乡村文化与城市形成的密切共享关系。华黎的新寨咖啡庄园将种植、加工、生产、旅游和乡村文化紧密结合。张利的嘉纳嘛呢游客中心既服务于游客，也是当地居民必需的生活基础设施。张雷、水雁飞、博风建筑的民宿设计，为来自城市的居住者创造出一种回归自然的居住体验。

服务乡村社区是设计师凸显的一个建筑理念。在"社"的板块中，林君翰的昂洞卫生院设计策略很简单，利用坡道为所有楼层提供无障碍通道，因地制宜运用本地建材，智慧实用。徐甜甜的松阳石门廊桥、傅英斌的贵州中关村人行桥、陈屹峰的新场乡村幼儿园、朱竞翔的陆口格莱珉乡村银行、赵扬的柴米多农场集市均为乡村生活提供了舒适便利的基础服务设施。

互联网、物流系统、共享经济等技术与创新为乡村未来的发展模式提供了巨大的契机。"拓"板块，建筑师们放眼未来。在竹里，袁烽将中国传统的竹编工艺与数字化设计、机器人预制建造、现场快速拼装相结合，形成了一种全新的乡村建造模式。张雷的石塘互联网中心探索了互联网时代新的建筑类型与建造技术的可能性。

这些设计师用智慧和心血建造的乡村，展现了乡居生活传统与现代的和谐统一的美好图景，让大家大开眼界。

郑重感慨："产业兴旺、生态宜居、乡风文明、治理有效、生活富裕，是党和政府提出的乡村振兴战略的总要求，这些设计里全部体现出来啦。"

赵芳芳激动地诵吟起古诗词："七八个星天外，两三点雨山前。

旧时茅店社林边，路转溪桥忽见。"

周家驹双目炯炯地说："我们五谷地的条件不错，请乡村设计师们先来把脉，绝不能再简单地以土法上马，一定要谋定后动。"

郑重对周家驹说："我建议先召开一个村两委会议，把这件事向大家介绍通报一下，在意见统一后，形成个正式决议。然后再开一个村民大会，广泛听取每个村民的意见，争取获得更大的支持。"

周家驹："这是件大事，一定要争取镇、旗、市有关方面的大力支持。"

郑重："这是当然，不过，饭得一口一口吃，事得一件一件做。我的意思是先让李星、芳芳，对了，一定再邀请上周至老先生，先把咱五谷地的自然、历史、山水、田园、产业等的基本情况和最大特点调研清楚，拿出一个材料来，然后再选择国内最优秀的乡村设计师和团队来，为我们拿出一个最美好的设计来。"

李星："我愿意尽我的全力。"

赵芳芳："那你这个全五谷地最闲的人，马上就要变成最忙的人啦！"

李星："我愿意。"

四、围炉

立冬头一天，下了今年的第一场雪。

一推门，一股清凛之气，直扑人的口鼻，满眼的洁白，赏心悦目，大片大片的雪花，撕棉扯絮般，正纷纷扬扬而下。周至立在台阶上，大声对室内的柳毛说："快出来看花呀！"

柳毛："冬天啦，哪来的花？"

周至:"叫你出来嘛。"

柳毛边绾着头发边走出来,探头一看:"下雪了嘛。"

周至:"这雪,下在地上,是雪,飘在空中,不就是雪花吗?"

柳毛笑了:"文人,就是不一样!"

这场雪,是从黎明时下起的,这会儿,已经覆盖了大地,屋顶、墙头、草垛、器物顶上,满是毛茸茸的白雪。

吃过早饭,清扫了院子,周至就穿上他的黑呢子大衣,头上戴了顶皮帽,出去,踏雪赏景。

"已讶衾枕冷,复见窗户明。夜深知雪重,时闻折竹声。"这是白居易,可惜自己昨夜睡得香甜,早晨是感觉到了窗户明,并没有听到折竹声,此地也实无竹。

"旋扑珠帘过粉墙,轻于柳絮重于霜。"这是李商隐,确实贴切。

"不知庭霰今朝落,疑是林花昨夜开。"这是谁的妙句?走了好一阵子,才想起是宋之问的。

"倾耳无希声,在目皓已洁。"当然,这是陶渊明的。

走在雪中,周至脑中的诗思,一如眼前的雪花般纷乱。

一直走到黄甫川桥头,桥下,一股黑水,还未结冰。再转身往回走,望着雪中的村庄,他下定决心,回去一定自己作一首诗,标题就叫《雪落五谷地》。

回家,柳毛已在厨房准备午饭,周至坐在窗下的桌前,沏了壶铁观音,准备写诗。可提起笔来,涌上来的尽是古人的诗句,看来,读书多了,也未必全是好事,那就写首现代自由体诗吧。沉吟半天,突然想起,村里,就这五谷地,不是还有一个写现代诗的赵芳芳嘛,也许,此时此刻,她正在写呢。再说,自己浸淫于中国古典文学大半辈子,对现代自由体诗歌并不擅长。

直到午饭上桌，他还坐在那儿，瞪着双死鱼眼，纸上一字未落，实在不甘心，起身拿起毛笔，写了一幅大字："地白风色寒，雪花大如手。"落款：大雪天敬书李白诗句　周至辛丑年冬。

　　乃掷笔作罢，洗手吃饭。

　　雪，在中午停了，到了黄昏，又飘了起来。

　　让周至怎么也没想到的是，老友韩子义竟然顶风冒雪来访，同来的，还有沙镇党委的肖书记。

　　"我昨天就到了沙镇，今天上午又开了半天会，高速公路封了，我和肖书记从乡村便道上来的。"子义笑着说。

　　五点多天就黑了，周至一边清理小铁火炉，一边说："让柳毛随便给咱们做点什么，我把这个小火炉生起来，咱们来个围炉夜话。"

　　话题自然还是从"三农问题"和乡村振兴说起。

　　肖书记说："我在市师范学校读书时，就以文学社的名义，请过周老师给我们做文学讲座，没想到，周老师退休后，竟然又回到了故乡，以现在的说法，周老师就是乡贤、我们的新乡贤。"

　　子义说："岂止，周老师现在还是一个专家，三农问题专家。"

　　周至笑了，说："你们两位，千万别给我戴高帽子，我如今只是一个回乡养老者，回来了，恰值咱们国家完成脱贫攻坚，实现全面小康、提出乡村振兴的伟大战略目标，所以，对三农问题、乡村振兴做了一点自己的思考而已。人，是老了，但活着，总还要思考的嘛。"

　　子义："老周，上次我来，你提出的那个以新型乡村养老来为乡村振兴破题的设想，我与好多领导、专家谈了，也引起了市委主要领导的重视，让我先以市政协常委的名义，写成一个提案，提交上去了，已批示作为政协的重点提案，由市长亲自督办。"说着，子义从他随身的公文包里拿出一个文件,交到周至手上,说:"市领导的意见是,不失为解决老龄化问题的一个好的方式,更可能是破解乡村振兴这个大题的一个好的设想,只是目前实行起来有相当大的难度,建议我们乡村振兴局与民政局、市内养老企业,选择条件尚好的一两个村镇,先搞个试点。"

周至没有立即看文件,说:"我那也只是一个设想,思路并不完善。"

肖书记:"韩局长这次下来,就是与咱们旗里、镇里协商,打算就把五谷地村作为全市第一个新型乡村养老试点呢。"

周至听了,一下子激动起来,起身将一个小桌搬到火炉边,说:"岂能无酒?"

柳毛早已准备了下酒小菜,周至寻出一瓶五粮液。

周至:"要不,把村里的领导也叫来?"

肖书记:"工作问题,咱明天还是到正式场合谈,今天,咱只是朋友聚谈。"

饭已做好,周至让柳毛端上来,大家就在火炉边边吃边聊。

周至说:"我回来这近一年,可没闲着,我还从一个非常有意思的角度,对中国农村特别是二十世纪四十年代以来的乡村做了一个历史考察和研究。"周至指着书架说,"从土改、农业合作化、人民公社,到土地联产承包责任制,再到现在的土地流转、各类专业合作社的兴起,都在我们的文学中有经典的描述与反映,比如,写土改的有丁玲的《太阳照在桑干河上》,周立波的《暴风骤雨》,写农业合作化的有赵树理的《三里湾》,周立波的《山乡巨变》,柳青的《创业史》,浩然的《艳阳天》等,写人民公社的有浩然的《金光大道》,李准的《李双双小传》,周克芹的《许茂和他的女儿们》,

写联产承包责任制的有高晓声的《李顺大造屋》《陈奂生上城》以及路遥的《人生》《平凡的世界》等，这些都是中国当代文学的经典。它们的作者，虽然通常被人们称为作家，但无论从出身、个人学识情感，还是对中国农村、农业、农民的认识，都超过了一般意义上的三农专家，他们对农村的熟悉，对农业的关心，尤其是对农民的热爱，是倾尽其一生的心血的。不是有句话，叫文学是人学嘛，这些作家当然也关注党和政府在各个时期的农业政策，但他们比一般社会学学者、三农问题专家更深刻地关注人，他们始终把自己的笔，对准中国的农民，那些活生生的人，把农民当亲人，与他们同呼吸共命运。把他们的这些优秀作品连起来，就是一幅生动、丰富、多彩的当代中国乡村画卷。"

肖书记："这些作家的作品，我也大多读过，非常喜欢。"

周至："这是一个宝藏啊，一笔无比丰富的资源。文学，不是有认识价值嘛，那么，今天我们的乡村振兴，为什么不能从这里汲取一些有用的历史和思想资源呢？"

肖书记："周老师这个观点，确实还是第一次听说。"

周至："我正在写一个小册子，也许会对时下的乡村振兴有一点功用。"

肖书记笑着："盼望早日拜读。"

子义说："党和政府现在提出乡村振兴战略，建设美丽中国，最终是为了在第二个一百年，实现中华民族的伟大复兴。这是毫无疑义的。问题是，我们的三农问题，积累得实在太多，中国又大，南方北方，东部西部，自然和经济发展水平又极不平衡，乡村振兴的路径，也注定是不一样的。"

肖书记："历史的经验教训已经教育我们，必须实事求是，因地制宜。"

周至点头说："一定还得加上一句：与时俱进。"

火炉里的炭火，加了一次又一次，三人围绕乡村振兴的主题，越谈，话越多，越长。

柳毛困得不行，给客人收拾好床铺，说："你们拉着，我先睡呀。"

三人出去小便了一回，看到雪还在下着，越下越大。

周至说："看来，你们两位，明后天怕是想走也走不成了，就在五谷地待着吧。"

子义："正好，深入调查研究一次，与村领导们一起开开会，把咱那个新型乡村养老，拿出个试点方案来。"

回屋，三人接着再拉，当然，还是围绕着"产业兴旺、生态宜居、乡风文明、治理有效"。三人各有角度，各抒己见……

不知谁家的公鸡叫了第一声时，他们才上床休息。

第二天，当他们起来才发现，这场雪终于停了。

大雪过后的五谷地，宛如一张铺展开的大白纸，等待着人们书写出最新最美的文章，画出最新最美的图画……

五、杀猪

节令就要到小雪，赵常每天起来后的第一件事，就是催老伴儿赶紧给儿子打电话，老伴儿说打了，儿子说单位忙，定不下来甚时才能回来。

赵常翻翻墙上的日历，说："下星期二就是小雪，虽说小雪卧羊，大雪杀猪。今年咱这猪，得早点杀，我还有别的打算呢。"

赵常有什么别的打算？他不肯说，只是独断专行地定下：小雪后的那个周末，一定要把圈里那只大猪杀了，到时，儿子一家能不能从城里回来，不管。

农家杀猪，一般就在冬腊月，虽不能说是件多么大的事，可也绝非小事。全家团聚之外，还要遍邀亲友，请吃"杀猪菜"。杀猪，首先得邀约屠夫，还得头一天在院外垒造煺洗的大灶，支起吊猪的木架，杀猪当天，还得有人挑回足够的井水……整个过程下来，仪式感很强。

赵常亲自给沙镇上的吴柱打电话，吴柱以前是屠夫，如今虽已算富人，身家上千万，仍不能忘旧好，且与赵常一家相处甚好，吴柱在电话中也一口答应："没问题。"

儿子一家本应该回来，到底能不能回家，由他。亲家一家，也让老伴儿去过电话，回说：亲家老两口还在海南旅游，也算请过。女儿一家也有事回不来，村里两户本家，加起来四口人，赵常亲自上门请了，再受邀请的，就是村里的几个领导，紧舍邻居两户，再加周至和柳毛。

家里今年养的猪，仍然是两口，一大一小，大的算隔年猪，要杀的当然是大的。天下猪很多，大量养猪的，有养猪场，仅五谷地，养猪的人家，也不止老赵一家。但老赵家养的猪，却绝对是难能可贵的，这是因为他家养的猪，是用五谷杂粮喂大的，绝不用市场上买的饲料，更别说什么催肥剂之类。这无须谁来证明，是老赵两口大半生的信用和口碑。但凡知道的人，绝不怀疑。以至在五谷地以及周边，流传着这么一句话："五谷地老赵家的猪，唐僧身上的肉。"谁都想吃上一口。无奈，老赵家一年只养两口猪，多了，养不起，很少卖肉，都是自己吃，儿子成家后，虽在城里，家里也基本不买肉，父母给供。若有人想买，除非杀猪那天，张口了，割个三斤五斤，别的时候，免开尊口。近些年，老赵两口年纪大了，身体却好，人们又说：现在人身体不好，甚至得上一些大病怪病，都是因为吃的东西有问题，不信，看看人家老赵两口。

老赵家杀猪，像个节日。能受邀请，吃上老赵家的杀猪菜，简直是一种荣耀。如果谁本受到邀请，却因为这样那样的原因，没能吃上这顿杀猪菜，会引为一年的憾事儿。

猪如期杀，头一天，吴柱黄昏刚到，儿子一家三口也进了门，邻居刘兵也回来了，连明天帮忙的两家本家也全来报过到，说明天天一亮就会过来。

本来，杀猪虽隆重，受邀的人是不必答礼送礼的，但人们总觉得，人家养了一年的猪，杀了请你吃，甩着双空手去，不太好意思，也就要带一点烟酒饮料，毕竟，这些东西老赵家不会自产。

杀猪菜又是如何？说来实在简单，就是用当天所杀之猪的鲜肉，和大缸里秋后腌好的大白菜，外加土豆、豆腐、粉条，用大锅烩出一锅大烩菜，再捞出几盆米饭（原来就是糜米，近些年时兴糜米加大米称二米饭），这就是主食，当然还要准备几个下酒的凉菜，如此而已。但这却是五谷地，整个准格尔甚至晋陕蒙三省交界一带，人人喜爱吃的乡土美食。

冬天天短，猪在太阳出来之前，就杀倒，五谷地人，都听到了猪叫。

目睹猪吃了它最后一顿食，从猪圈里被赶出来，由几个人按倒，屠夫的白刀子进，红刀子出。再被七手八脚抬到热气滚滚的大铁锅上，燂毛，然后头朝下脚朝上吊起，开腔破肚等全过程，赵常那个读过《论衡》的孙子，默默思考着：世界上有生命的动物，什么最最聪明？

问题是客人开始坐下来喝酒时，周至发现那孩子独自一人坐在炕角发呆，主动笑着问他又在思考什么时，孩子说出来的，大家听了，都一怔，连周至也不能回答，有人笑着说："总不能是猪哇。"

孩子头一勾："就是猪。"随后，讲出了理由，"世界上的生物，不论寿命长短，都是为了生存，比如吃，而劳碌一生，连自诩为万物之灵的人类，也是如此，甚至是更贪婪。唯有猪，自从一出生，睁开眼吃，闭上眼睡，到吃胖了，到时间了，挨一刀了事。你说它还不比人更聪明？"

引起满堂大笑，接下来，众人就是感叹，人这一辈子，要这要那，贪东贪西，人为财死，鸟为食亡，实在想来，真不比这猪来得聪明。议论半天，有人才又注意到老赵这个孙子，说："这娃娃才发大，咋能定猛说出这样的话来？"周至就把上次见这孩子捧读《论衡》，《论衡》又是怎样一本书，给大家讲说一遍，当众断言："老赵这个孙子，将来一定是个不凡的人物。"

这天，这顿杀猪菜，人人吃得解馋，喝得尽兴。太阳将落山时，才散。

周至却叫老赵的儿子儿媳揪住，他们背着儿子悄悄说："我们这个孩子，确实跟人家的孩子不大一样，连看的书，也大不同，在学校成绩是不用说，没落过前三名，只是……我们有点担心，又说不出，究竟担心什么。周叔您是大学者，大作家，又是咱自己人，想请您指导指导。"

周至只好留下来，与那孩子深入交谈一番，走时，才对送他出来的小两口说："人的禀性不同，这孩子好学好思考，一定是好静不好动吧？"两口子异口同声："就是，功课就不爱体育。"周至说："问题就在这儿，一定与学校老师多沟通，体育也很重要，一定不能偏废。还有,有时间,比如周末、寒暑假,带孩子出去旅游,人首先要做个常人,千万不能成了思想的巨人,行动的矮子!"

老赵家的杀猪,就此算过。不几天后,赵芳芳突然捧着一本书跑来周至家,是周至早年的一本小说集《旧乡》。赵芳芳指着第一篇说:"周老师,您这篇《杀猪》,堪称杀猪的绝唱。"

周至笑笑:"那都是三十多年前的旧作,所写杀猪,也是三四十年前的杀猪。"

关于三四十年前的北方乡村杀猪,读者诸君如有兴趣,请看本章附录……

附录:《杀猪》 周至

  进了冬月门,人就伸不出手,赤裸的黄土沟梁,横在青天底下,风虽清,刮人腮帮子,如刮胡子没涂肥皂。一大早,这梁,那峁,猪叫声此起彼落。男人说:听,猪又头疼上了。女人说:只剩下三天的猪食。杀吧?杀吧!男人就从炕上拉过皮袄,穿好,拉门出去,在风中走半晌,拐进一户院子,一推门,一堆娃娃,一个女人。他叔呢?女人灿笑:在王三家。杀猪?杀猪。明天给我杀。将手凑到火炉上,正面,反面,反面,正面,烤。女人递过烟袋,装一锅,抽,呛得咳,太冲太冲!磕掉烟,起身。坐吧。不啦,还得去请人。跨出门又回头:一准?一准。东梁,西沟,阴坡,阳畔,三姨,二姑,五爹,这家出,那家进。明天我家杀猪,请一家统来。黄昏,转家,进门。女人问:说好啦?说好啦。该请的人呢?请到了。夜里,男人女人钻进被窝,男人想想,二百斤没问题。女人就扁嘴。男人说二百五，女人嘴还扁。男人眨了眼，三百。女人才笑，又说：这猪秧子好，肯吃、能长。男人听，应。后来就说：不早了，明天还得早起。女人说：可不。女人转过头，冲锅台上的油灯鼓嘴，噗——只一口，灯灭了。

鸡叫三遍，窗棂显真，男人就起来，窸窸窣窣地穿衣，开门出去，操了一把铁锹，在院外一处土塄上掘，一会儿，弄好了一个灶，回家，搬口大铁锅，安上。挑两只铁桶，下了门前的沟，从沟里上来，担两桶满满的水，哗哗地倾到大铁锅，添柴，生火。一抬头，杀猪的师傅来了。手里提着一把刀，明晃晃，骇人。男人忙直腰：回屋里暖和暖和。师傅走进院子，将刀放在窗台外，抬脚进屋。男人见娃娃们还在炕上，就骂。男人递烟，女人递水。院子里就有人说：好猪！好猪！男人拉开门笑。看人手够了，师傅说：杀吧。大家就往外走，娃娃们抢在头里，一个眼尖，跑过去探墙上的刀，大人就厉声喝骂：不敢不敢！男人骂，女人也骂。众人站在猪圈前，女人进去，猪就拱出来，女人俯身在猪身上摸，样子倒有些不舍。男人说：放出来，放出来呀！女人将猪放出，猪见人多，扭头就跑，大家就吼：拦住，拦住。女人端了一盆食，猪才转回，点着头吞吃，几个人绕到后边，用手摸，猪哼哼，猛地，人在后边抓住猪脚，一下子掀倒，师傅早一手揪住猪耳，用膝压在猪身上，猪就乱蹬，用一辈子的力气叫。师傅转眼就用根绳子，将猪嘴扎住，猪叫声低下，闷了，师傅右手执刀，在猪颈下找准位置，斜里一捅。伤口一抖，血连带着沫子出来，早有人伸过一个瓮盆来，盆底有盐巴，血鲜红鲜红，冒着热气，盆满了，大家觉得猪没劲了，就有人先放了手，猪蹄子蹬，就有一人的手破了，举着往后退，大家手忙脚乱再用力按住猪，后来，见师傅站了起来，众人才放手。猪躺着，四条腿又蹬了几下，师傅提了刀喊：萝卜，萝卜！男人愣愣，就冲娃娃叫：萝卜！娃娃飞也似的回屋，飞也似的出来，师傅将金黄的胡萝卜塞进猪的刀口，抬到滚爆的开水锅上，浇水，几只袖子挽起，各操一块浮石，煺毛。锅上雾气腾腾，娃娃便也凑上去，拔猪鬃，猪鬃值钱，到供销社卖了，买炮。毛煺尽了，猪被吊在树杈上，白条条，晃眼。一个拿了瓢，往上泼水，师傅用刀刮，干净了，开膛破肚，就有绿肠子露出，剔油，将刀叼在嘴里，双手探进去，摘出一团东西。给——娃娃们一拥而上，个儿大的一把抢了，掉头就跑，别的就追，有摔倒的，有跑掉鞋的，到一边，挤出尿，插一根麻秸，吹，尿脬就成了球，互相丢着，满地跑，当球踢。师傅割下猪颈一圈肉，交给主人。这时，亲友陆续到来，男的帮着清洗下水，女的去帮厨，切了猪颈肉，削好土豆，切了酸白菜，搁大锅里烩。就听外边说：二百九！女人们都说：不带猪颈二百九，啧啧，二百九！

饭好了，大家围在炕上吃，男人喝几盅，就有人成了红脸关公，主人不断劝：添上，添上吃，放开吃！太阳下山，人们出来，四下散去，大路，小路，三三，两两。杀猪的师傅也走了，一手提刀，一手提着个猪尾巴，尾巴下连着半斤肉。踉踉，跄跄。

六、投资

身在市里集团公司总部大厦豪华办公室里的李铜厚，突然收到一张请柬。

李铜厚先生：
　　本月二十八日，请您拨冗回五谷地村一趟，儿子与您有要事相商。真诚希望您能如约光临，我们将在五谷香备薄酒乡席，恭候大驾。

　　　　　　　　　　　　　　儿子李星致礼

请柬设计精美，背景是一张五谷地村的全景图片，是用微信发到李铜厚手机上的。

李铜厚从老板椅上欠起身，看了又看。自语一句：这个臭小子！

李铜厚是二十七日中午回到五谷地的。

父子相见，李铜厚先开口："让你回来待上一年，没想到你竟然真的待下来啦！"

李星笑着："别说一年，就是一辈子，我也没问题。"

李铜厚拿两只肿眼泡盯着儿子看了半天，才又问："给我发帖子，让我回来，究竟何事？"

李星过来牵起父亲的手，说："公事私事都有。不发请柬，对父亲大人就不敬啦。"

回到老宅，李星亲自给父亲和司机老辛倒茶递水。

待屋里只剩下李家父子二人，李铜厚说："有话就说吧。"

李星笑眯眯地看着父亲，欲言又止，起身从桌上拿起两本日记说："老爸，您要是不急，最好翻翻我的这两本日记，就一切都明白了。"

李铜厚："上次那两本，我可是都看过了，这是新写的吧？"

李星："是秋冬以来的，不过，老爸您要是着急，不想看，我现在就对您说。"

李铜厚拿过日记，说："我着急什么！"

整整一个下午，再加晚上，李铜厚真的就关在屋里，把儿子的两本日记，一字一句给读完了。

看到儿子眼巴巴地看着自己，只说了一句："你个臭小子！"就上床睡觉了，鼾声如雷。

李星睡在一边，却怎么也睡不着，倒不是因为父亲打鼾，而是，父亲到底是什么态度呢？

直到快天明，李星想起，父亲说他是个臭小子时，是带着笑说的，才放心睡去，马上，也起了鼾声。

李家老宅内，父子二人的鼾声，一高一低，此起彼伏。

第二天，李星果然在五谷香备好一桌酒席，招待父亲。

被李星邀请来相陪的，有周至、柳毛、周家驹、郑重、赵芳芳。

大家如约而至，看到李铜厚在儿子陪同下到来，都迎上来问好握手，表示热烈欢迎。

落座后，周至主动提起一件事，说，李总去年曾请他喝酒，希望他能亲自执笔为自己写一个传记，酒他是喝了，作传却没有答应。

李铜厚听了，略有尴尬，笑着向大家解释："都是这世道闹的，不断有名记者、作家来找，要给我写传，我自己是个什么东西，我还不知道，再说，是他们没有别的可写了吗？还不是为了钱，想从我身上挣一笔呢！扰得我实在烦了，就想到周老兄，心想，要写，我也只让周至来写。可人家周老兄一句话就把我给拒绝了：生不立传。"

大家一听，都笑，说："那是过去，现在人还好好的，就立传出书的人，太多了。"

李铜厚收住笑，说："现在什么怪事没有？事后我才觉得，人家周老兄的话是对的，我大概当时也是让那场病给弄糊涂了，现在我这病已好多了，说起来，也许还应感谢周老兄呢。"

周家驹说："李叔才不是一个好虚名的人，那年黄甫川大桥落成，村里给你立了碑，还不是让你给砸啦！"

周至笑着说："传，我真的怕不能写，写个李铜厚二三事之类的文章，却不是事，分文不取。"

还有一个人，一直不肯就座，就是赵芳芳。她一见李铜厚，就有点点慌，问了声好，就坚持今天只做服务员，一头钻进厨房。

先喝茶，凉菜布上来，酒斟好，李铜厚先站了起来，笑着对大家说："今天，可是我儿子请我，还专门下了帖子，请我回来，来这个五谷香赴宴，这可还是头一回，所以昨天，我就赶回来了。"

大家听了都笑。

李铜厚看了看李星，说："伟大领袖毛主席说过：世界是你们的，也是我们的，但是归根结底还是你们的。你们青年人朝气蓬勃，正在兴旺时期，好像早上八九点钟的太阳，希望寄托在你们身上。"

李星："我们是继往开来的一代。"

李铜厚接着说："回来，我看了儿子写下的日记，就对他这回请我回五谷地的意思，全明白了。他昨天说，是两件事，公事、私事。"

大家个个侧耳倾听。

李铜厚说："这公家的事，再小，也是大事；个人的事，再大，也是小事。那咱们今天就先谈公事。"

大家对李星突然下帖子请李铜厚回来，到底为了什么事，实在还不清楚，李星请他们时，也只是说来陪陪他爸。

李铜厚逐个看了每个人的脸，最后，把目光定在儿子李星脸上，看了良久，才说："我儿子李星说的公事，如果我没猜错，就是咱五谷地村的村事，就是希望我这个五谷地村出去的所谓企业家，能在当下党和政府提出的乡村振兴战略，建设美丽乡村的事业上，对家乡有所作为，对不对，儿子？"

李星："老爸英明。"

李铜厚："那我今天在这儿，首先代表我个人，还有我们集团公司，郑重表个态：完全同意。"

大家一阵热烈鼓掌，主动拿起面前的酒杯，与李总碰杯，一饮而尽。

李铜厚："酒我今天先就只喝这一杯，身体不允许了，大家喝。我主要听听各位，对咱五谷地的乡村振兴，美丽乡村建设都有些什么好主意，什么好办法？希望大家竹筒倒豆子，畅所欲言。"

接下来，几个人你推我让一回，终于还是郑重先说："李总是咱市里的大企业家，五谷地是李总老家，我还是来五谷地后才知晓的。看来，我来五谷地任这个第一书记，是有福啦。我是外地人，来五谷地也才三两个月，各方面的情况，肯定不如在座的各位知道得多，所以，今天在此，我只把国家对乡村振兴的要求，结合本人的粗浅认识，简单说一下。"

"好，我们就是响应党和国家的号召，才搞这个乡村振兴的嘛。"周家驹说。

郑重认真地说："产业兴旺、生态宜居、乡风文明、治理有效、生活富裕，这被称为乡村振兴战略的二十字方针。不论我们怎么搞，也离不开这五个方面。下面，我就分开说一下。第一，产业兴旺。这是第一，也是最最重要的，也是乡村振兴的首要，我来以前，周支书他们已搞出一个发展规划，我的意见是，五谷地是个传统的农业村庄，土地、水、交通等立地条件不错，甚至说是全准格尔最好的。但是土地还是太少，总量两千多亩，人均还不到八亩，如果仍把产业定位于农业，就算搞现代农业，农业收入仍然有限，劳动力仍然大量富余，这需要重新定位重新规划。第二，生态宜居。这是五谷地的长处，距城镇不远，且交通便利，可以辐射晋陕蒙近七八个中心城镇，处于黄甫川川谷，可以看得见山，望得见水，有田园，有山林，有牧场，自然条件得天独厚，经过退耕还林、禁牧，特别是几年来的新农村建设，生态宜居，已经基本达到，只是提高的问题了。第三，乡风文明。我只说一句，五谷地是个老村庄，我调查了一下，这么多年，竟然没有一个犯罪坐监的，绝对可以说民风淳朴，随着村民受教育程度的提高，乡风会更好，当然乡风文明还有更高更新的要求和标准，我们要与时俱进。第四，治理有效。乡村治理，当然，村两委、大学生村官还有我这个第一书记，就是践行乡村治理的，现在，南方一些发达地区，特别是浙江，在这方面已取得了很好的经验，他们提出的三治，解释一下，就是法治、德治、自治，已经引起中央的重视和推广。我们村，可以去取经。第五，也是最后一个，生活富裕。这是五谷地乃至全国人民共同追求的，五谷地要振兴，就看村民们能否实现生活富裕，做到了，五谷地就振兴了。"

郑重说完笑了笑，与大家碰了一杯酒，接着道："我就说到这儿。"

接下来谁讲？周家驹看着坐在李铜厚身边的周至："叔，您说吧。"

周至："看你说的，今天是谈论咱五谷地村的乡村振兴，你是党支书，又是村主任，你不说，倒叫我这个已退休养老的闲人说，绝不合适。"

周家驹笑了："叔可是咱五谷地出去的大文化人，退休回来养老，是新乡贤，怎么会是闲人呢？何况，叔对乡村振兴一直有深刻的思考呢，连市里乡村振兴局的韩局长，镇上的李书记都来拜访您呢。"

周至："你先说，等你们说完，我再说。"

周家驹就站了起来，说："党和国家对乡村振兴的战略布局和要求，刚才第一书记已讲清楚了，我完全同意，我是土生土长的五谷地人，在几位面前，又是晚辈，就表两个态：第一，赶上咱们国家改革开放的好时代，我虽没考上大学，却在这个好时代放开手脚大干了二十年，虽然成就不大，可也不仅改变了自己的命运，还改变了家庭的命运。去年，正赶上国家提出乡村振兴的伟大战略之时，我就下决心回来了，承蒙各位父老乡亲的厚爱，支持我拥护我，我才当选了这个村支书，还兼了村主任。那我一定要鞠躬尽瘁，为咱五谷地的父老乡亲们服务，在这个乡村振兴的伟大时代，与大家一起，把五谷地建设成为全准格尔最美丽的乡村。第二，李总是咱五谷地上出去的最大企业家，不仅年初就把自己海归的儿子派回家乡，今天，又亲自回来，准备以自己和自己企业的名义，参与助力家乡五谷地的乡村振兴事业，我在这里代表村两委，代表全体五谷地的父老乡亲，对李总表示最诚挚的敬意和感谢！"

说着，周家驹将椅子向后推一下，向着李铜厚深深鞠了一躬。

大家又拍手，饮酒。

"这回，该周老师说了。"李星做了个请的动作。

周至赶忙摆手，指着正提着个壶，给大家续茶水的赵芳芳说："大学生村官，也是领导啊。"

李星没有坚持，而是把正打算往后退的赵芳芳的一条胳膊揪住："芳芳，那你就说。"

赵芳芳无奈，就放下茶壶，弯腰向大家鞠了一躬，双手扣在胸前，仰起头微笑着说："各位前辈、领导，我实在说不出个什么来，就给大家唱个歌吧。"

李星手一挥说："我看你干脆朗诵一首诗吧，就你自己写的那首《五谷地》吧。"

果真，这首诗让大家一下子都感动了，特别是第一次听到的李铜厚，一再问：这诗——就是这姑娘自己写的？

场面上的氛围为之一变。

轮到周至，他说："我就不站了。"顿了顿接着说，"我离开五谷地四十年，退休了，才回来，也是正赶上乡村振兴，所以，也在这方面做了一点点个人的思考，比较成熟的是这么一个题目：新型乡村养老——破解乡村振兴难题和解决老龄化问题的构想。"

周至先讲了乡村振兴面临的种种难题，特别是农村人口空心化的问题，接着又讲了我国老龄化问题的严峻，以及解决的难度。然后，才阐述了他所定义的新型乡村养老的概念和内涵。继而，仔细地把有可能在乡村养老的四类人，即择乡养老、返乡养老、回乡养老、在乡养老人群，做了分析，结论是：新型乡村养老完全是可行的。

"当然,真正实行起来,还有好多政策的、乡村自身的和提供养老服务机构的困难,需要解决。"

周至又把他与市乡村振兴局局长和镇书记的探讨,还有市里决定先在有条件的村庄试点的情况也讲了。

李铜厚听得兴致很高,插话说:"我今天在这里可以说一句完全负责任的话,中国改革开放四十多年,发展到今天,下一个经济发展热点和支柱,已绝不再是房地产业,从市场需求和推动就业来说,很可能就是养老产业,想想,近三个亿的老年人,光养老服务一项,就能提供多少个就业岗位啊。"

大家接着边吃边喝边说。当然,李星也谈到了他目前和赵芳芳正在热心的乡村设计等等。

这顿饭,一直从中午十二时,吃到下午三时。

看看时间不早了,李铜厚笑笑,站了起来,清清嗓子,朗声说:"太好了,今天真的是我这些年来最最高兴的日子。我李铜厚郑重在这里宣布,明天,李星就跟我回市里,参加集团公司的会,会后,我们就会成立一个专门搞现代农业和乡村建设的公司,当然,好多事,还得与村里协商,但是这个公司,一定是与五谷地村联办,登记注册也在准格尔,首笔注册资金至少三个亿。"

大家一下子被惊住了,谁也不再出声。

李铜厚看了大家一圈儿,又看住儿子,宣布:"这个公司的法人就是李星。"

掌声,叫好声,差点儿掀起这个小酒馆。

大家散席出来,周家驹突然说:"李叔,你不是说,这回回来,是为两件事吗?这第一件公事,咱谈了,那第二件私事,不方便谈吗？要不要村里帮忙？"

李铜厚把脸转向赵芳芳，点头，说："那件私事嘛，就不用你们帮忙了。到时候，我会给大家下帖子来吃酒的。"

柳毛推了赵芳芳一把，说："快改口叫爸爸呀。"

众人哄地一笑……

赵芳芳掉头钻进屋里去了。

七、修史

村南刘二老婆任袅来周至家串门。

周至不在，柳毛本是五谷地聘出去的女子，与刘二老婆认识是认识，却从无来往。只好口叫着嫂子，倒了杯水，扯些闲话。

再坐下去，柳毛觉得来客今天好像有什么事，就说："嫂子，你有什么事，你就直情说哇。"

任袅也就不再忸怩，笑了笑，又向窗外望了一回，才压低声说："大妹子，我这是，刘二叫我来与你说一声，我们家不是离那棵老榆树近吗，最近，好几个黄昏，就看见你家老周在那老榆树下转悠呢，形容动作也有些怪怪的，一会儿发呆，一会儿又长叹，有时，坐下来抽烟，抽了一支又一支。有一回，我家刘二与他打招呼，他也好像听不见……刘二这才叫我来，问问你，这老周最近有甚事？遇上了甚事？不会是有什么想不开的哇？"

柳毛怔了怔，笑了："老周有甚事？好像也没有嘛。"

任袅："我也看见好几回了。"

柳毛："老周是文人，平常在家里，确也有跟咱们不一样的地方，有时候，就在那一坐半晌，不说话，两只眼睛好像在看你，其实不是。有时，我给他说了一堆话，他还应着，事后再问，他睁大眼睛不承认，你什么时候给我说过？真能把人气死。"

任袅："老周回来也近一年了，有儿有女，也从没见回来看他，是不是儿女名下，有什么想不开的？"

柳毛："不会，儿子女儿都在南方，隔三岔五就打电话，有时，还视频呢。再说，老周才不会是那种人。"

任袅就不好再说什么，站起来要走。

柳毛才觉得不对，赶忙揪住任袅说："嫂子，我也是和老周走在一起，才慢慢理解的，你不要走，老周女儿给寄来两件那个南方的椰子饮料，你尝一下，给刘二哥也拿几桶尝尝。"

就在这时，周至从外头回来了，三个人又拉了会儿话，任袅拿着几桶椰子汁告辞走了。

"晚上想吃什么？"柳毛笑吟吟地问。

周至："随便。"

柳毛："就怕你说随便。你这么一说，我倒没主意啦。"

周至："过日子嘛，又不是下馆子，无非就那几样平常饭菜，搭配开就可以了嘛。"

柳毛："那我就随便了啊。"说着，走进厨房，系上围裙，开始做饭。

让周至没想到的是，柳毛竟然炒菜，青椒肉丝、西红柿鸡蛋、素炒南瓜丝，另外，还有一碟花生米、一碟腌咸菜。

周至看着桌上的菜，说："看来，我今天不喝两口，就对不起这桌上的菜。"

柳毛："我也陪你喝两盅。"

待最后一个菜炒好，柳毛又往小火炉内加了一回炭，洗过手，卸掉围裙，过来坐下，拿来酒瓶和两个小酒杯，亲自斟酒。

"来，我先敬周哥一个，多谢老兄让我的晚年有了一个归宿。"柳毛双手敬酒。

这回，轮到周至有些吃惊了，两只眼睛瞪着，说："这话，该我来说。"举起酒杯，"咱碰了吧。"

碰过，一口喝干，周至仍盯着柳毛："柳毛，你今天……一定是有什么事吧？"

柳毛赶忙摇头，说："和老哥在一起，衣食无忧，我还能有什么事？来，咱再喝。"

周至哪里肯信，说："我这人有第六感觉，你有什么事，就一定对我说，不然，今天这酒我就不喝，连菜，也不一定吃。"

柳毛看着拗不过，才将半后晌刘二老婆任袅突然来家串门，提醒她最近留心一下周至的事儿，如此这般，讲述了一遍。

周至听后，差点儿把吃在嘴里的一口饭喷了。

柳毛也笑了，说："我当时就回她说，不可能，我们老周才不会是那种人。"

周至主动端杯，喝了一口，感叹："我的纯朴善良的乡亲们啊！"

柳毛眨着一双好看的眼睛，突然发问："你以前散步，不是爱往大桥那边走吗，这近来，咋又老往村南那棵老榆树走啦？"

周至夹菜，吃菜，又喝干刚才余下的半杯，才说："柳毛，你知道那棵老榆树的故事吗？"

柳毛停箸抬头："不就是一棵老榆树吗，还有故事？请你快给我讲讲哇。"

周至笑了，说："那棵老榆树可不是一棵普通的树，那是一棵故事树，从根到梢，枝枝叶叶，都是咱五谷地村百年来的活的历史。"

说罢，周至先喝水，又把面前的烟盒拆开，从里抽出一支烟，望着柳毛只是笑。

柳毛赶忙起身，先拿起桌上的打火机，给周至点烟，又拿起酒瓶给把酒斟上。

周至深深地吸了两口烟，一片蓝色的烟雾，立即在他的面前缭绕，升腾。

周至："说来话长，从哪儿讲起？"

柳毛："说老榆树嘛，就要从根上说。"

周至："对，就从根上说，可……可这棵老榆树的根，并不在这里。"

柳毛："树在这儿，根却不在这儿，你可把我听糊涂啦。"

周至弹弹烟灰，笑着说："这棵老榆树，若论它的根，确实不在这里，在哪儿呢？在口里，确切地说，就是山西河曲县南的小南河边。清光绪二十六年，口外蒙地大放垦，历史上称贻谷放垦，就在那年春，一个姓周的后生，要走西口，快出村口呀，叫他大给吼住，他大回家寻了把斧头，爬上门前河畔的一棵榆树上，砍下一根榆树枝，追上来递在儿子手上，说：蒙古人家家养狗，你得拿根打狗棍。这个后生就提着打狗棍踏上了走西口之路。"

柳毛："噢，我小时候，好像就听大人说过，那棵老榆树，是一个要饭的插下的打狗棍长成的。"

周至笑了笑："我不是瞎说哇，只不过，那个人并不是要饭的叫花子，是走西口的，他的目标本来是北边更远的大后套，可他走到这黄甫川，就觉得天高地大，再看到川谷这么好的土地，尽是荒地，他就不想再走，就落在了走西口的人群后。这时，不知从哪儿冲出了一条狗，在他的小腿肚子上狠狠咬了一口，咬得皮开肉绽，鲜血直流，这回他就是再想走，也走不成了。恰这条狗的主人是蒙古人，就是这块土地的主人，就把他留下，先养伤，后来就雇他给帮着放羊。既然不走了，打狗棍也就没用了，他就随手把它插在地上。谁知，有一天，他发现它竟然活了，长出了柔嫩的枝叶。"

柳毛听得入迷，半天才笑着说："对了，你刚才不是说，那个走西口的口里后生姓周，一定是你的先人吧？"

周至点头："确实，我爷爷还在的时候，我亲自问过，那人叫周景，是我爷爷的爷爷，现在西崖畔下，我们家的老坟最上头的，就是这个先人，到我这儿，已经是口里移民的第五代。"

柳毛："还是有文化好，像我，我爷爷的名字还知道，再往上，就一抹黑啦。"

"不知道，可以问我啊。"周至认真地说。

"难道，我们柳家的事，你也知道？"柳毛吃惊。

周至："这个以后慢慢给你再讲，今天，我要说的是那棵老榆树和咱五谷地村的事儿。"

接下来，周至告诉柳毛，这块土地，大清时本是两户蒙古人家的牧场，就因为贻谷放垦，也就是那个周姓的汉人留下来，那棵由打狗棍长成的树扎下根后，又有几姓来自河曲、陕西府谷县的汉民，先后到来，开荒种地，这地方才从牧场变成了农田。就在那时，这地方也由原来的蒙古地名伊和塔拉变成了五谷地，原是一个自然村，后来，演变成今天的行政村。

柳毛："这么说，咱这五谷地，有上百年的历史了吧？"

周至："清末民初，一百几十年啦，也就是那棵老榆树的树龄。"

柳毛与周至又碰了一回杯，说："再往下讲呀，我是真的想听呢。"

周至:"到了民国年间,五谷地就成了这整条黄甫川里最富庶的村庄。后来,抗日战争开始,马占山将军和他的东北抗日挺进军就来了,他的任务是守卫黄河,不能叫日本鬼子过了黄河,可这支挺进军是七七事变后,由一些地方杂牌军匆忙拼凑起来的,马占山将军九一八在东北抗日的旧部大多散了,有一部分撤入苏联后来留在新疆了,挺进军来到准格尔,马占山将军驻在沙镇。一天,有两个兵骑马来到五谷地,其中一个是个小官,排长之类,另一个是士兵,结果,就在这老榆树下,卫兵开枪,把那个排长给打死了,所以,老榆树那儿,也叫死兵壕。"

柳毛:"噢,我说那儿咋叫这么个名呢,原来是这么回事。只是我不明白,那个士兵,咋就把他的领导给打死啦?为甚?"

周至:"马占山将军治军一向很严,可挺进军,兵员杂乱,开始常扰民。有两个兵在沙镇街上吃碗托,不付钱还打了卖碗托老汉的故事,你一定听过吧,卖碗托老汉气不过,告到马占山将军那儿,结果,马占山将军立马让部队集合,让卖碗托老汉指认,就把那两个兵枪毙了。"

柳毛:"这故事小时候听过。"

周至:"刚才讲的那个排长,到了五谷地,就耍威风,要吃要喝不说,让刘二他祖爷爷给出去遛马,走得慢了,就拿马鞭子抽,抽得刘二他祖爷爷磕头都不顶用。结果,在一边的那个小兵看不过,就开枪了,事后,那小兵把那排长的尸体驮上,请了五谷地的几个证人,回沙镇禀告马占山将军,将军不但没治那小兵杀人的罪,还给提了官。"

这夜,周至和柳毛,硬是将一瓶酒,喝了个一滴不剩。

直到睡在被窝,周至才告诉柳毛,他这几天老去老榆树下的缘由，是去回味五谷地的历史，寻找写作的灵感。

柳毛有些担心："你是要写今天讲的这些吗？"

周至答："就是，人老爱怀旧，我还想写个两三本小书，不过，我现在最想先给咱五谷地村写一部村史。"

第二天，周至去了村委会，恰好几位领导都在，他就把自己的想法向他们讲了。

"求之不得呀！"周家驹一拍大腿。

郑重也说："五谷地是个百年老村，周老师又是本地人，这个村史非您莫属啊。"

赵芳芳跳了起来："周老写五谷地村史，我愿意为您鞍前马后打个下手。"

周至为家乡主修村史的事，就这么定了下来。几天后，村委会的一间小办公室门外，就挂出了一块木牌：《五谷地村史》办公室。

最有意思的是，村里那个走街串户收藏古币的陈文义，一看到这个牌子，就死也要重拜周至为师，甘愿为修村史做一个义工。他认定：这是名垂千古的事业，无论如何，他不能再误过。

八、大雪

小雪大雪又一年。

大雪这天，天真的就阴郁着，半前晌，纷纷扬扬又飘起了雪花。

早饭后，从赵常家的院子里，传来了电锯的响声，原来，是赵常专门请来的木匠开工了，他们受主人邀请，来打制两口棺材。

早年间，老人过了六十岁，就要备寿材，人活到了六十，已是一个花甲，差不多啦，人生七十古来稀嘛。当然，人，谁也不会知道自己到底哪天才死。这事儿，一般是由做儿子的主动操办，也是尽孝。可近三十年来，即使在乡间，这种事儿也少了，几近绝迹。年轻人偶尔遇到，就会大惑不解：人还活得好好儿的，咋就把棺材备好啦？甚至会想：这家人，是等不上老人死吗？！

赵常过六十岁大寿，是儿子操办的，席面丰盛，人也多，还专门请了红火班子。老赵很满意，可第二天，当老赵提出要备寿材时，儿子却连话也没搭，就发动车，搬上全家回城了。

第三年，是老伴儿的六十大寿，也是儿子操办，寿宴订在沙镇的大酒店，更是风光。这回，赵常以为儿子会有个说法，结果，只字不提。

现在，赵常过年就七十啦，看着自己早已准备好的柏木，他终于下了决心：不等啦，自个儿请木匠动工呀。

木匠是从古城请的，师徒二人，师傅姓赵，弟子姓王。其实，赵常过去认识的是老木匠苗大，苗大是过去三省交界一带著名木匠，手艺精，说话做事，丁是丁，卯是卯。他给人家做活，最后总会用余下的边角料，再做出一个两个凳子来，而这凳子，是白做、白送。人们喜爱他，给起了个外号"白板凳"。不说远处，就五谷地，早年间，哪家没有"白板凳"做的板凳，哪怕一只矮脚小板凳？可惜的是，前些年"白板凳"就死了，本是得病死的，人们传说却是叫浙江木匠给气死了。那些年，突然从南方来了些匠人，在沙镇街上开了木器厂，手艺精、样式新、少用原木，多用合成板材，一下子挤对得本地木匠没活儿干了，连"白板凳"也只好回家种菜养花哄孙子。没过两年，就一病不起，死了。

三十年河东，三十年河西。直到近几年，乡间突然来了开着车收买旧家具的，专收过去的原木家具，越旧越好，人们这才又想起"白板凳"和他的手艺来，可惜，"白板凳"死去也有二十多年了。

没能赶上让"白板凳"为自己和老伴儿做寿材，是赵常心里最大的遗憾。他实在不歇心，亲自上古城，硬是把"白板凳"的最后一个弟子赵平娃请来，至于那个小王，严格说也不算赵平娃的徒弟，是小舅子，没事来给姐夫打个下手。

就引得不少人来观看，连周至也来了。

赵常笑着："都古来稀啦，不知道今天夜里脱下的鞋，明天早晨能不能再穿上，就早点准备，免得到时让娃娃们手忙脚乱。"

周至笑着："老哥你可真算个精巴人，一辈子安牛种地精巴，连后事，都自己办！"

赵常："说句不取心的话，兄弟你是还小，可你这一回来，只要常住下去，就肯定躲过那一劫啦。"

周至一下子没听明白："躲过哪一劫？"

赵常："死了，洗净了，穿好了，往棺材里一躺，就黄金入柜，入土为安了嘛。"

周至听笑了："老哥你是说，不用进火葬场那个炼人的炉子里了吧？"

"就是嘛！"赵常头一勾，说，"我可注意啦，现如今，南方连一些农村，都不让土葬啦，好在咱这儿，是北方，地广人稀，还允许农村土葬，可也说不定，哪天政策一变……"

周至听得哈哈大笑，说："就算哪天政策变了，咱也不能赶得死哇。"

赵常却仰起头来，坚定地说："真的哪天政策要变，我赵常一定就赶得死呀。我今天就把话说下，兄弟，你信不信？"

周至："老哥的话，我信。"

周至瞭了眼正在提着个猪食桶喂猪的赵常老婆，压低声说："真有那天，老嫂子怕是……不能你说走就走吧。"

"由她。"赵常一下子脸红脖子粗。

周至一看，赶忙起身，说："咱这就是说笑话呢，咱这地方，依我看，政策不会那么快变的。"

名师出高徒，这个赵师傅干起活来，还真的不辱师门，用赵常的话来说，连形容动作，都像他的师傅"白板凳"。

两口棺材，整整干了二十天，最后一天，真的收拾边角料，又要给做两条板凳。

就在这天，老赵家又出了件大事。

半后响，赵常正与老婆准备，晚上请木匠师徒二人好好吃一顿，喝个酒。突然，有人跑进他家院子，大吼："赵大爷，不好啦，你们家的牛……"

赵常丢开手头的营生就往外跑，一直跑到村中那个十字路口，一眼看到，他家的黄黄，展展地躺在那儿。

"黄黄，我的黄黄呀！"赵常一下子扑上去，往起扶黄黄的头，牛瞪着一双大眼，没有了任何反应。

两个陌生的男人，从停在路边的一辆小车边走过来，说："大爷，这牛是我们的车刚才不小心撞的，没有二话，我们赔。"

"黄黄，我的黄黄啊！"赵常扑在黄黄身上，哭得泪流满面。

看见的人，都围了过来。

有人不平："这么大个牛，能看不见？还能给人生生撞死？"

一个陌生人辩解："牛，应该关在牛圈里啊。"

刘二："放屁，大冬天，农村的大牲口谁家一天就关在圈里，牛啊、驴啊，每天都要在外边闲逛闲逛嘛。"

那赵常本家兄弟也接话："你们是做甚的，来我们这做甚？"

陌生人："我们，走路的嘛，莫非你们这儿的路不能走？"

刘二："放臭屁，路当然能走，可你也不能往死撞牛啊！"

陌生人甲看双方争执，赶忙将同伴喝住："少他妈废话，撞死人家牛，说成个啥，也是咱们无理。"

就在这时，从车上又下来一个戴墨镜的，有些摇摇晃晃走了几步，又退回去，靠在车门上，说："不就是一头牛吗，撞死，正好吃肉，多少钱？说话。"

赵常圪蹴在那儿，还在伤心，嘴里喃喃着："花花夏天病死，今天，黄黄你又……死得好惨。"

刘二就代表赵常表态："事情已经出下啦，那咱就说哇，咋了结？"

陌生人甲："咋了结？就是个赔钱嘛，说哇，这头牛，值多少钱？"

刘二就过去蹲下，问赵常："你说个话，这牛，我也实在不知，现时值多少钱？"

赵常对刘二的问话，充耳不闻，还是喃喃着："我的黄黄呀。"

恰这时，赵芳芳赶来，看看现场，又听双方说明情况，走开，打了一会儿电话，才重又走过来，说："我咨询了一下，以现在的行情，这头牛最低也值五千多元，这是指卖肉，问题是，赵大爷的这头牛，是条耕牛啊。"

陌生人甲与另两个人到车那边树下商量了会儿，过来，满脸堆笑地说："既然村领导也说话了，咱们就来个痛快，我们赔五千五。"

赵芳芳去蹲在赵常面前，低声与赵常讲说了半天。

陌生人甲："不行，干脆，我们再加五百，六千，总满意了吧？"

"满意？"赵芳芳指着赵常对那三个人说，"你们就没看见这个大爷有多伤心吗，这是头耕牛，如果说满意，你们让这头牛活了，他才满意。"

陌生人甲要付钱了，举着个手机，说："没有现钱，只能微信转账。"

赵芳芳拿出自己的手机，说："转给我，我再给赵大爷提现。"

赔款转到了赵芳芳的手机上。就在这时，突然又开来一辆小皮卡车，在路上停下，开车的人跳下车，看看地上的死牛，那三个人，就和随车而来的两个后生，走到牛边，说："来，老大爷，让一让。"

赵常："你……你们要做甚？"

陌生人甲："大爷，钱也给你赔了，我们拉上牛回去吃牛肉呀哇。"

赵常："咋？你们撞死了它，还要吃它的肉？"

陌生人甲笑了："大爷，我们已经赔你钱了，这死牛就是我们的了，我们吃还是丢，都与你没关系了吧！"

众人看着，有人说：人家既然赔了钱，死牛就该由人家处理。

也有人反对：赔的是撞死牛的钱，又没连死牛买下，不能让他们拿走。

人家才不管三七二十一，把车倒过来，几个人一起发力，就把牛抬上了皮卡车厢。

就在这时，忽听有人大吼一声："慢着！"

众人一看，是赵常请来的那个木匠小王。

小王一下子走到皮卡车前，用身子把车抵住，怒气冲冲地质问对方:"今天你们撞死的是我大爷的牛,要是你们撞死的是我大爷,你们赔上点钱,也拉回去吃肉呀?"

对方一下子被震慑住了,面面相觑一回,陌生人甲又说话了:"后生,你赶快让开,别以为,你们守家在地,在你们的地盘上,我们就怕你,想诈我们?"

这话让在场的人都听不顺耳,顿时吵了起来:会说人话不?这半天,我们谁跟你们不说理啦?

对方有人说:真是穷山恶水出刁民!

这句话更让大家愤怒,一下子围上去:"今天不把话说清楚,就别想走出这五谷地。"

赵芳芳急了,急忙挥着双手:"各位父老乡亲,冷静,大家一定要冷静。"

小王师傅的鼻子抽了几抽,突然,拿起手机,把那辆肇事的车和人,啪啪拍了照,说:"你们几个浑身酒味,分明是酒驾,还肇事撞死牛,咱讲不清,那就报警,让交警来处理。"

一句话,把那三个人吓得脸都白了。

三人一下子冲到小王面前,阻止小王打电话报警,小王才不听,结果,三个人一下在小王面前跪了下来,一个几乎要哭了:兄弟,求你了,我们都是有公职的人,今天确实是喝了点酒,你要报了警,我们三个,这一辈子可就全完啦。

这回,赵常全听清了,也明白了。他从地上爬起来,过去捉住小王的胳膊,说:"小王,你千万别报警,大爷全认了,让他们走吧。"

众人才散开,那三人向赵常鞠躬,向众人鞠躬,然后跳上车,匆匆离去。

那辆小皮卡开出好一段，才又突然返回来，把死牛卸下，掉头跑了。

刘二问："这牛，咋办呀？"

赵常："与花花埋在一起。"

赵常对木匠做好的两副寿材，很是满意，又从沙镇街上请了一个油漆匠，给上了头遍漆，以后，放一年上一道漆。

两副棺木齐头并放在赵常家院子西边的一间空房里。

牛圈却空了。

这天，周至来串门，站在空空的牛圈外，问赵常："再打算养牛不啦？"

赵常袖着手，半天才仰天长叹一声："别说咱五谷地，可着黄甫川上下，恐怕也没几家人养耕牛啦，我都七十的人啦，有心，也怕养不动啦，养上，怕也真的没用啦！"

周至给赵常递上一支烟，说："老哥，也该退休啦，今天晚上去我家，咱老弟兄好好喝几杯。"

九、过年

除夕。

早晨起来，周至洗漱毕，就自己泡了一杯茶，坐在那儿，喝茶、抽烟。静静地，一言不发。

柳毛在厨房里，做好早饭端上桌，自己也解去围裙，坐下来，预备吃饭。

周至却起身，走进厨房，看了一回，才出来，在饭桌上坐下，笑眯眯地说："古风犹存。"

"你说甚？"柳毛手端饭碗，抬起脸，看周至。

周至说："我还以为，现在除夕早上，人们不再做隔年捞饭啦。"

柳毛笑了："噢，有人家做，也有好多人家不做啦。"

过去的年代，准格尔甚至三省交界一带，每逢过年，大年除夕这天早晨，家家户户做糜米捞饭，一定要多下几倍的米，捞饭做好，除了当天吃的，还有至少一盆，插上红枣，放在凉房里，待正月起来再蒸吃，叫"隔年捞饭"。其意显然是年年有余，今年的饭，能吃到明年。

周至打记事起，五谷地就一直这样儿，他后来在城里成了家，一年接父母去城里过年，媳妇没有做这个隔年捞饭，还引起二老的极大不快。

现在，又好多年过去了，不说城里，就是在乡里，好多世代相传的习俗，也渐渐转变，没有了。今天过年，柳毛竟然还做隔年捞饭，让周至既意外，又亲切。

吃过饭，马上就有人来，手里拿着红纸，请周至给写春联。

周至就借机向每个人盘问："你家早晨吃的是甚饭？"

结果，真如柳毛所说，只有赵常等少数几户做了隔年捞饭，大多数都没有做，一些年纪轻的，甚至连什么是隔年捞饭都不知道。

这，也完全可以理解。中国经历了四十多年的改革开放，已成为世界第二大经济体，不说城市，连广大的农村，也摆脱了贫困，实现了小康，几乎家家都有了小汽车，衣食更是无忧，那么过去的一些习俗，也就改变，甚至彻底消失。

周至毕竟是文人，又到了人老怀旧的时候，还是对此很在乎，正如他所说："这只是个情感问题。"

与往年不一样的是，今年过年是五谷地村近三十年来，人最多的一年，这归功于国家的乡村振兴战略的实施。尤其是，大家听说，大企业家李铜厚已经拿出三个亿，与五谷地村联合成立了美丽五谷地现代农牧业发展公司，由其儿子李星任总经理，村民们对五谷地马上要到来的大发展坚信不疑，家家人人都不想错过这千载难逢的大好时机。

赵常的儿子一家全回来了，碰到周至，竟然说出了一句很抒情很哲理的话："有父母的地方，就是家，有家就有故乡。"

至于那个孙子，这回手里捧读的，竟然是一本老子的《道德经》。

李星与赵芳芳腊月刚办理了结婚证，只是婚礼预备在春天再举行。李星也没有回城，说他父母今年也要回村里的老屋过年。

周至给乡亲们写了一上午的春联，中午饭后，小睡一会儿，起来，问柳毛："家里还有什么事，需要我做？"

柳毛笑着说："洗个澡，把新衣裳换上，坐下等过年就行啦。"

周至门里门外走了好几个来回，看到柳毛已经把过年的一切，都准备得利利落落，周周到到。心里就想：家里有个女人真好，对柳毛从内心里升起一种感激。

柳毛从厨房出来，手里端着一瓢热腾腾的糨糊，说："贴对联可还得你帮一下手，对联放哪儿啦？"

周至一下子从椅子上站起，双手一摊，说："看看，我多迷糊，一上午给人家写春联，恰恰把自家的给忘了。"

柳毛笑说："那你慢慢写，不忙，就剩贴春联这么一件事啦。"

周至先进卫生间洗了洗手，出来站在桌边，将一张大红纸，仔细裁开，重新洗笔倒墨，斟词酌句。

先写大门上的："春风无意裁新柳　老汉有情唱牧歌"，横批：

"桑榆未晚"。

再写屋门上的："醉歌田舍酒　笑读古人书"，横批："白居易"。

还有窗户两边的："开轩面场圃　把酒话桑麻"。

对联贴出去，就剩洗澡，当周至躺在卫生间的白瓷浴池，沐浴在热水中，几乎睡着时，柳毛进来，给他搓背擦身。

周至突然从水中直起身，扳过柳毛的头，叭地亲了一口。

柳毛笑着："多大年纪了，让人家看见笑话。"

周至又在柳毛胸上抓了一把："又返青了嘛。"

柳毛有些害羞地说："别高兴得太早，一会儿我洗时，你也得给我搓背。"

周至大声说："不是问题。"

天黑之前的最后一件事儿，是上坟。

祭品早就备好，临出门时，柳毛却有些犹豫了，说："咱俩没有办证，只是搭伙过日子，上你们老周家祖坟，我算个甚呢？要不，我就不去了。"

周至："虽没领证，可如今你就是我的女人，咱们就是一家子。"

柳毛还是打不定主意。

周至一把扯起柳毛的胳膊："走吧，我去了，就在老人们的坟上说呀，这个女人，就是我的新媳妇。"

黄昏的夕照中，暮色里，五谷地家家户户，依俗上坟。

西崖畔下，荒地上，红光处处，纸灰飞扬……

早已上坟毕的赵常，敲着一面铜锣，扯着嗓子喊："小心防火——小心防火——"

天黑下来，五谷地村家家挂了大红灯笼。鞭炮、二踢脚的爆响，此起彼伏。

周至家大门上,也挂着两只红色灯笼。院内,是早已用黑油油的大炭垒好的旺火堆,只等时辰到了,再点燃发火。

坐下来吃年夜饭时,双方的儿女,孙子外孙,一个个打来视频电话问候。

折腾了半天,才安静下来,周至打开了一瓶五粮液,亲自斟满两个杯子。

柳毛从厨房探头:"饺子现在就煮吗?"

周至:"不忙,咱先坐下来喝几杯,想吃时再煮,还得熬年呢。"

电视机上播着欢乐的乐曲,一会儿,春晚就要开始。

柳毛坐下,端起酒杯,双手敬向周至。

周至:"谁也别敬谁,咱碰杯!"

春晚终于开始,两人调整了下椅子,一边看文艺节目,一边喝着酒,一边谈着过往的岁月和充满希望的明天……

中间,周至从炉膛里亲自用火剪夹了一块火种,到院子里把旺火堆点燃。

在新年的钟声将要敲响之前,外边,突然爆竹齐鸣。

周至和柳毛跑出自己院子,看到全村,家家户户,燃放起烟花、礼炮。

人们仰面朝天,整个五谷地的夜空,火树银花,一朵又一朵绚烂的烟花,升起、绽放,照亮天宇……

尾 声

过年好!

过年好!

正月初一,人们相见的第一句话,就是拜年问好。一般是晚辈问候长辈,小孩问候大人,长辈也好,大人也好,都要回一句:"好——通好!"

五谷地还有个习俗,初一起来不扫除、不洗漱、不去井上挑水,也不能往外倒垃圾。家家户户第一件事,也不是吃饭,是"出行"。何谓"出行"?就是以一家一族,或紧舍邻居为单位,到离自己家最近的一个高地上,燃一堆柴火,点几炷高香,燃放一阵爆竹,每个人都要跪下,向东西南北四方天地磕头,祈愿在新的一年,老天风调雨顺,大地万物生长,人们无论出门在家,平平安安,心想事成。

周至、柳毛,在三棵松那块小土山上,遇见了赵常一家,还有李铜厚一家。

互道问候后,周至说:"咱五谷地的事,你们好好做,我来好好写。"

赵常笑着说:"我一个瞎庄稼汉,在这五谷地抛闹了一辈子,能有什么写头,要写,你就写铜厚,还有他们这些年轻的。"

李铜厚知道村里已决定请周至撰修《五谷地村史》，就满脸恐慌地说："我怕是逃不过史笔无情，只请周老兄下笔时，笔下多少给兄弟一点面子。"

周至仰天大笑："我写村史，只是个捉笔人，真正五谷地的历史，还靠大家共同用行动来写就。"

这天，阳光和煦，普照大地……

2021 年 11 月 26 日完稿

图书在版编目（CIP）数据

五谷地 / 张秉毅著 .—北京：作家出版社，2023.12
内蒙古文学重点作品创作扶持工程
ISBN 978-7-5212-2552-5

Ⅰ.①五… Ⅱ.①张… Ⅲ.①长篇小说—中国—当代 Ⅳ.① I247.5

中国国家版本馆 CIP 数据核字（2023）第 195693 号

五谷地

作　　者：张秉毅
责任编辑：丁文梅　朱莲莲
装帧设计：张子林
出版发行：作家出版社有限公司
社　　址：北京农展馆南里 10 号　　邮　编：100125
电话传真：86-10-65067186（发行中心及邮购部）
　　　　　86-10-65004079（总编室）
E-mail:zuojia @ zuojia.net.cn
http://www.zuojiachubanshe.com
印　　刷：唐山嘉德印刷有限公司
成品尺寸：152×230
字　　数：193 千字
印　　张：16.5
版　　次：2023 年 12 月第 1 版
印　　次：2023 年 12 月第 1 次印刷
ISBN 978-7-5212-2552-5
定　　价：48.00 元

作家版图书，版权所有，侵权必究。
作家版图书，印装错误可随时退换。